KB206808

미국문화 바로 알기

최희섭 전주대학교 교수
고려대학교 대학원에서 T.S. 엘리엇 시를 연구하여 문학석사, 문학박사 학위 받음
미국 Waynesburg College 초빙교수 역임
한국동서비교문학학회 회장, 한국예이츠학회 부회장, 한국영어어문교육학회 부회장,
한국현대영미시학회 편집위원장 역임
현재, 한국동서비교문학학회 고문, 한국번역학회 편집위원장
저서로는 『번역첫걸음 내딛기』, 『영작문 기초부터 다지기』, 『영시개론』 외 다수
역서로는 『영시감상의 첫걸음』 등
논문으로는 「『쿠퍼의 언덕』과 『윈저 숲』에 나타난 정치적 자연풍경」 외 다수

미국문화 바로 알기

초판 4쇄 발행일 • 2018년 8월 17일
지은이 • 최희섭 / 발행인 • 이성모 / 발행처 • 도서출판 동인
서울시 종로구 명륜동 2가 237 아남주상복합빌딩 118호 / 등록 • 제 1-1599호
TEL • (02) 765-7145 / FAX • (02) 765-7165 / E-mail • dongin60@chol.com

ISBN 978-89-5506-330-1

정가 11,000원

* 잘못 만들어진 책은 교환해드립니다.

미국문화 바로 알기

최희섭 著

도서출판 동인

요즘은 문화의 시대라고 할 만큼 우리 생활의 여러 분야를 문화현상으로 파악하는 경향이 강하다. 음식문화, 주택문화, 교통문화 등 우리의 생활 어느 분야도 문화의 범주에 들어가지 않는 것이 없다. 따라서 우리는 문화 속에 살고 있으며, 문화가 우리의 생활을 지배하고 있다고 해도 과언이 아니다.

사회가 글로벌화되면서 외국의 다양한 문화를 이해할 필요성 또한 높아지고 있다. 특히 우리에게 많은 영향을 주는 미국의 문화를 이해하고 국제적인 감각을 기르는 것은 필수적인 과제라 볼 수 있다. 그러나 미국문화라는 것이 너무나 폭넓고, 다양하기 때문에 한 권의 책으로 엮는다는 것은 매우 어려운 일이다. 학자들에 따라 문화의 정의도 다양하므로 어느 측면을 미국의 문화라고 할 것이며, 또 어떤 것을 선정하여 책으로 엮어낼 것인가를 결정하는 것도 쉬운 일이 아니다.

아직 국내에는 미국문화에 대한 체계적인 서적이 거의 없고, 혹시 있다고 하더라도 포괄적으로 다루지 않고 있다. 미국에서 나온 서적도 일반적으로 어느 한 분야를 집중적으로 다루고 있을 뿐이고, 전반적인 문화를 체계적으로 다룬 것은 없다. 이는 문화의 정의가 다양하듯이 문화현상도 다양하기 때문에 간략하게 정리하기가 어렵기 때문으로 여겨진다.

이에 필자는 이 책에서 미국문화의 기본을 다소라도 체계적으로 정리해보고자 하였다. 각각의 문화현상을 개별적으로 이해하기에 앞서 그 뿌리를 아는 것이 중요하다고 생각되어 문화현상의 역사적, 사회적 맥락을 설명하려 노력하였다. 그 과정에서 필자는 연구 능력의 한계에 부딪쳤고 지면 관계로 다루지 못하고 넘어가야 하는 아쉬움도 많았다. 특히 건축이나 미술 또는 최근의 사회현상 등은 여기에서 다루지 못하고 다음 기회로 미루게 되었다.

자료를 열심히 수집하여 정리한다고 노력은 했지만, 부족한 점 또한 많이 느껴진다. 미비한 점은 모두 필자의 과문한 소치로 너그러이 보아주길 바라며 본 저서를 발간함에 있어 많은 도움을 주신 여러 선후배님과 동료 학자들께 이 자리를 빌어 심심한 감사를 표한다. 또한 많은 시간을 함께 하지 못한 가족들에게도 감사한 마음을 전한다. 끝으로 이 책이 출간되기까지 물심양면으로 협조해주신 동인출판사 이성모 사장님과 직원 여러분께도 감사를 표한다.

2007년 10월

지은이 씀

차례

위성에서 바라본 북아메리카 대륙

역사적 배경 1.

1. 식민지 이전의 북아메리카

푸에블로 인디언

유럽인이 이주하기 이전의 북아메리카에 대해서는 알려진 바가 많지 않다. 이곳에 원시적 인간이 존재하였던 흔적은 없고, 인디언의 인골과 유사한 인골이 발견되었을 뿐이다. 인디언은 아시아 대륙으로부터 여러 차례에 걸쳐 이주하여 이곳의 원주민이 된 것으로 여겨진다. 인디언은 아메리카 대륙에서 기원한 또 하나의 인류가 아니라 아시아에서 건너온 종족이다.

아메리카 인디언의 기원에 대해서는 의견들이 분분하지만, 대부분의 학자들이 이들은 몽고족이고 시베리아로부터 아메리카로 건너왔다는 것에 동의한다. 이 당시에는 아시아와 북미대륙이 분리되지 않았었기 때문에 걸어서 건너올 수 있었다. 이들은 특정한 시기에 한 무리만 건너온 것이 아니고 수천 년에 걸쳐 건너왔다.

당시 북아메리카 대륙은 빙하로 뒤덮여 있었으므로 이들은 남쪽으로 계속 나아가 결국 남아메리카와 북아메리카 전체에 걸쳐 퍼져 살게 되었다. 아메리카 인디언들은 유럽인들이 대규모로 이주하기 전에 수천 년, 수만 년 동안 다른 문명과 격리된 채 독자적인 문명을 발전시켜왔다.

대부분의 북아메리카 인디언들은 1500년대까지도 서양 문명사에서 말하는 소위 초기 철기시대쯤에 해당하는 반농경, 반수렵 생활의 단계에 머물러 있었다. 현재의 뉴멕시코 주와 애리조나 주 일대에 살던 푸에블로 족이 문명적으로 가장 발달한 종족이었다. 그들은 외적의 침입을 막기 위해 절벽 위에 높고 견고한 집을 짓고 공동생활을 했다. 푸에블로 족이 정착생활을 한 데 비해 대평원에 살던 인디언들은 들소 떼를 따라 이동하면서 수렵생활을 했다.

북아메리카의 동북부 지역의 인디언들은 주로 농경생활을 했는데, 콩이나 호박 또는 담배를 주로 길렀다. 이들은 때로는 카누를 타고 고기도 잡고 사슴 같은 들짐승도 사냥했다.

동물의 껍질로 옷을 만들어 입기도 했지만, 대부분의 인디언들은 한겨

푸에블로 데 타오스

울에도 거의 벌거벗고 살았다. 이 지역의 인디언들은 유럽인들이 몰려오자 자주 접촉하게 되고 유럽인들의 종교와 문화에 비교적 많이 동화되었다.

유럽인들이 미국을 침략한 후 북아메리카의 인디언 숫자는 격감하였다. 인디언들은 유럽인들이 가져온 낯선 질병에 속수무책으로 쓰러져갔으며, 조상 대대로 물려온 땅을 지키려는 인디언들과 새로운 땅을 개척하려는 유럽 이주민들의 싸움은 많은 인디언들을 죽음으로 몰아넣었다. 유럽인들이 북아메리카 대륙을 점령한 후 인디언들의 숫자는 그 전에 비하여 5% 정도만이 살아남았을 정도이다. 인디언들은 문명적으로는 미개했으나 평화를 사랑한 고상한 민족이었다.

예전에 인디언들이 남긴 문화의 일부가 지금까지 남아 있다. 이들이 남서부 지역에 남긴 문화를 아나사지 문화라고 하는데 몇 시기로 나눌 수 있다. 가장 오랜 시기는 바구니가 만들어진 것에서 유래한 '바스켓 메이커'라고 일컫는 시대와 이것을 계승한 푸에블로 문화 시대이다. 이동성의 수렵민이 '바스켓 메이커' 문화를 만들었고, 정주민이 푸에블로 문화를 낳았다. 이 두 시대를 통하여 토기가 제작되고, 활이 사용되었으며, 옥수수가 재배되고, 초기 촌락이 형성되었다. 주택도 땅을 파서 만든 수혈식 오두막에서 벽돌이나 돌로 만든 건축양식으로 발전하였다.

다음 시대를 고전기라고 하는데 이는 대략 11세기 초부터 13세기 말까지를 가리킨다. 이 시기에는 커다란 암굴 밑을 이용하는 주거가 만들어졌으며, 정교하게 직조한 무명천도 생산되었다. 이렇게 진보된 푸에블로 문화를 지닌 정주민들이 다른 인디언 종족인 유목민의 압박을 받아 좁은 지역으로 물러났다. 1300년경에는 푸에블로 문화를 꽃피웠던 정주민들이 리오그란데 강과 리틀콜로라도 강 연변에 새로운 촌락을 형성하였다. 이 무렵에 토기가 없어지고 다채로운 색상으로 장식된 도자기가 많이 사용되기 시작하였다. 16세기에 스페인 사람들이 침입하였으나 이 지역 고유의 문화는 소멸되지 않았고, 지금도 옛 문화의 전통이 보존되고 있다.

2. 콜럼버스의 신대륙 발견

크리스토퍼 콜럼버스

콜럼버스 일행이 아메리카 대륙을 발견한 것은 1492년 10월 12일이다. 그가 산타마리아 등 세 척의 범선을 이끌고 스페인의 팔로스 항을 떠난 지 33일 만의 일이었다. 콜럼버스가 아메리카를 발견했지만 그것은 순전히 우연의 소산이다. 왜냐하면 원래 그는 보석과 향신료를 찾아 동양의 인도로 가는 새로운 뱃길을 발견하고자 했기 때문이다. 그는 자신이 신대륙을 발견하리라는 것을 전혀 예상하지 않았고, 자신이 도착한 곳이 인도라고 믿었다. 그렇기 때문에 그곳의 원주민을 인도의 사람이라는 뜻을 지닌 인디언이라고 불렀다.

콜럼버스의 아메리카 발견은 분명 세계사의 가장 획기적인 사건 중의 하나이다. 콜럼버스가 아메리카를 다시 발견한 후에 유럽인들이 대거 몰려와 식민지를 만들고 오늘날의 미국을 건설했다. 콜럼버스가 아메리카 대륙을 발견한 이후 100여 년 동안 신대륙은 보화를 찾아 나선 유럽 침략자들의 무법천지였다. 콜럼버스의 항해를 후원한 스페인이 우선 아메리카 대륙을 착취하기 시작했다. 그러나 스페인의 아메리카 독점을 우려한 포르투갈이 항의하자, 교황은 1494년에 이 거대한 땅을 그들에게 나누어주었다. 머지않아 영국과 프랑스 그리고 네덜란드가 신대륙 정복에 합류함으로써 유럽인들에 의한 아메리카 정복의 역사가 시작되었다.

3. 스페인 원정대의 식민도시 건설

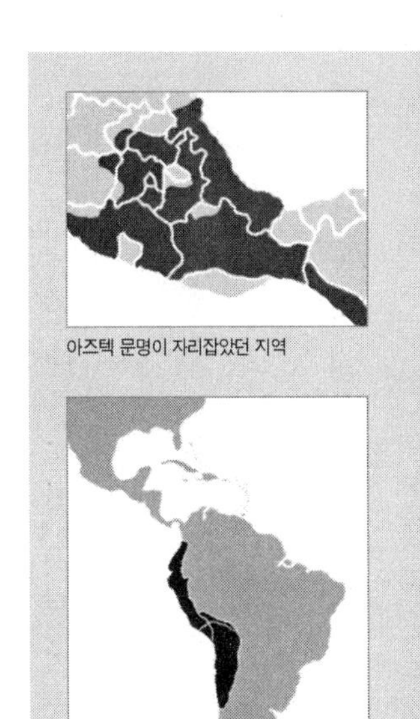
아즈텍 문명이 자리잡았던 지역

잉카 문명이 자리잡았던 지역

콜럼버스가 아메리카 대륙을 발견한 이후 약 1백 년 간 아메리카 대륙은 주로 스페인의 약탈 대상이었다. 스페인은 군대를 보내 토착 원주민들을 무력으로 정복했고 정복전쟁을 치르는 동안에 수많은 인디언들이 희생되고 그들의 문화가 파괴되었다. 기독교적 인종 우월주의에 빠져있는 유럽인들은 인디언을 인간 이하의 미개한 동물로 여겼다. 그들의 인디언 정복은 동물 사냥이라고 할 수 있을 정도로 매우 잔인하고 비인간적으로 행해졌다. 당시 신대륙에는 지금의 멕시코와 페루에 두 개의 거대한 인디언 제국이 있었다. 아즈텍 왕국과 잉카 제국이 그것이다. 이 두 나라는 발달된 무기를 지니고 일확천금의 욕심을 지닌 소규모 스페인 원정대들에 의해 무너졌다.

16세기 중반쯤에는 아르헨티나 일부를 제외한 중남미 전역이 스페인 원정대에 의해 정복되고 곳곳에 식민도시가 건설되었다. 멕시코시티, 리마 등과 같은 도시들이 당시 스페인 인들에 의해 세워진 도시들이다. 스페인의 신대륙

아즈텍 왕국의 테오티와칸에 있는 사자(死者)의 길: 현재 멕시코시티에 있음

정복은 유례가 없을 정도로 대단한 것이었다. 불과 1백 년 사이에 스페인은 로마가 4세기에 걸쳐 정복한 것보다도 더 넓은 땅을 차지했다. 스페인은 16세기 전반부에 지금의 미국 남동부인 북아메리카에도 식민지를 건설하려고 탐험했지만, 식민지를 건설하지는 못했다.

영국은 신대륙 발견 직후인 15세기 말에 북아메리카에 탐험대를 파견하여 식민지 건설의 발판을 찾기 시작하여 1세기가 지난 엘리자베스 왕조 시대에 본격적인 식민지 건설을 시도하다가 실패하였다. 17세기에 이르러 비로소 영국 최초의 식민지 버지니아가 건설되었다. 1606년에 영국 국왕의 특허장에 의하여 건설된 런던회사(후에 버지니아회사)가 1607년에 제임스 강 연안에 한 무리의 식민자를 정착시키고 제임스타운으로 명명하였다.

1620년에는 영국의 종교 박해를 피하여 네덜란드에 가 있던 청교도 일파가 신앙의 자유를 찾아 메이플라워 호를 타고 지금의 매사추세츠 주에 상륙하여 플리머스 식민지를 만들었다.

이때부터 1733년까지 영국은 북아메리카 대서양 연안에 13개의 식민지를 만들었다. 이들 식민지는 각각 다른 동기에서 이루어졌고, 종교와 건설 시기 등이 다르다. 이들은 17세기부터 18세기에 걸쳐 발전한 프랑스 식민지와

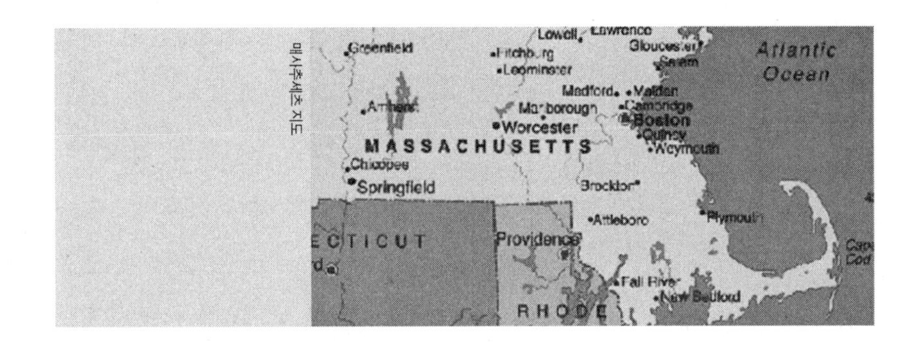

매사추세츠 지도

마찰을 빚었고 인디언들은 자신의 영토를 빼앗기지 않으려고 노력하였다. 이 싸움에서 결국 영국이 승리를 거두었다.

4. 버지니아 건설

엘리자베스 여왕이 집권하는 16세기 후반에 영국은 낭만적 열정과 모험심으로 가득 찼다. 금은보화가 무궁무진한 신대륙의 이야기는 일확천금을 노리는 상인들이나 정복욕에 불타는 군인들의 가슴을 설레게 했다. 또한 신대륙 진출은 국내의 정치적 불안을 해소할 수 있는 좋은 방법이었다. 이 당시에 종교분쟁의 여파로 많은 종교적 난민이 발생했고, 전과자와 극빈자의 수가 급증하여 새로운 정치 불안의 요소가 되고 있었다. 영국 내의 불만계층은 신대륙으로 건너가 새로운 삶을 꾸리려는 희망을 가졌고, 위정자들도 그것을 바랬다. 그러나 대서양의 제해권은 강력한 해군을 보유한 스페인이 갖고 있었다. 영국이 신대륙으로 진출하기 위해서는 스페인의 해군을 무찔러야만 했다.

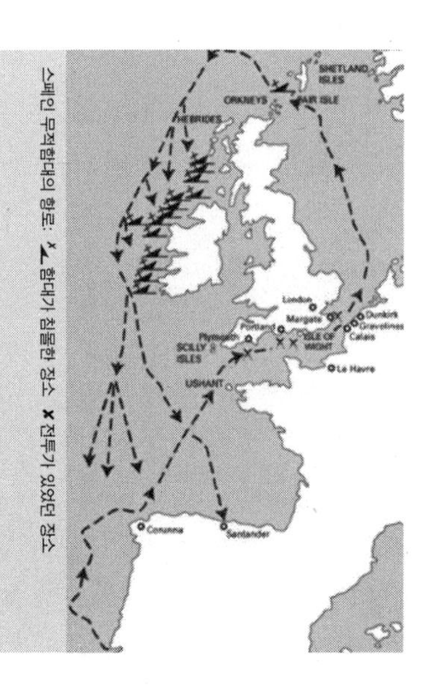

스페인 무적함대의 항로: ⛵ 함대가 침몰한 장소 ✗ 전투가 있었던 장소

1588년에 스페인의 무적함대와 영국 함대 간에 양국의 운명을 건 해전이 벌어졌고 여기에서 영국이 승리했다. 영국은 대서양의 제해권을 가졌고 신대륙으로의 진출이 용이해졌다. 영국의 신대륙 경영은 스페인의 경영 방식과는 매우 달랐다. 스페인은 국왕이 식민지에 직접 군대와 사람을 보내 통치했지만, 영국은 국왕이 개인이나 회사에게 식민지를 경영하는 특허장을 주었다. 특허장을 가진 개인이나 회사는 본국에 있는 해당 관청이나 국왕이 파견한 관리의 감독을 받았지만, 일정한 댓가를 지불하고 그 식민지를 마음대로 경영할 수 있었다. 나중에는 영국 국왕이 직접 총독을 파견하여 관리하는 직할식민지도 생겨났다. 험프리 길버트가 영국 국왕으로부터 이러한 특허장을 최초로 획득했고, 그 뒤를 이어 험프리 길버트의 이복동생 월터 롤리가 특허장을 손에 쥐었다. 그는 플로리다 북쪽의 해안지방을 탐험하였고 엘리자베스 여왕을 기념하여 이 땅을 버지니아라고 명명했다.

버지니아 식민지를 건설한 사람들은 영국 성공회를 신봉하였으며 1619년 제임스타운에 아메리카 대륙 최초의 의회를 만들어 자치를 시작하였다. 의회제도는 영국의 의회제도를 모방한 것이다. 제임스타운에서 자치가 실시됨과 동시에 미국 최초의 흑인매매도 행하여졌다. 대의제 의회의 탄생이라는 민주주의적인 것과 흑인 노예라는 비민주주의적인 것이 동시에 시작된 것이다. 대의제 의회와 흑인 노예제도는 그 후에 건설된 각 식민지에서도 똑같이 채택되었다. 영국의 식민지에서는 식민지에 거주하는 사람이 본국에 거주하는 사람과 똑같은 권리를 가지고 자치를 행할 수 있었다는 점에서 국왕이 직접 통치하던 스페인과 프랑스의 식민지와는 차이가 있었다.

월터 롤리

5. 최초의 식민지 도시-제임스타운 건설

일단의 투자가들이 모여 결성한 런던주식회사가 월터 롤리의 뒤를 이어 신대륙 진출에 나섰다. 런던주식회사는 제임스 국왕으로부터 남부 버지니아에 대한 특허권을 획득한 후, 1606년 크리스마스 무렵에 식민지 건설을 위하여 일단의 '개척자들'을 파견했다. 120명의 성인 남자들이 세 척의 배를 타고 영국에서 출발했으나, 항해 도중 16명이 사망하고 104명만이 1607년에 체사피크만 연안에 도착했다. 이들은 만을 따라 50km 정도 들어간 곳에 자리잡고 이곳을 제임스타운이라고 불렀다.

개척자들이 이곳에 도착해서 발견한 것은 울창한 원시림과 사나운 원주민들뿐이었다. 더군다나 제임스타운 부근은 늪지여서 모기가 많고 말라리아가 만연했다. 결국 최초의 이민자들 중 절반 가량은 새로운 땅에서 첫 겨울을 넘기지 못하고 목숨을 잃었다. 런던주식회사는 1608년과 1609년 2차에 걸쳐 더 많은 개척자들을 보냈으나 사정은 별로 호전되지 않았다. 개척지의 상황은 총독 데일이 사형수들을 감형하여 이곳에 보내달라고 본국에 간청할 정도로 힘들고 비참했었다.

이들이 구원받을 수 있었던 것은 담배 때문이었다. 인디언들이 피우던 담배가 스페인 사람들에 의해 유럽에 소개된 후 유럽 귀족들의 필수 기호품으로 자리를 잡았으며, 스페인은 담배무역을 통해 많은 돈을 벌고 있었다. 제임스타운 부근의 인디언들이 개척자들에게 담배농사를 가르쳐주었다. 당시 담배는 유럽에서 매우 귀한 물건이었으므로 개척자들은 다투어 담배를 재배하기 시작했다. 개척자들은 담배농사로 크게 성공했고, 이 소식이 유럽에 알려지자 꿈에 부푼 유럽인들이 제임스타운으로 대거 몰려들었다.

버지니아가 식민지로 성공을 거둘 수 있었던 또 다른 이유는 런던주식회사가 이민자들에게 토지를 불하해주었기 때문이다. 개인당 50에이커 정도의 땅을 임대해주었는데, 말이 임대이지 실제로는 거의 완전한 사유를 인정했다. 이 때문에 본국에서 땅도 없고 희망도 없는 빈민들이 대거 몰려와 이곳에서 새로운 삶을 개척하려 했다.

개척민들이 정착하는 데에는 많은 시련이 뒤따랐다. 1622년에는 인디언들의 대규모 공격으로 300명 이상의 개척민들이 목숨을 잃고 많은 농장들이 파괴되었다. 런던주식회사는 이 때의 타격으로 특허장을 반납하여 이후로 버지니아는 영국 국왕의 직할식민지가 되었다. 또한 담배농사는 땅을 급속하게 황폐화시켰으므로 개척민들은 숲을 개간하여 새로운 농토를 마련하느라 많은 고생을 하였다. 새로운 농토를 마련하는 데에는 많은 노동력이 필요했지만 새로 이민 오는 사람들이 많지 않았으므로 대부분의 개척민들은 가혹한 육체노동에 시달렸다.

6. 메이플라워 호를 타고 온 청교도들

메이플라워 호의 모습

버지니아에 건너온 최초의 이민자들이 이처럼 많은 고생을 하며 신대륙 경영의 기초를 마련했지만 오늘날 미국인들은 이들을 진정한 선조로 생각하지 않는다. 그 이유는 이들 대부분이 빈민, 부랑자, 전과자 등의 비천한 계층 출신이어서 선조로 내세우기에는 부끄럽기 때문이다. 더구나 이들이 신대륙으로 건너온 것은 런던주식회사에 고용되어 돈벌이를 하려는 목적에서였기 때문이다. 이들이 이민 온 목적은 개척, 자유, 모험 등 오늘날의 미국인들이 자랑스럽게 생각하는 가치와는 거리가 멀었다. 또한 이들이 만들어낸 노예제도, 귀족제도, 장원제도 등 남부의 생활모습도 오늘날 미국인들이 생각하는 신대륙의 이상과는 전혀 맞지 않기 때문이다.

오늘날 미국인들이 그들의 선조로 내세우는 사람들은 소위 순례시조라고 하는, 1620년에 메이플라워 호를 타고 뉴잉글랜드 플리머스로 건너온 일단의 청교도들이다. 이들은 분리주의자들이라고 하는 청교도의 한 급진적 분파다. 17세기 영국의 종교적 상황을 살펴보면 대륙에서 종교개혁이 일어나자 영국의 헨리 8세는 1534년에 소위 수장령을 발표하여 로마 교황과의 관계를 일방적으로 단절하고 스스로 영국 성공회의 수장이 되었다. 이것도 일종의 종교개혁이기는 하지만, 헨리 8세가 만든 영국교회는 교황이 임명한 사제들을 몰아내고 새로운 사제들을 국왕이 임명한 것에 불과했다. 교회의 조직이나 교리는 로마의 것들을 거의 그대로 답습했다.

메이플라워 서약

청교도들은 여기에 반대하였기 때문에 영국에서는 16~17세기 내내 국왕과 청교도들 사이에 분쟁이 계속되었다. 청교도의 여러 분파 중에서 '분리주의자들'은 가장 급진적인 부류였고, 일찍부터 박해의 대상이 되었다. 이들은 박해를 피해 네덜란드의 라이덴으로 피난했다가, 그곳마저도 안전하지 못하자 신대륙으로 건너갔다. 이들은 힘들게 항해하여 1620년 11월 11일에 원래 예정했던 지점보다 훨씬 북쪽인 케이프코드에 도착했다. 이들이 도착한 곳은 너무 북쪽이어서 아직까지 본격적으로 탐험되지도 않았고 아무도 특허장을 받지 않은 지역이었다.

이들은 배에서 내리기 전에 시민적 정치공동체를 자체적으로 구성하기로 협약을 맺었는데 이것이 유명한 '메이플라워 서약'이다. 이들은 동료인 존 카버를 지도자로 선출하고, 정착지에 종교적 자유와 인민평등을 근간으로 하는 공동체를 건설하기로 약속했다. 이것은 시민들이 모두 참여한 계약에 의해 국가가 만들어진 역사상 유일무이한 예이다. 플리머스는 나중에 매사추세츠에 합병될 때까지 북아메리카에서 완벽한 자치권을 가지고 있었던 유일한 식민지였다.

희망을 갖고 배에서 내린 그들이 겪은 어려움은 상상을 초월하는 것이었다. 계절이 겨울이기 때문에 북쪽의 사나운 추위가 몰아닥쳤고 식량도 매우 부족했다. 절반 이상이 그 해 겨울을 넘기지 못하고 목숨을 잃었다. 그러나 불굴의 신앙적 열정으로 뭉친 그들은 포기하지 않았고, 이듬해 메이플라워 호가 본국으로 돌아갈 때 아무도 그 배를 타지 않았다. 그들 주변에는 경작되지 않은 농토가 많았고 그들은 원주민들의 도움을 받을 수 있었다. 원주민들은 이들에게 옥수수 씨앗을 주고 농사짓는 법도 가르쳐주었다. 그 해 추수가 끝나고 순례시조들은 그들을 도와준 인디언들을 초대하여 옥수수와 야생 칠면조로 사흘 동안 감사의 잔치를 벌였다. 이것이 미국 추수감사절의 기원이다.

메이플라워 서약을 작성하는 모습

추수감사절 그림

순례시조들은 어려움을 극복하고 궁핍하지만 낯선 땅에 자리를 잡고 살게 되었다. 이들의 종교적 열정과 개척정신을 동경하는 사람들이 바다를 건너와 합류했다. 그렇지만 플리머스는 식민지로 번성하지 못하고 1691년에 이웃의 매사추세츠 식민지에 합병되었다. 합병 당시 플리머스에는 7천 명의 주민이 있었다. 순례시조들이 보여준 개척정신과 불굴의 의지는 훗날 미국인들에게 신화처럼 살아남았고 오늘날의 강대한 미국을 이룬 정신적 자산이 되었다.

7. 영국의 식민지 건설

버지니아와 플리머스를 시작으로 하여 북미 동해안에는 영국의 식민지들이 속속 건설되었다. 17세기와 18세기 초에 이르기까지 모두 13개의 식민지가 건설되었는데, 위에 언급한 식민지 이외의 다른 식민지들의 이름과 건설 경위는 다음과 같다.

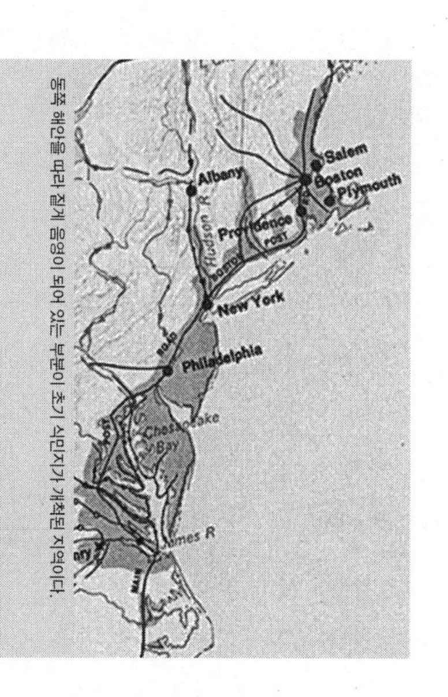

동쪽 해안을 따라 짙게 음영이 되어 있는 부분이 초기 식민지가 개척된 지역이다.

❀ **메릴랜드** 볼티모어 경이 찰스 1세로부터 특허장을 받아 체사피크 만 북단 일대에 건설한 식민지이다. 가톨릭 교도였던 볼티모어는 원래 이곳을 가톨릭 교도들에게만 개방하려 했으나 이민을 장려하기 위해서 종교 관용법을 발표하고 프로테스탄트들도 받아들였다. 나중에는 프로테스탄트의 세력이 오히려 강대해져 가톨릭 교도들이 공민권을 박탈당하는 일도 벌어졌다. 옥수수, 담배, 육류 등을 생산하는 농업 식민지로 발전했다.

❀ **매사추세츠** 청교도들이 1620년대 후반에 정착함으로써 이루어졌다. 1630년대에 본국의 박해를 피해 수만 명의 청교도들이 대거 이곳에 건너와 크게 발전했다. 주민들이 직접 선출한 초대 총독 존 윈스롭의 지도 하에 보스턴을 중심으로 발전했다.

로드아일랜드 매사추세츠의 경직된 종교적 분위기에 반발하여 로저 윌리엄스가 추종자들을 이끌고 1636년 로드아일랜드 프로비던스에 건설했다. 종교의 완전한 자유를 보장하고 매사추세츠와는 달리 주민 모두에게 동등한 투표권을 부여함으로써 많은 이민들을 유입했다.

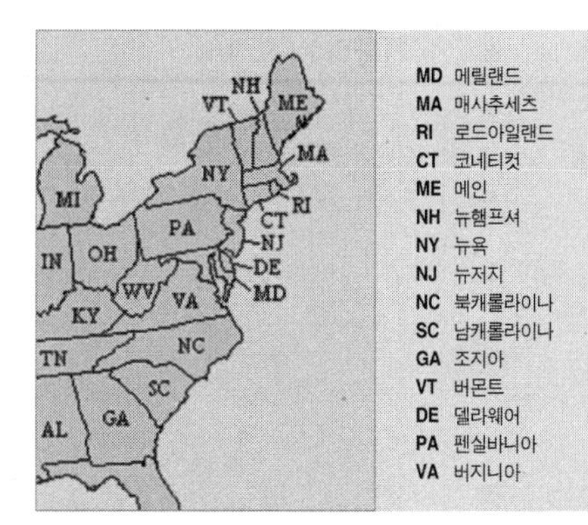

코네티컷 매사추세츠 출신의 후커 목사가 1636년에 건설했다. 하트포드와 뉴헤이븐을 중심으로 발전했으며 1662년에 찰스 2세로부터 정식 특허장을 받았다.

메인과 뉴햄프셔 존 휠라이트가 매사추세츠로부터 건너와 건설했다. 처음에는 매사추세츠 식민지에 부속되어 있었으나 1680년에 뉴햄프셔가 독립했고, 메인은 1820년에 독립했다.

뉴욕 원래 네덜란드 인들이 세운 뉴암스테르담 식민지를 영국이 1668년에 무력으로 빼앗아 뉴욕으로 이름을 바꾸었다.

뉴저지 1664년에 뉴욕으로부터 떨어져 나와 건설되었다. 토지 무상분배, 종교의 자유, 민주주의를 표방했기 때문에 많은 이민들이 몰려들었다. 1702년에 국왕의 직할식민지가 되었다.

캐롤라이나 1663년에 찰스 2세가 8명의 궁정대신들에게 버지니아와 플로리다 사이의 지역에 대한 특허장을 교부함으로써 건설되었다. 성공회 이외의 종교를 금지했으며 쌀과 담배를 주로 재배하는 농경식민지로 번성했다. 1729년에 국왕의 직할식민지가 되면서 북캐롤라이나와 남캐롤라이나로 분리되었다.

조지아 1732년에 제임스 오글리소프가 조지 2세로부터 특허장을 받았다. 술과 노예를 금하고 토지소유를 제한하는 등의 엄격한 정책을 시행했고 이웃한 플로리다와의 잦은 분쟁으로 이민자들의 유입이 적었으며 1715년에 국왕의 직할식민지가 되었다.

8. 영국과 프랑스의 식민지 전쟁

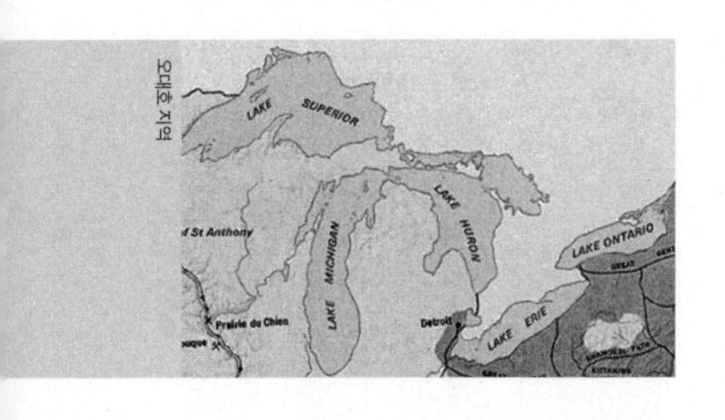

오대호 지역

북아메리카의 개척 초기에는 영국뿐만 아니라 프랑스도 식민지를 건설하였다. 처음에 영국은 뉴잉글랜드 남쪽으로, 프랑스는 그 위쪽으로 진출했기 때문에 별 문제가 없었지만 양국이 본격적으로 식민지 확장을 시도하면서 이 두 나라는 충돌했다. 첫 충돌의 계기는 오대호 남쪽의 오하이오 계곡 소유문제였다. 퀘벡을 거쳐 오대호 연안까지 진출한 프랑스는 북쪽

프렌치-인디언 전쟁 그림

이 너무 춥고 땅도 거칠기 때문에 오대호 남쪽으로 진출하려 했다. 영국의 식민지들도 많은 이민이 유입되어 새로운 땅이 필요했는데, 남쪽은 애팔래치아 산맥이 가로막고 있었으므로 오하이오 계곡으로 진출하려 하였다.

싸움은 버지니아 오하이오 주식회사라는 식민회사가 영국 정부로부터 오하이오 계곡 식민특허장을 받아 이주 희망자들을 모집한 데서 시작되었다. 프랑스는 이를 '부당한 영토 침해'로 간주하여, 군대를 보내 곳곳에 요새를 쌓고 이주민들을 위협했다. 버지니아 정부도 소규모 원정대를 파견했으나 이들은 프랑스 군대에 의해 쫓겨났다. 이러한 사정이 알려지면서 예전부터 프랑스의 진출에 불안해 하던 영국 정부는 곧 대규모 원정대를 파견하여 프랑스와의 전투를 준비했다. 소위 프렌치-인디언 전쟁으로 알려진 영국과 프랑스와의 전쟁은 이렇게 시작되었다. 이러한 이름이 붙은 이유는 프랑스가 영국과 식민지 연합군에 맞서 평소 관계가 좋던 인디언들을 대규모로 동원했기 때문이다.

전쟁 초기에는 프랑스군이 계속 승리를 거두었다. 최초의 대규모 충돌은 1755년 6월 19일 뒤케슨 요새(오늘날의 피츠버그) 부근에서 벌어졌는데, 프랑스-인디언 연합군이 영국군을 대파했다. 영국은 불리한 전황을 반전시키기 위해 최정예의 원정대를 신대륙에 추가로 파병했다. 이들의 활약에 힘입어 영국군은 1759년부터 프랑스군을 몰아내기 시작했고, 결국 1763년에 영국군의 승리로 전쟁이 종식되었다.

전쟁을 수행하는 중에 식민지들은 의용군도 보내고 물자도 보급하는 등 나름대로 많은 기여를 했지만 이 전쟁은 영국이 치른 전쟁이었다. 그렇기 때문에 전쟁이 끝나자 영국은 식민지에 보상을 요구하며 간섭을 강화하였고, 여기에서 비롯된 갈등이 결국 독립전쟁으로 이어진다.

9. 독립운동

❀ **보스턴 차 사건** 미국 독립전쟁은 프렌치-인디언 전쟁 후 영국이 식민지에 새롭게 부과한 각종 세금이 직접적인 원인이 되었다. 프렌치-인디언 전쟁에 막대한 비용을 지출한 영국은 이를 보충하기 위해 설탕조례, 군대숙영조례, 인지조례, 타운젠드조례 등과 같은 각종 세법을 신설하여 식민지의 조세 부담을 가중시켰다. 식민지들은 이 법들이 식민지의 동의 없이 만들어졌

보스턴 차 사건을 그린 판화

다는 이유로 '대표 없는 곳에 과세 없다'고 외치면서 이의 철폐를 요구하고 영국 상품에 대한 불매운동을 벌여나갔다.

1773년에 소위 '보스턴 차 사건'이 발생했다. 1767년의 타운젠드조례가 보스턴 대학살 사건으로 대부분 철회되었으나 식민지로 들어오는 인도산 차에 대해 관세를 부과하는 조항은 남아 있었다. 1773년 12월 16일, 모호크 인디언으로 분장한 한 무리의 '자유의 아들들'이 항구에 정박 중이던 세 척의 동인도회사 소속 선박 위에 올라가 배 위에 쌓인 342개의 차 상자를 바다에 던지며 '잔치'를 벌였다. 항구에 늘어선 주민들은 박수를 치며 환호했다. 이것이 '보스턴 차 사건'이다.

조지 워싱턴

토머스 제퍼슨

독립선언 1774년 6월에 조지아를 제외한 12개 식민지 대표들이 필라델피아에 모여 식민지에 적용하는 일부 법의 철회를 영국 왕에 청원했으나, 영국 왕은 이의 철회를 거부했다. 1775년 4월 18일에 매사추세츠 렉싱턴에서 영국군과 식민지인들 사이에 첫 무력 충돌이 일어나 식민지인 8명이 전사했다. 그로부터 한 달 뒤, 식민지 대표들은 다시 필라델피아에 모여 영국과의 전쟁을 결의하고 식민지 연합군을 조직하기로 결정하고, 조지 워싱턴을 연합군 총사령관에 임명했다.

1776년 7월 4일에 세 번째 열린 식민지회의에서는 토머스 제퍼슨이 기초한 독립선언서가 만장일치로 채택되었다. 보스턴 차 사건이 발생한 후 2년

IN CONGRESS. JULY 4, 1776.

The unanimous Declaration of the thirteen united States of America.

When [illegible]

독립선언서: 윌리엄 스톤 판화, 1823

반이 지나서 독립선언이 나온 것은 식민지의 독립을 반대하는 강한 여론이 있었기 때문이다. 이 때 토머스 페인의 『상식』이 출판되었다. 이 책은 꿈과 자유로 가득 찬 거대한 신대륙이 폭군이 지배하는 조그만 섬나라의 지배를 벗어나는 것은 '상식'에 불과하다는 요지를 담고 있다.

이러한 사회적 분위기에 힘입어 세 번째 식민지회의에서 독립 문제가 구체적으로 논의되었다. 식민지회의는 독립선언서를 기초할 소위원회를 구성했고, 당시 문필가로 이름을 날리던 토머스 제퍼슨이 중심이 되어 선언문의 초고를 작성했다.

이 초고는 본회의에 넘겨져 별다른 수정 없이 채택되었다. 독립선언서는 식민지가 독립을 선언하는 대원칙을 밝히고 영국 국왕의 부당한 식민지 정책을 열거하는 내용으로 되어 있다. 미국의 독립선언서는 평등, 천부인권, 인민의 동의, 저항권 등 근대 민주주의의 핵심 사상을 실천 강령으로 선언한 최초의 문서로서 중요한 의미가 있다.

1776년 7월 4일 미국은 독립을 선언하였다. 독립선언의 지도 정신은 존 로크의 정치사상이었다. 그는 국가의 기능은 국민의 권리인 생명, 자유, 재산을 보호하는 것이며, 정치적 권력은 국민의 이익을 위해서만 위임되는 것이며, 만일 인류의 자연권이 침해되면 국민은 그 정부를 폐기하고 변혁할 권리와 의무를 갖는다고 논하였다. 그는 국민의 자연권과 사회계약을 설파함으로써 국민의 혁명권까지 언급하였다. 이 사상은 제퍼슨에 의하여 독립선언서의 핵심을 차지하게 되었다.

❀ **독립전쟁의 과정과 쟁취** 독립전쟁을 수행하는 일은 연약한 의회와 새로운 주 정부에게 있어서 매우 힘겨운 과제였다. 의회는 군대의 중앙 통제가 필요함을 깨닫고, 조지 워싱턴 장군 휘하에 대륙군을 창설하였다. 그는 1775년 6월, 2차 식민지회의에서 식민지 연합군 총사령관으로 임명되었다.

미국과 영국의 싸움에서 표면적으로는 영국이 전적으로 유리해 보였다. 그러나 1778년 프랑스가 미국 편에 가담하여 참전함으로써 전세가 바뀌었다.

벤자민 프랭클린

존 애덤스

미국 독립전쟁은 7년 동안 지속되었다. 오랜 전쟁으로 미국과 영국은 모두 지쳐가고 있었으며 영국 국내에서 반전 여론이 비등했다. 참전국 대표들이 프랑스의 파리에서 강화회의를 개최하여 1783년 9월 3일에 강화조약이 맺어졌다. 이 조약에서 영국은 미국을 독립국으로 인정하고 대서양에서 미시시피 강에 이르는 광대한 지역을 내놓았다.

이 때 독립한 것은 13개 주였는데 독립전쟁 중인 1777년에 채택된 『연방규약』에 의해 하나로 통합되었고, 이 규약을 통해 구성된 회의체가 중추적 역할을 해왔다. 이 회의체는 각 주 대표의 모임이었으나 법의 집행권을 갖고 있지 않았기 때문에 전쟁으로 생긴 외채와 국내 채권의 상환문제, 각 주 사이의 통상문제 및 외국과의 통상문제, 농촌의 재건사업 등 여러 가지 문제를 해결할 능력이 없었다. 또한 각 주 내부에서도 결속이 굳건하지 못했다.

본래 미국의 독립운동은 상인, 지주, 자유직업인 등 중산층 이상의 인사들의 주도 하에 개척민, 농민, 도시의 일반 대중 등이 협력하여 이루어진 것이지만, 일단 독립이 성사되자 각 주의 주민들은 민주적 개혁을 주장하고 이는 결국 참정권의 확대로 나아갔다. 참정권이 어느 정도 확보되자 각 주에서는 연방정부의 권력보다는 각 주의 권리를 중요시하는 방향으로 법률을 제정하고 이로 인해 경제상태가 악화되기에 이르렀다. 이 위기를 모면하려는 시도로 각 주를 통합하는 강력한 연방정부의 수립을 추진하게 되었다. 연방규약을 폐지하고 새로운 연방정부를 수립하는 새로운 헌법을 제정하기에 이르렀다.

1786년에 각 주의 통상관계를 협의하기 위해 모인 애나폴리스 회의에서 해밀튼, 매디슨 등이 새로운 헌법의 제정을 추진하고, 1787년에 필라델피아에서 워싱턴, 프랭클린, 애덤스 등의 대표들이 모여 미국헌법을 제정하였다. 새로운 미국헌법에 의하여 워싱턴이 1789년 4월에 미국의 초대 대통령으로 취임하였다.

1787년의 미국 헌법

10. 국민적 자각

미국의 초대 대통령인 조지 워싱턴은 헌법 제정에 큰 공을 세운 해밀튼을 재무장관에 임명하고, 독립선언서를 작성한 제퍼슨을 국무장관에 임명하였다. 이 둘은 대조적인 성격으로 해밀튼은 현실적인 면을 중요시하고 제퍼슨은 이상적인 면을 중요시하였다. 해밀튼은 행동적인 사람이고, 제퍼슨은 사색적인 인물이었다. 따라서 해밀튼은 능률과 질서를 중요시하고 제퍼슨은 자유를 중요시하였다. 해밀튼이 미국 경제 질서의 토대를 놓았다면, 제퍼슨은 민주주의의 이념을 확립했다고 할 수 있다. 해밀튼의 정책을 지지하는 상인, 제조업자, 금융업자들은 연방주의자라는 깃발 아래 모이고, 제퍼슨의 정책을 지지하는 남부의 지주 계층과 농민들은 민주공화주의자라는 깃발 아래 모였다. 해밀튼의 재정정책이 미국의 양당정치의 씨앗을 뿌린 것이라고 할 수 있다.

1789년에 미국에서는 새로운 헌법에 의한 초대 대통령인 워싱턴의 정부가 등장하여 희망찬 미래를 향하여 나아갔다. 워싱턴 정부는 1793년에 중립정책을 선언하였다. 워싱턴은 1796년에 대통령직 고별연설에서 당파 간의 정쟁을 지양하도록 요청하고, 유럽의 사태에 대하여는 중립적인 입장을 취하는 것이 바람직하다고 설파하였다. 워싱턴의 뒤를 이은 존 애덤스는 국내외의 여러 문제에 관하여 국론을 수습하지 못했고, 1800년에 토머스 제퍼슨이 대통령에 선출됨으로써 민주공화당이 정권을 장악하게 되었다.

제퍼슨은 국내정책에 있어서 몇 개의 민주적 개혁을 단행하고 1802년에는 미시시피 강에서부터 로키 산맥에 이르는 루이지애나를 프랑스로부터 1500만 달러에 매입하여 미국 국토를 두 배로 늘리는 업적을 쌓았다. 대외정책에 있어서는 계속 중립주의 정책을 취함으로써 많은 어려움을 겪었다. 프랑스 혁명의 결과 나폴레옹이 권력을 잡고, 대외침략 정책을 펼쳤기 때문에 유럽에서는 전쟁의 소용돌이가 계속되고 있었다. 트라팔가 해전 이후 대서양의 제해권을 장악한 영국이 프랑스와 미국의 교역을 방해했기 때문에, 제퍼슨은 중립주의 정책을 고수하고 영국과의 충돌을 피하기 위하여 1807년에 대외무역을 금지시키는 '출항금지법'을 제정, 공포했다.

'출항금지법'은 북부의 공업발전을 가로막고, 농민들이 생산한 곡물, 육류, 담배 등의 농산물 수출을 막음으로써 경제적 손실을 가져와 제퍼슨의 정책에 대한 비난이 강해졌다. 제퍼슨을 이은 제임스 매디슨도 중립주의 정책을 고수했으나 결국 1812년에 영국과의 전쟁을 피할 수 없었다.

1814년에 끝난 영국과의 전쟁은 제2차 독립전쟁이라 할 만하다. 비록 미국이 독립전쟁에서 1782년에 승리를 거두고, 1789년에 새로운 헌법에 의하여 대통령을 선출하였으나 대외적으로 영국과 대등한 관계를 누린 것은 아니었다. 1814년에 영국과의 전쟁에서 승리함으로써 미국은 비로소 대외적으로 영국과 대등한 지위를 갖게 되었다. 미국은 정치적으로는 두 정당이 협력하여 연방정부의 권한을 강화하였고, 경제적으로는 1819년에 보호관세를 제정하여 초기 산업혁명의 길을 열었다. 또한 이 전쟁은 미국 국민의 국민적 각성을 가져왔다.

제임스 매디슨

제임스 먼로

미국민의 국민적 자각은 1823년에 먼로 대통령이 선언한 먼로 독트린의 배후가 되었다. 1815년 이후 남아메리카의 스페인 식민지에서 전개되는 독립운동과 이것을 저지하려는 유럽의 신성동맹과의 대립에서 미국은 식민지의 독립을 지지하고, 그것을 공포한 것이 먼로 독트린이다. 먼로 독트린은 아메리카 대륙은 유럽 제국의 식민지 대상이 아니고, 유럽이 아메리카의 사태에 간섭하면, 그것을 미국에 대한 비우호적 행위로 간주할 것이며, 미국은 유럽의 문제에 대하여 간섭하지 않겠다고 하는 것이 주된 내용이다. 이 선언은 독립 후 미국의 국가적 성장과 자신감을 보여준 것이다.

11. 지역적 대립과 남북전쟁

미국 내 남북 간의 대립은 지역문제에서 시작하여 결국 남북전쟁으로 발전하

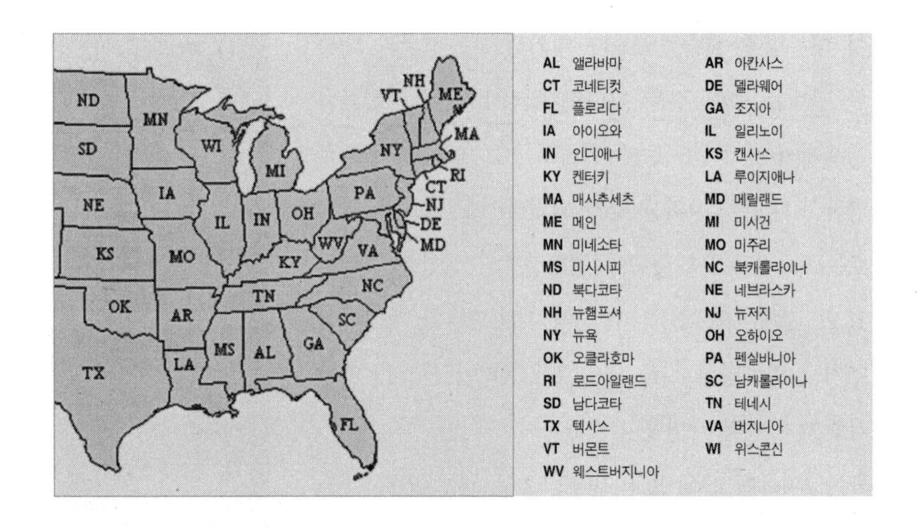

였다. 지역문제는 특히 경제적인 측면에서 심각하였다. 메릴랜드를 경계로 하여 남부는 기후와 사회구조가 유사한 반면에 북부는 동부와 서부가 이질적이었다. 북동부는 공산품을 주로 생산하였으며 북서부는 농업이 주된 산업이었다. 북동부와 북서부는 상호간에 필요한 공산품과 농산물을 주고받으며 경제적으로 연결되어 있었다.

뉴잉글랜드의 여러 주와 뉴욕, 펜실바니아, 뉴저지 등을 포함하는 북동부 지역에서는 상공업을 중심으로 한 자본주의 사회가 형성되었으며 보호무역 정책을 추진하였고 노예제도를 반대하였다. 오하이오, 인디애나, 미시건, 위스콘신, 아이오와, 미네소타 등을 포함하는 북서부 지역에서는 축산을 포함한 농업이 발달하였으며 노예제도를 반대했다.

북서부 지역은 생산된 농산물을 북동부의 공산물과 교환함으로써 서로 이해관계가 일치하였다. 남부지역은 메릴랜드에서 텍사스에 이르는 지역과 미주리에서 미시시피에 이르는 지역으로 목화, 담배, 사탕수수 등의 플랜테이션

에이브러햄 링컨

제퍼슨 데이비스

경제를 기반으로 한 귀족사회가 발달하였고 자유무역을 주장하였다. 목화의 공급지로서 영국과 밀접한 관계를 유지하고 있었고 목화재배를 위한 노동력 확보를 위해 노예제도 유지를 주장하였다.

1854년에 제정된 캔사스-네브래스카 법은 서부에 새로이 탄생되는 주가 자유 주가 되느냐 노예주가 되느냐 하는 것을 그 곳의 주민의 결정에 위임한다는 내용이었다. 북부에서는 이 협정이 서부에 노예제도의 확대를 허용하는 것이라고 생각하고 강력한 노예제도 반대운동이 일어나 공화당이 결성되기에 이르렀다. 1860년 대통령 선거에서 노예제도의 폐지를 주장하는 에이브러햄 링컨의 당선은 남부 노예 주가 주정부에서 분리되는 결과를 가져왔다.

1860년 12월 남캐롤라이나의 연방정부 탈퇴에서 비롯된 남부의 탈퇴는 1861년 2월까지 미시시피, 플로리다, 조지아, 루이지애나, 텍사스 등의 탈퇴로 이어졌다. 연방정부에서 탈퇴한 남부의 여러 주는 1861년 2월에 남부연방 임시정부를 수립하고 제퍼슨 데이비스를 대통령으로 선출하였다.

링컨이 취임한 후 남캐롤라이나 주의 찰스턴 항에 고립되어 있는 연방의 군사기지인 섬터 요새를 구출하고자 하였다. 링컨은 이 요새에 식량을 보급하기로 결정하고 그 뜻을 남부에 전달하였다. 그러자 남부는 보급선이 오기 전에 이 요새를 함락시켰다. 이를 계기로 남북전쟁이 발발하였다. 링컨은 1863년 1월 1일을 기하여 남부지역의 모든 노예는 해방된다고 하는 '노예해방령'을 1862년 9월 23일에 선포하였다.

버지니아, 아칸사스, 테네시, 북캐롤라이나가 남부연방에 가담하였고 북부와 서부의 모든 주와 노예 주인 메릴랜드, 켄터키, 미주리가 연방군에 가담하였다. 연방정부는 23개 주 2200만 명, 남부연방은 11개 주 900만 명으로 구성되어 남북전쟁을 벌였다.

남북전쟁이 북부의 승리로 끝나 미국은 자본주의 발전의 기본적 조건을 완성하고 국민적 통일 국가체제를 확립하게 되었다. 미국의 남북전쟁은 노예해방의 문제와 그에 따른 헌법상의 논쟁에 의하여 4년 간 지속된 내란이었다. 그러나 전쟁이 끝난 후에도 흑인문제와 헌법상의 문제가 확실히 해결되지는 않았다. 수정헌법 제13조, 제14조, 제15조에 의하여 흑인들이 법적으로 자유를 누리고, 미국 시민의 한 사람으로 참정권까지 보장을 받았지만 현실적으로 흑인들에게는 자유를 행사할 능력이 없었다.

4년 동안 지속된 남북전쟁은 많은 사망자를 냈다. 전쟁이 장기화되고 격렬한 전투가 많았기 때문에 남부와 북부 쌍방의 손실은 막대했다. 이 전쟁에 직접 동원된 병력은 북부가 약 200만 명, 남부는 60만에서 70만 명으로 추산되는데 북부에서는 36만여 명, 남부에서는 25만여 명의 전사자가 발생한 것으로 추정되었다. 전쟁에서 패배한 남부의 타격은 심각했다. 남부의 대부분은 전쟁으로 황폐화되고, 1863년 1월 1일 발표된 노예해방 선언으로 전통적인 경제구조가 근본적으로 무너졌다. 종전 직후인 4월 14일에 링컨이 불의의 저격을 받아 사망하자 그가 주장하던 남부재건안이 묵살되었고 남부는 군정의 지배를 받게 되었다. 남부연합에 가담했던 예전의 노예 주들이 차례대로 연방에 복귀하여 1877년까지는 연방 복귀가 완료되었으나, 정치적으로는 북부의 공화당을 배척하고 무조건 민주당을 지지하는 태도가 굳어졌다.

남북전쟁 후 전쟁에서 승리한 북부를 중심으로 미국의 공업화가 급속하게 진행되었다. 북부는 미국의 풍부한 자원과 유럽으로부터 들어온 풍부한 노동력을 바탕으로 정부의 친기업적인 정책에 힘입어 미국을 산업국가로 발전시켰다. 미국의 산업화에 가장 큰 영향을 끼친 것은 미국 경제발전의 원동력이라고 할 수 있는 철도산업이었다.

또한 증기기관에 버금가는 중요한 기술발전은 전신과 해저 전선이었다. 전신은 미국 내에서의 빠른 통신을 가능하게 하였고, 1876년에 대서양에 부설한 해저 전선은 국제 통신의 혁명을 가져왔다. 수송과 통신의 발전은 미국에서 생산된 상품의 시장을 세계로 확장시켰다.

유럽으로부터 들어온 이민자들은 미국의 산업화에 밑거름이 되었다. 남북전쟁이 끝나고 제1차 세계대전이 발발하기 전까지 미국으로 들어온 이민자는 2600만 명이 넘었다. 이민자들 대부분이 부양가족이 없는 근로 연령층이었다. 이들은 열심히 일하여 자신들의 장래를 개척하려는 사람들로서 당시 급속한 산업화에 필수적인 노동력을 값싸게 제공하였다. 급속한 산업발전은 미국을 크게 변모시켜 국가경제가 팽창하였고 국민의 생활이 향상되었다. 그러나 대기업들은 산업화의 이면에 숨겨진 많은 사람들의 희생과 상실을 외면한 채 오로지 기업의 확장에만 혈안이 되어 있었고 정치는 대기업의 로비로 부정과 부패의 길을 걷게 되었다.

12. 혁신주의시대

혁신주의시대는 데어도어 루즈벨트 제26대 대통령이 취임한 1901년부터 미국이 제1차 세계대전에 참전하기 시작한 1917년까지의 기간을 가리킨다. 그러나 이전의 윌리엄 맥킨리 제25대 대통령에게도 혁신주의정책의 흔적이 있다.

예를 들어 1898년에 공업대책위원회가 추진한 대 독점기업정책이나 기업합동에 대한 연방정부의 규제권고와 같은 것들은 혁신주의정책과 맥을 같이 한다. 혁신주의는 당시의 시대적인 흐름이라고 할 수 있다. 19세기 후반부터 현저해진 미국의 산업화, 특히 기업의 독점화와 도시화로 인해 발생한 여러 문제에 대한 미국적 반응으로 나타난 것이 혁신주의이다. 자유방임주의를 종식시키기 위해 정부 권한의 강화를 요구하였으며, 민주정치, 자유, 법치, 사유재산제도 등 미국의 전통적인 가치를 보존하고자 하는 신념을 유지하고 이념적 해결방법이 아니라 실용주의적 접근방법을 취했다. 혁신주의운동은 중앙정부로부터 하향적으로 시달된 것이 아니라 도시나 지방정부 차원에서 출발하여 주정부 차원으로, 그리고 전국적으로 확산되어 연방정부 차원으로 번져나갔다. 다시 말하여 상향적으로 확대되었다.

루즈벨트는 대통령의 권한과 위신을 강화하려고 하였다. 그는 대기업의 막강한 힘을 견제하기 위하여 북부 증권회사를 해체시키려고 하였다. 그것은 모건과 같은 금융가와 제임스 힐, 에드워드 해리먼과 같은 철도업자들이 만든 지주회사였다. 대법원은 북부 증권회사의 해산을 명령하였고, 그 결과 정부가 기업 위에 있다는 사실이 확인되었다.

루즈벨트 대통령은 반 기업합동정책을 강력하게 추진하였다. 중소기업을 보호하기 위해 시행된 셔먼 반 기업합동정책 즉 혁신주의가 결과적으로 중소기업을 압박하게 되었다. 정부의 고발을 계기로 독점기업은 경영혁신과 합리화를 촉진시켰으므로 독점기업이 타파되지 않고 오히려 새로운 모습의 독점기업이 재건되었다. 또한 반 기업합동정책이 노동조합운동을 탄압하는 데 이

용됨으로써 노동운동을 억제하는 효과도 가져왔다. 그러나 독점기업의 노골적인 수탈행위와 악폐를 시정하고 경영혁신을 촉진하였으며 경제분야에 대한 연방정부의 규제권을 확대하는 성과를 거두었다.

데어도어 루즈벨트

1890년대부터 1917년 미국이 제1차 세계대전에 참전할 때까지 미국의 정치와 사상은 이 혁신주의운동의 영향을 많이 받았다. 혁신주의자들은 자신의 운동을 기업의 독점과 정부의 부패에 항거하는 민주적 개혁운동이라고 생각했다. 그들이 추구하는 목표는 폭넓은 민주주의와 사회정의, 정직한 정부, 기업체에 대한 보다 효과적인 규제, 그리고 헌신적인 공무수행 풍토의 부흥과 같은 것이었다. 그들은 통치범위를 확대함으로써 사회의 진보와 시민의 복지 향상을 확실하게 할 수 있다고 믿었다.

많은 주가 국민들의 생활과 근로 조건을 개선하기 위한 법률들을 제정했다. 루즈벨트 대통령은 노사 양측 대표를 백악관에 초청하여 분쟁을 조정하려고 하였다. 그는 노동조직을 현대사회의 불가피하고 필요한 존재로 인정하였지만 노동자의 폭력 행사는 강력히 규제되어야 된다고 주장하였다. 그는 노동운동의 과격화와 폭력화는 체제전복 내지는 사회주의화에의 위험이 있다고 보았다. 루즈벨트는 노사의 대립을 공익을 위해서 조정한다는 태도를 유지했다. 그의 입장은 자본주의 체제 하에서 온건한 노동운동과 자본주의의 발전형태인 독점을 인정하면서 노사협조를 기하려는 것이었으며 그러한 범위에서 정부가 노동자들을 보호하고 노동운동을 권장한다는 것이었다

루즈벨트는 기업합동방지법을 시행하며 정부의 감독을 강화하는 정책을 펼쳤다. 정부의 감독을 철도회사에까지 확대하여 철도 관계의 주요 규제법

우드로우 윌슨

안들을 통과시켰다. 그의 혁신적인 조치에 대한 지지는 초당적이었다. 풍요를 구가했던 이 시기의 국민들은 집권당을 만족스럽게 생각했다.

1912년 대통령 선거를 맞아 공화당 안의 보수주의자들과 혁신주의자들의 대립이 표면화되었다. 보수주의자들이 윌리엄 하워드 태프트를 다시 대통령 후보로 지명하려고 하자, 이에 반발한 혁신주의자들은 공화당을 박차고 나와 혁신당을 조직하여 루즈벨트를 대통령 후보로 지명하고, 사회 정의의 기치를 내세웠다.

민주당은 새로운 인물인 우드로우 윌슨을 대통령 후보로 지명하였다. 그는 독점적인 대기업의 분쇄와 경쟁체제의 부활을 주장하여 제28대 대통령에 당선되었다. 윌슨 행정부는 루즈벨트의 공화당 행정부가 수립한 혁신주의 노선을 따라 대기업을 규제하고, 대통령의 권한을 강화하려고 하였다. 경쟁의 원리를 부활시키기 위해 특혜의 상징인 동시에 독점의 원인인 관세를 낮추는 관세인하, 은행통화개혁, 기업규제 등의 3대 개혁을 추진하였다.

혁신주의시대는 산업화의 시기인 동시에 도시화의 시기였다. 1901년에서 1914년에 이르는 사이에 850만의 이탈리아 인, 유대인, 슬라브 인이 이민으로 들어왔는데. 이들의 대부분은 도시에 정착하였다. 그에 따라 도시를 중심으로 '대중'이라는 새로운 사회 세력이 형성되고 대중문화가 자리잡게 되었다. 무성영화의 출현으로 대중의 우상이 나타났고 1914년경에는 축음기가 보급되어 블루스 음악과 사교춤이 널리 보급되기도 하였다.

대중에게 호소하는 신문과 잡지가 발행되어 새로운 선정주의가 나타났고, 뉴욕타임즈 같은 신문에서 상업, 교육, 정치, 예술, 해외 문제에 관한 점잖은 뉴스를 게재함으로써 지식층에게 고급 문화가 확산되었다.

존 듀이

혁신주의시대의 개혁정신은 교육제도의 개혁으로도 나타났다. 당시에 공립학교제도는 매우 낙후된 상태에 있었다. 교육계의 변화에 앞장선 사람은 존 듀이였다. 듀이는 어린이들이 도시화되고 민주화된 사회에 적응할 수 있는 능력을 갖추도록 교육 내용을 현대화하려고 하였다. 듀이는 1919년에 진보교육학회를 조직하고 교육조건을 개선하는 데 크게 기여하였다. 그 결과 학생수와 교육 예산이 늘어나 문맹률은 1910년에 7.7%로 크게 떨어졌다.

산업화와 도시화의 결과로 사회가 다양하고 복잡해졌기 때문에 전문가의 필요성이 커졌고 그에 따라 대학이 발전하였다. 학문의 성격도 시대 정신에 따라 개혁적이고 진보적인 것이 되었다. 혁신주의시대의 학문으로 새롭게 떠오른 사회과학은 개혁의 도구가 되었다. 사회과학에서 가장 영향력이 컸던 분야는 심리학이었고, 가장 유행했던 학풍은 윌리엄 맥두갈에 의해 대변되는 본능학파였다. 심리학의 또 다른 학파는 손다이크와 존 왓슨으로 대변되는 행

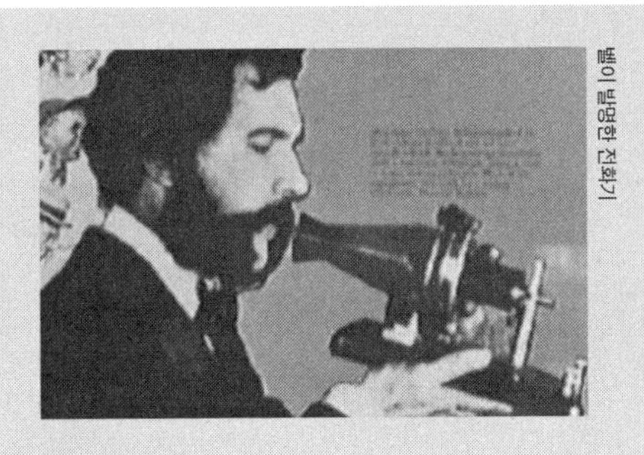
벨이 발명한 전화기

에디슨이 발명한 축음기

동주의 학파였다. 이 학파는 인간이 눈으로 직접 관찰할 수 없는 것은 무조건 무시하고, 인간의 모든 행위를 자극과 반응의 관점에서 파악하려고 하였다.

혁신주의시대의 개혁정신은 역사연구 방법에도 영향을 줌으로써 역사학을 개혁의 도구로 이용하게 하였다. 혁신주의 역사가들은 역사적 사건을 현재의 관점에서 해석하였다.

이 시기에 획기적인 기술혁신과 생산성의 향상이 이루어졌다. 전화의 발명은 기업운영방식의 획기적인 변화를 가져왔다. 전화는 1876년에 알렉산더 그레이엄 벨이 전신을 보완함으로써 만든 통신수단이었다. 에너지 부문에서도 획기적인 기술혁신이 이루어졌다. 토머스 에디슨에 의해 전구가 발명됨으로써 전기가 실용화되었다.

전기는 산업의 동력으로서 중요하였다. 현대 사회의 발전을 가져온 또 다른 발명은 자동차였다. 내연기관은 1870년대 중엽에 독일에서 발명되었으나, 1892년에 헨리 포드에 의해 자동차 제작에 처음 사용되었다. 1908년에 포드사의 대중용 자동차인 '모델 티'가 생산되면서, 자동차 대중화 시대가 열리게 되었다.

기술혁신의 또 다른 결과는 비행기의 출현이었다. 1903년에 라이트 형

라이트 형제의 첫 비행

모델 T

제는 북캐롤라이나의 키티호크 근처에서 모터를 단 비행기를 타고 인간으로서는 처음으로 하늘을 날았다.

13. 영토 확장

미국의 영토는 계속하여 확장되고 있었다. 미국은 1803년에 프랑스로부터 루이지애나를 매입하고, 1819년에 플로리다를 스페인으로부터 매입하였다. 멕시코에 이주한 미국인들이 1835년에 건설한 텍사스는 1845년에 미국으로 합병되었고, 1846년에 발발한 미국과 멕시코와의 전쟁이 1848년에 끝나면서 캘리포니아가 미국의 영토로 되어 1850년에 캘리포니아 주가 되었으며, 태평양 연안의 오레곤은 1846년에 미국의 영토로 되었다.

이로써 미국은 대서양 연안에서 태평양 연안에 이르기까지 광대한 영토를 갖게 되었고 계속하여 영토를 확장하였다. 현재의 미국 영토는 알래스카와 하와이를 연방으로 받아들인 1959년에 확정된 것이다.

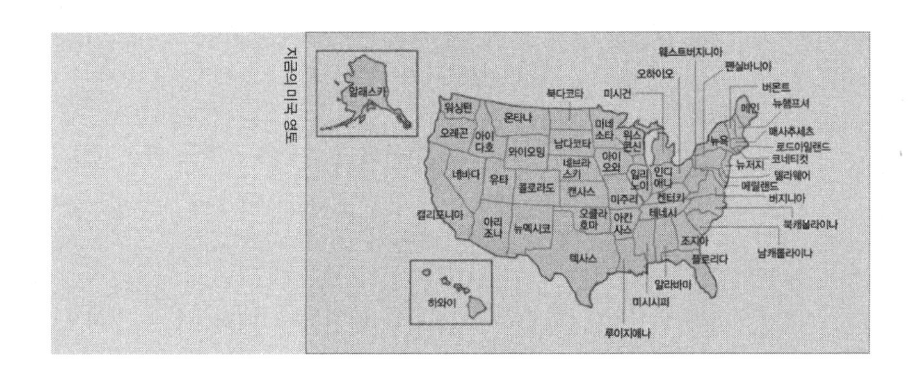

지금의 미국 영토

14. 현대

미국은 1914년에 유럽에서 발발한 제1차 세계대전에 관여하려 하지 않았다. 그러나 1917년에는 미국도 참전하지 않을 수 없게 되었다. 이 전쟁에 마지못해 참여한 미국은 연합국이 승리하는데 주도적인 역할을 함으로써 전쟁이 끝난 후 문제 처리에 있어서 발언권이 강화되었다. 베르사이유 강화회의는 윌슨 대통령의 14개 조 안을 토대로 하여 진행되었고 세계 평화를 수호하는 기구로 국제연맹이 창설되었다. 그렇지만 미국은 민주당과 공화당이 마찰을 빚는 국내 정치상황으로 인하여 국제연맹에 가입하지 않음으로써 세계의 지도 국가라는 국제적 지위를 포기하고 전통적인 고립주의정책으로 회귀하였다.

공화당이 집권하면서 시작된 1920년대는 번영의 시대였다. 경제적 자유주의 정책을 실시함으로써 정부는 기업 활동에 간섭하지 않았으며, 고율의 관세정책을 실시하여 미국의 산업을 보호함으로써 대외적 고립주의정책은 계속되었다. 자본주의 경제는 계속 발전하였다. 예전부터 있었던 산업이 발전함과 더불어 자동차공업 및 전기 관계 공업 등과 같은 새로운 산업이 급속하게 발전하였다. 1900년에 연간 4000대를 생산하던 자동차 산업은 1929년에는 연간 500만 대로 발전하였고, 약 370만 명이 이 산업에 종사하였다. 전기와 관련 있는 산업, 즉 전력의 공급, 전기기계의 제작, 가전제품의 생산 등이 새로운 산업으로 각광받았다. 산업의 발전은 기업의 확장과 고용의 증대를 가져왔고, 건축업의 발전을 가져왔다. 대량으로 생산되는 상품의 소비를 촉진시키기 위해 상품판매업과 광고업이 발달하였으며, 라디오산업과 영화제작업 및 항공산업이 등장하기 시작했다.

경제발전은 미국인의 생활에 큰 변화를 가져왔다. 대량생산에 의해 마구 쏟아져 나오는 상품은 생활의 질에 있어서 빈부의 격차를 줄였으며 일상생활의 기계화를 촉진하였다. 자동차가 일반 국민들의 생활수단이 됨으로써 도로망이 확충되고 대도시의 인구집중이 줄어들고 위성도시가 발달하였다. 전기냉장고, 전기세탁기, 전기청소기 등의 가전제품이 일반 대중의 손에 들어가면서 식품에서 가전제품에 이르기까지 일상생활에 필요한 모든 것을 판매하는 대형 상점이 생겼다. 생활이 윤택해지고 여가시간이 늘어나면서 연극과 영화를 관람할 시간이 많아졌으며, 직업적인 운동선수와 운동경기가 정착되었다. 권투와 야구 등의 운동경기에서 국민적인 영웅이 배출되고, 성공적인 운동선수는 막대한 돈을 벌었다. 1919년에 금주법이 제정되었으나 사회적 분위기는 술을 필요로 했다. 마피아 조직은 밀주를 공급하여 막대한 이익을 챙겼으며 재즈음악이 유행한 것도 이 시기이다.

현대적 미국생활의 기초를 닦은 1920년대의 번영은 1929년 10월 뉴욕 월가의 주식시장에서 종말을 맞게 되었다. 주가의 대폭락은 미국의 경제공황을 가져왔고 이로써 1920년대는 어둠 속에 막을 내리게 되었다. 경제공황의 원인은 지나친 주식투자 열기 때문이었다고 할 수 있지만, 공업제품의 생산과잉과 농업부문의 과잉생산도 그 잠재적 원인이었다. 10월에 시작된 주식가격의 폭락은 두세 달 동안에 주요 회사의 주가를 절반 이하로 떨어뜨렸고, 그로 인해 수많은 공장이 문을 닫고 은행이 파산하고 농장이 도산하였다. 경제공황이 시작되기 이전에 150만 명 정도였던 실업자는 1932년에 1500만 명으로 10배 정도 증가하였고 수많은 미국인의 생활이 빈곤하게 되었다.

1932년에 제32대 대통령이 된 프랭클린 루즈벨트는 막대한 국가재정을 투입하는 뉴딜정책을 착수하였다. 구제와 부흥과 개혁을 모토로 하는 이 정책은 1939년에 발발한 제2차 세계대전을 맞아 경제부흥의 결실을 맺었다. 뉴딜

프랭클린 루즈벨트

정책의 모토인 구제정책을 위하여 1933년 5월에 민간 하천삼림관리단을 조직하여 실업자를 토목사업에 동원하고, 연방 긴급 구제법을 제정하여 주정부의 구제사업에 대하여 연방정부의 재정 보조를 약속하였다. 또한 11월에 민간 작업 촉진 행정처를 설치하여 18만 종류의 작업계획을 수립하여 노동자, 농민과 지식인, 사무원, 예술가들에게도 적합한 일자리를 주선하였다.

개혁정책으로는 1935년 8월에 사회보장법을 제정하여 실업보상, 상해노동자 및 퇴직자에 대한 수당을 법으로 정하고 연방정부와 주정부, 고용자와 사용자가 필요한 기금을 부담하도록 했다. 가장 성공적인 정책으로는 1933년 5월에 시작된 테네시 유역 개발사업이다. 정부가 출자하여 시작한 이 사업은 테네시 계곡을 개발하여 인접한 7개 주에 전력과 농업용수를 공급하고 아울러 농촌문화의 향상을 목적으로 하였다.

뉴딜정책이 순조롭게 진행된 것은 아니다. 중요한 법령에 대하여 대법원의 위헌 판결이 있었고, 야당인 공화당은 이 정책에 반대하였으며 여당인

식량배급소에 줄지어 선 사람들

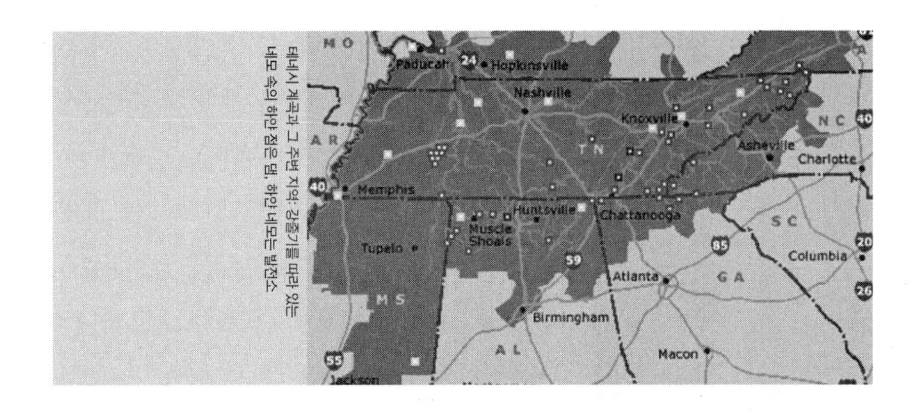

테네시 계곡과 그 주변 지역: 강줄기를 따라 있는 네모 속의 하얀 점은 댐, 하얀 네모는 발전소

민주당 내부에서도 비판의 소리가 있었다. 이 정책의 성과가 급격한 경제 회복을 가져오지도 않았다. 1937년에 실업자의 수는 600만 명이었고 경제도 다소 회복되기는 하였으나 후퇴의 징조를 보이기도 하였다. 그러나 노동자, 농민, 지식인들은 이 정책을 강력하게 지지하였다.

1937년 7월 일본이 중국을 침략하고 나치 독일이 1939년 9월에 폴란드를 침공함으로써 제2차 세계대전이 발발하였다. 미국은 중립을 선언하였으나 루즈벨트 대통령은 국제문제에도 관심을 갖지 않을 수 없었다. 1940년 프랑스의 패배와 독일과 소련의 전쟁 개시에 뒤이어 12월에 일본 해군의 진주만 공습은 미국의 전쟁 참여를 촉발했다. 미국 역사의 전통을 깨고 1940년에 3선 대통령이 된 루즈벨트는 경제공황 타개에 쏟았던 정력을 전쟁의 승리에 쏟았다. 이 전쟁은 미국경제의 회복에 기여했다.

민주주의의 병기고 역할을 하는 미국의 생산력은 급속도로 증가했다. 1939년부터 1945년까지 미국의 생산지수는 공업에서 96%, 수송력에서 106%, 농업에서 26%의 증가를 각각 보였다. 미국이 생산한 선박, 항공기, 전차 및 각종 무기들이 파시스트 국가들과 싸우는 연합군에 제공되고 1700만

엠파이어 스테이트 빌딩

명에 달하는 미국의 병력은 연합군의 승리를 가져오는 데 주도적 역할을 했다. 1943년 9월에 파시스트 이탈리아가 패망하고, 1945년 5월 나치 독일이 패망하고, 1945년 8월 15일 일본이 항복함으로써 제2차 세계대전은 종식되었다. 루즈벨트 대통령은 전쟁의 종말을 보지 못하고 1945년 4월에 사망하였다.

제2차 세계대전 후 미국은 세계 평화를 위해 국제연합의 창설을 주도했다. 마샬플랜을 1947년 6월에 마련하여 유럽에 경제원조를 하였다. 전쟁이 종식된 후 자유국가와 공산국가의 대립은 미국으로 하여금 국제협조주의정책을 택하도록 하였다. 전통적인 고립주의정책을 버리고 국제협조주의정책을 강화하게 된 것이다. 1950년에 발발한 한국전쟁에서 미국은 자유진영의 국가들이 참여하도록 함으로써 미국은 자유진영 국가들의 지도자 역할을 자임하였다.

미국의 민주정치가 실업가들의 이익이나 특수 권력집단의 이익에 봉사한다는 비난도 있지만, 일반 국민들의 양심적인 활동이 현실적인 힘을 얻고 있다. 경제적 발전에도 불구하고 빈부의 차가 현격한 것은 사실이지만 빈곤계층이 줄어들고 생활수준이 전반적으로 향상되었다. 또한 미국문화의 물질적인 경향이 미국을 문화적 빈곤국으로 전락시키고 있지만 새로운 미국문화를 창조하고자 하는 노력과 상당한 성과가 있음은 부인할 수 없다.

지리적 배경

2.

1. 개관

1000만 km^2에 이르는 광활한 면적을 가진 미국은 국토의 넓이가 우리나라의 약 100배이고, 텍사스 주는 동서로 자동차로 가는데 20시간이나 걸릴 만큼 넓다. 북으로는 만년설과 빙하가 있는 알래스카가 있으며, 겨울에는 혹독한 추위와 눈이 많은 캐나다와 북위 49도 선을 경계로 국경을 마주하고 있으며, 남으로는 리오그란데 강을 경계로 하여 멕시코와 접하고 있다.

미국은 본토의 48개 주와 알래스카와 하와이를 합하여 50개 주와 워싱턴 특별구로 되어 있다. 지형상 로키 산맥의 서부 산지와 중앙 대평원, 콜로라도와 같은 고원지역이 분포하고 있고, 또한 화산, 온천, 협곡 등이 있다. 중앙 대평원 지역은 동부의 애팔래치아 산지로부터 서부의 로키 산맥에 이르는 곳으로 가장 넓은 지역이다. 이 지역은 오랫동안 침식작용을 받은 평야지대이며,

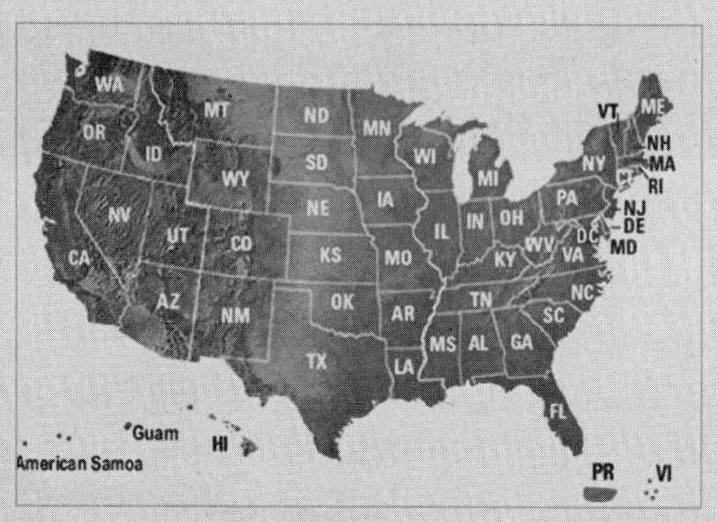

동쪽 뉴욕에서부터 펜실바니아, 서버지니아, 버지니아, 북캐롤라이나, 남캐롤라이나, 테네시, 조지아, 앨라바마까지 뻗어 있는 것이 애팔래치아 산맥이다. 로키 산맥은 그 규모가 애팔래치아 산맥보다 더 커서 워싱턴, 몬태나에서부터 오레곤, 아이다호를 거쳐 아래로 애리조나, 뉴멕시코까지 뻗어 있고 멕시코로 이어진다.

미국의 주요 강과 호수

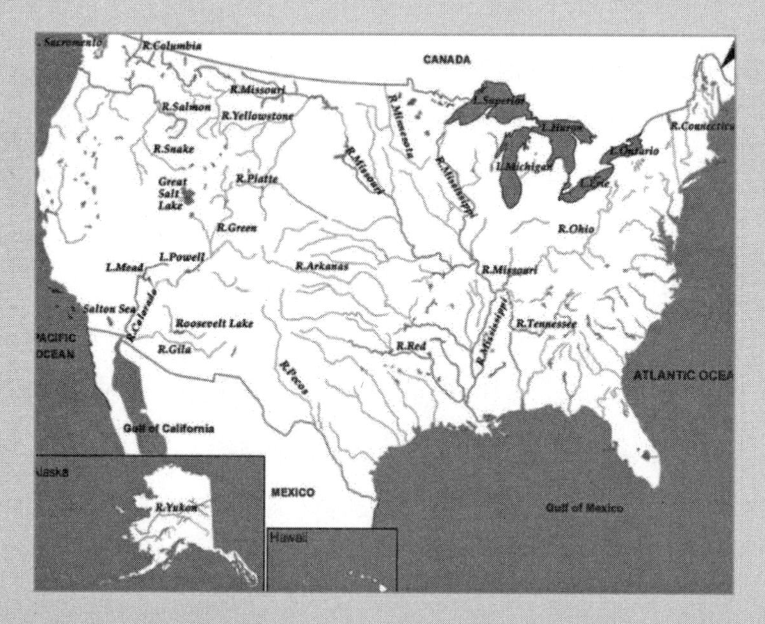

대부분 미시시피 강 유역에 속하여 세계적인 곡창지역을 형성하고 있다. 동부지역은 애팔래치아 산맥을 비롯한 산지로 이루어져 있다. 애팔래치아 산맥과 대서양 연안의 평야지역으로 이어지는 이 지역에는 단층대가 형성되어 있다.

미국은 지역적으로 대단히 넓은 나라이기 때문에 지방에 따라 다양한 자연현상이 존재한다. 산이나 강의 모습 및 자연자원이 지방에 따라 다르고 사막이 있는가 하면 습지도 있다. 남쪽지역은 습기가 많은 아열대에 속하고 북부지역은 대륙성 기후라서 추위와 더위가 심하고, 서부에는 건조한 사막지대가 있다.

미국의 동해안 지방은 대서양에 면하고 있는데 북쪽으로는 메인 주 및 뉴잉글랜드의 산악지대로부터 남쪽으로는 플로리다 주와 같은 멕시코 만에 접한 평야지역까지 이른다. 동부의 평야지대에서 서쪽으로 가면 애팔래치아 산맥이 남북으로 뻗어 있고, 그 서쪽으로는 거대한 미시시피 계곡이 오대호 및 캐나다로부터 멕시코 만에 이르기까지 펼쳐져 있다. 미시시피 계곡의 서쪽으로는 대평원이 펼쳐져 있고, 그 서쪽으로는 로키 산맥이 남북으로 뻗어 있다. 로키 산맥으로부터 태평양에 면한 서해안에 이르기까지 대분지와 같은 분지와 수많은 작은 산맥들이 있다. 남북으로 뻗어 있는 두 개의 큰 산맥이 동서의 교통을 막고, 다양한 지형과 기후는 지역에 따른 고유한 문화를 배양시켰다.

미국의 기후는 다양하게 나타난다. 강수량은 일반적으로 태평양 연안 지역에서는 고위도로 갈수록 많아지지만 대서양 연안 지역에서는 저위도 갈수록 많아진다. 내륙에서 서경 100도 선을 기준으로 로키 산맥에 이르는 서쪽 지역은 연 강수량이 500mm 이하이다.

2. 동부

※ **뉴잉글랜드** 뉴잉글랜드는 메인, 뉴햄프셔, 버몬트, 매사추세츠, 로드아일랜드, 코네티컷 등 6개 주로 구성되어 있다. 양키라고 불리는 이곳 사람들은 양심적이며, 겸손하고, 근면하며, 세련되어 있으나 차갑고 친절성이 없다는 느낌을 준다. 이곳은 산지와 구릉이 많고 코네티컷 강을 비롯한 여러 개의 강이 대서양으로 흘러든다. 빙하시대에는 대륙빙하로 뒤덮였던 곳으로 고지에는 빙식지형이 남아 있고 저지에는 빙하에 의하여 운반된 드럼린, 에스커, 모레인 등의 특수 지형이 발달하였다. 해안지형도 북부에서는 굴곡이 심한 침강해안을 이루고 있으나, 케이프코드 남쪽에는 해안평야가 발달해 있고 많은 사주와 석호가 산재해 있다.

기후는 1년 내내 비교적 습윤하며, 연 강수량은 1000~1200mm 내외이다. 멕시코 난류가 흐르는 해안지방은 해양성 기후이지만, 내륙지방은 더위와 추위의 차이가 심한 대륙성 기후이고 겨울철에는 눈이 많이 오고 추위가 심한 지역이 적지 않다.

동해안 평야지대의 북부에 위치하여 낮은 산맥과 좁은 계곡이 많은 뉴잉글랜드는 상대적으로 고립되어 있었다. 이곳에 최초의 식민지가 건설된 이유는 유럽 대륙에서 대서양을 건너와 접근하기가 용이했기 때문이다. 뉴잉글랜드의 남쪽으로는 평야지대가 위치하고, 북쪽으로는 습지와 밀림이 많고 서쪽으로는 이용가치가 많지 않은 내륙이 있으므로 이 지역에는 독특한 문화가 발전하였다.

이곳에 이주한 사람들은 청교도들이었으므로, 종교적 통일성을 지니고 있었다. 이곳의 토양은 척박하고 표면은 빙하에 휩쓸려온 잡동사니로 뒤덮여 있었다. 돌투성이의 땅을 농지로 개간하기 위해서는 많은 노력이 필요했고, 산과 계곡이 많았으므로 주민들은 산자락에 마을을 형성하고 서로 보호하고 협동하게 되었다. 이 마을들의 중심은 교회였고, 목사가 지역 주민들의 정신적 생활의 지도자 역할을 했다. 따라서 뉴잉글랜드의 사상과 생활은 통일성, 동질성을 지녔다.

❀ **보스턴** 보스턴은 미국에서 역사적으로 가장 오래된 도시이며 문화, 과학, 미술, 음악의 중심지이다. 도시의 이름은 영국의 보스턴에서 유래하였으며, 청교도들이 종교의 자유를 찾아서 처음으로 도착한 곳이다. 18세기에는 삼각무역의 중심지였으며, 19세기에는 미국문화의 중심지였다. 미국 최초의 공립학교의 하나인 보스턴퍼블릭 라틴어 학교가 1635년에 설립되고, 그 다음해에는 켐브리지에 미국 최초의 대학인 하버드 대학이 설립되었다.

시 내외에는 렉싱턴, 콩코드, 벙커힐 등 독립전쟁 당시의 사적이 많으며, 에머슨, 호손, 롱펠로우, 휘티어, 쏘로우 등 많은 문인이 활동하여 "미국의 아테네"라고 일컬어지기도 했다. 오늘날에도 미국의 전형적인 문화도시로, 하버드 대학, 매사추세츠 공과대학 등 세계적인 대학과 연구소, 박물관 및 보스턴

보스턴 중심부: 중앙의 흰 첨탑이 옛 북부교회이다.

교향악단 등이 있다. 영국풍의 오래된 건물들이 많고, 고급직물, 피혁제품, 정밀기계, 조선, 악기 등의 제조업과, 화학공업이 발달해 있다.

인구는 약 80만 명이고, 주변의 여러 도시를 합친 대도시권 인구는 약 420만 명이다. 매사추세츠 만 연안에 자리한 뉴잉글랜드 최대의 중심지이며, 북부의 중심이기도 하다. 대도시권은 주 인구의 약 1/2을 차지하여 주의 중심이 되고 있다.

필라델피아 미술관

인디펜던스 홀

로뎅 미술관

프랭클린 연구소 과학박물관

❀ **필라델피아** 필라델피아는 애팔래치아 산맥의 동쪽 기슭, 뉴욕과 워싱턴의 중간 지점, 델라웨어 강의 오른쪽에 위치한다. 1636년 스웨덴계 이민이 최초의 백인 취락을 건설하면서 발달했으나 1681년에 영국의 퀘이커교도인 펜이 영국계 이민을 이끌고 온 이후 본격적으로 발전했다. 독립전쟁을 전후한 시기에 독립군의 최대 거점이었고, 여러 차례 회의가 개최된 곳이기도 하다. 1776년에 인디펜던스 홀에서 독립선언이 발표되었고, 1790년부터 1800년까지 미국의 수도였으며, 19세기 초에는 미국에서 가장 큰 도시

였다.

도시 이름은 이곳에 정착한 퀘이커교도의 우애, 관용적인 공동체 이념에 바탕을 둔 희랍어로 우애와 형제라는 뜻을 갖고 있다. 시내에는 영국풍의 건물이 많고, 미술관, 박물관 등 관광 명소도 많다. 인구는 약 150만 명으로 휴스턴에 이어 미국에서 다섯 번째로 큰 도시이다. 상업과 공업 특히 정유산업이 발달해 있으며, 기계, 금속, 섬유, 식품가공, 화학, 인쇄제본, 제지, 의료기구 등 다양한 산업이 발달해 있다. 고속도로, 철도, 항공로가 집중된 델라웨어 강 연변에는 약 80km에 걸쳐 항만시설이 갖추어져 화물수송이 활발하다.

필라델피아 교향악단을 비롯한 여러 음악, 발레 단체가 있으며, 필라델피아 미술관, 로댕 미술관, 자연과학 아카데미, 프랭클린 연구소, 펜실베이니아 대학 등 문화 · 교육 기관이 많다.

❀ **버지니아** 미국에 건설된 최초의 식민지로 많은 대통령이 배출된 주이다. 주도는 리치먼드, 면적은 약 10만 5000km²이고 인구는 약 700만 명이다. 지형은 해안에서 내륙으로 향하여 해안평야, 피드먼트 대지, 블루리지 산맥과 앨러게니 산맥 사이의 계곡, 블루리지 산맥 등으로 이루어져 있다. 해안평야는 낮고 평평한 사질 평야로 굴곡이 많은 체서피크 만과 포토맥 강, 제임스 강 등 후미가 발달한 전형적인 침강해안지형을 이룬다. 기후는 습윤 온난하며, 7월은 평균기온 26℃로 무덥지만, 겨울은 4℃ 내외로 따뜻하고 연강수량은 1,000mm 이상이다. 서부에는 떡갈나무, 밤나무, 포플라 나무의 삼림이 무성하고 동부에는 떡갈나무, 소나무 등이 많다. 동부 연안의 중앙에 위치한 지리적인 조건으로 식민지 그룹의 지도자적 입장에 서게 되었다.

건국 후 30년 동안 국가를 인도하는 유능한 지도자를 많이 배출했다.

마운트 버논

토머스 제퍼슨 저택

알링턴 국립묘지

펜타곤

버지니아 서쪽 지역은 켄터키와 웨스트버지니아로 분리되었지만 동부로 긴 해안선을 가지고 있어, 해운업과 조선업이 번창했고 담배와 사과가 특산물이다. 버지니아는 수많은 역사적 사건의 무대이기도 하다. 독립전쟁 시의 요크타운 전투, 남북전쟁 시의 마나사, 챈스러스빌 전투, 아포마톡스의 전투 등이 모두 버지니아 주에서 있었다. 버지니아 북부에는 전몰자를 위한 알링턴 국립묘지, 국방부 청사인 펜타곤, 무명용사의 묘 등이 있다, 포토맥강이 내려다보이는 장소에 조지 워싱턴의 집 마운트 버논, 중앙부의 몬티셀로에는 '독립선언문'을 기초했던 토머스 제퍼슨의 저택이 있다. 애국자, 웅변가, 정치가로 알려진 패트릭 헨리, 명장 로버트 리, 소설가 에드가 알렌 포우 등이 이 주 출신이다.

워싱턴, 제퍼슨, 매디슨, 먼로, 해리슨, 타일러, 테일러, 윌슨 등 8명의 대통령이 배출된 곳이기도 하다.

뉴욕 인디언들이 모여 살던 맨하탄이 뉴욕을 대표하는 장소이다. 항구도시 뉴욕은 무역의 중심이었으며, 이민자들이 들어오는 곳이었다. 상업과 무역업이 발달하였으며 호화로운 건물과 문화예술이 발전했다. 뉴욕은 맨해튼, 브룩클린, 퀸즈, 브롱크스, 스테이튼 아일랜드의 5개 독립 구역으로 나누어져 있고, 유명한 쇼핑 상점들이 모여 있는 5번 에비뉴 거리와 세계 경제의 중심지로 불리는 월스트리트, 예술과 문화가 넘치는 거리인 브로드웨이 등 미국을 대표하는 모든 것들이 모여 있다. 사계절이 뚜렷하고 연평균 기온은 12.6℃이다.

자유의 섬과 자유의 여신상

엘리스 아일랜드

워싱턴 D.C. 포토맥 강이 워싱턴 D.C.의 한쪽 경계를 이루며, 다른 쪽은 메릴랜드 주와 경계를 이루고 있다. 워싱턴 D.C.는 도시 거주지와 교외 거주지를 구별하는 벨트웨이라는 우회 고속도로에 둘러싸여 있다. 미국의 수도로 백악관, 국회의사당, 대법원 등이 위치해 있으며, 스미스소니언 박물관을 비롯한 박물관 및 대통령의 기념비가 여러 개 있으며, 조지워싱턴 대학, 조지타운 대학과 많은 역사적 건물들이 있다.

유엔 본부

맨하탄의 스카이라인: 왼쪽에 9.11사태로 무너지기 전의 쌍둥이 빌딩이 보인다.

워싱턴 D. C. 주요 관광명소

위에서부터

워싱턴 기념비
링컨 기념비
제퍼슨 기념비
한국전쟁 추모공원

3. 남부

남부는 플로리다 반도와 멕시코 만 연안 지역이 중심을 이룬다. 미시시피 강의 하류지역으로 낮은 해안평야가 있다. 플로리다 반도의 북동쪽에는 많은 호수와 습지가 형성되어 있고, 연평균 강수량은 1300mm 이상이다, 기후는 대부분의 지역이 아열대성 기후이고, 주요 작물은 오렌지, 포도, 옥수수, 면화, 사탕수수 등이지만 최대의 수입원은 관광이다.

남부지방은 토질이 비옥하고 기후가 온대에서부터 아열대에 이르기까지 다양하다. 이곳의 산업은 농업이 중심이었고, 대규모의 농장에서 노예가 노동력을 제공했다. 따라서 지주계급이 귀족의 역할을 하였으며 사회는 봉건적이었다. 소규모의 토지를 소유하고 경작하는 자작농은 결국 그 토지를 팔고 고원지대인 서쪽으로 이주하여 정착할 수밖에 없었다. 1800년부터 1860년 사이에 남부문화의 중심은 평야지대였다. 또한 남북전쟁이 일어나기 이전에 남부지방 문화의 배후에는 대규모 농장과 노예계급이 있었다. 다시 말하여 민주주의 사회이기는 하였지만 계급제도가 존재하고 있었다.

주요 도시로는 애틀란타를 비롯하여, 재즈음악의 메카인 뉴올리언스, 컨트리음악의 발상지인 내슈빌, 미시시피 강 문화의 발상지인 멤피스, 나사 우주센터가 있는 휴스턴, 항구도시로 발전한 찰스턴, 인디언 문화와 현대문화가 절묘하게 조화를 이루고 있는 샌안토니오 등이 있다.

남부에서 빼놓을 수 없는 곳이 플로리다이다. 스페인의 식민지였으나 스페인은 1819년에 이곳을 미국에 할양하였으며, 1845년에 미국의 27번째 주가 되었다. 주도는 텔러해시이고 면적은 약 15만 2000km², 인구는 약 1500만 명, 최대 도시는 마이애미이다. 주의 반 이상이 플로리다 반도로 이루어져 있

애틀란타 중심부

멤피스

알라모 박물관(샌안토니오)

휴스턴

으며 북서쪽은 멕시코 만 연안의 해안평야이다, 지형은 매우 낮고 평평하며 산이 거의 없고 최고 높은 곳이 해발 104m이다. 곳곳에 습지가 많고 크고 작은 호수도 매우 많다. 기후는 온난하고 대부분이 습윤 온대 기후에 속하지만 남쪽 해안 지대는 아열대 내지 열대기후를 보인다. 7월에서 8월에는 특히 남쪽 지방으로 허리케인이 많이 온다. 농목축업은 플로리다 주의 중요한 산업이다. 특히 오렌지와 포도의 생산량은 각기 미국 내 제2위인 캘리포니아 주의 몇 배에 이를 정도로 많다.

플로리다는 세계적으로 유명한 관광지이다. 아열대나 열대성 해안지방에는 크고 작은 관광지가 있다. 대서양에서 플로리다 해협에 걸친 지역에는 무수히 많은 해안 휴양지가 있고, 멕시코 만 연안에도 여러 해안 휴양지가 있다. 반도의 남쪽 끝에는 에버글레이즈 국립공원이 있다. 케이프커내버럴에는 케네디 우주센터가 있다.

4. 중서부

중서부 지역은 넓고 경제적으로 중요한 지역이다. 주요 산업도시와 대부분의 미국의 농장이 이곳에 위치한다. 지형학적으로 중서부는 3개의 지역으로 나누어질 수 있는데, 북부의 오대호 부근은 많은 구릉과 호수와 산림이 있고, 그 남쪽 지역은 대초원 지대이다. 서쪽 지역도 대평야 지대로 역시 농업지대이지만 대초원보다는 건조한 곳이다.

주요 도시로는 디트로이트와 시카고를 손꼽을 수 있다. 디트로이트는 미시간 주 남동부에 위치한 공업도시로 포드, 제너럴모터스, 크라이슬러 등이 집중되어 있는 자동차 도시이다. 1980년대 이후 일본의 자동차가 진출하면서 실업률이 높은 도시가 되었다. 날씨는 여름철에도 가벼운 자켓을 준비해야 할 정도로 변덕스러운 곳이다. 시카고는 알 카포네라는 갱과, 블루스와 재즈로 유명하다. 알 카포네가 활약했던 때는 1920년대이고 현재는 혁신적인 디자인의 건축들이 많다. 세계 제일의 높이를 자랑하는 시어즈타워를 비롯해 존행콕센터, 제임스톰슨센터 등이 대표적인 건물들이다.

시어즈타워

르네상스센터

디트로이트

5. 로키 산맥 지역

로키 산맥은 알래스카에서 시작되어 멕시코 북부까지 뻗어 있으며 많은 작은 산맥을 포함한다. 북로키는 몬태나 주, 아이다호 주에 걸쳐 있고, 비터루트, 빅벨트, 리틀벨트 등의 산줄기가 뻗어 있다. 전체적으로 해발고도 3,000m 이하의 융기 준평원이며, 미주리 강, 컬럼비아 강 등이 흐른다.

중앙 로키는 와이오밍 주에서 유타 주에 이르며 남부에는 거의 동서로 윈터 산맥이 달린다. 그 서부는 워새치 산맥에 연결되며, 북부에 그랜드 타이탄 봉이 솟아 있다. 그랜드 타이탄의 남동쪽에는 윈드리버 산맥이 있고, 그 동쪽에는 빅혼 산맥이 달린다. 이들 여러 산맥에 둘러싸인 중앙부에는 와이오밍 분지가 펼쳐지고, 분지 바닥에도 작은 산맥이 산재한다.

남로키는 콜로라도 주, 뉴멕시코 주에 걸치며, 미국에서는 이 부분이 가장 폭이 넓고 높은 부분이다. 북부에는 파크 산맥, 프런트 산맥이 나란히 달리고, 로키 산맥의 최고봉인 엘버트 산을 비롯하여 파이크스 산, 롱

솔트레이크시티

덴버

라스베가스

피닉스

스 피크 등 해발고도 4,000m가 넘는 산지가 많아 로키 산맥의 지붕을 이룬다. 그 남쪽의 생그리드크리스토 산맥에는 블랭카 봉을 비롯하여 트루처스 봉, 발디 봉 등이 솟아 있다. 산맥은 거의 2열로 뻗고 그 사이에 넓은 하천계곡이 펼쳐져 있다. 이 높은 부분의 서쪽에는 해발고도 1,500~2,000m의 광대한 콜로라도 고원이 펼쳐지고, 콜로라도 강이 이것을 침식하여 대협곡을 이룬다.

이 지역은 해안 산맥인 캐스캐이드 산맥, 시에라네바다 산맥의 중간을 이루는 콜럼비아 고원 대분지, 콜로라도 고원과 그레이트 솔트레이크 사막, 블랙록 사막, 모하비 사막, 애리조나 사막 등이 있어 지리적으로 미국 지형의 지붕을 이루고 있는 곳이다. 뛰어난 자연경관 때문에 많은 국립공원이 이 지역에 있다. 대표적인 국립공원으로는 옐로우스톤, 그랜드캐년, 요세미티가 있다. 주요 도시로는 솔트레이크시티, 덴버, 라스베가스, 피닉스가 있고 광산, 농업, 대규모 목장 경영, 그리고 관광이 중요한 산업이다.

6. 캘리포니아

캘리포니아는 면적이 약 41만 km²이고, 인구는 약 3200만 명이며, 주도는 새크라멘토이고, 미국의 50개 주 중 최대의 인구와 생산력을 보유하고 있다, 북쪽은 오리건 주, 동쪽은 네바다, 애리조나 주에 접하고, 남쪽은 멕시코와 국경을 이루며, 서쪽은 태평양에 면한다, 넓이는 알래스카, 텍사스에 이어 세 번째로 크며 한국의 남북 전체를 합친 것보다 넓다. 1849년에 캘리포니아로 몰려온 사람의 수는 8만 명에 달하고, 대륙 횡단 철도가 생긴 1870년 이후 폭발적으로 인구가 증가하였으며 자동차 교통이 발달된 1920년 이후에는 전국에서 가장 인구가 많은 주가 되었다.

풍부한 천연자원, 지형, 기후 등이 농업, 공업, 약 1800km에 이르는 해안선, 좋은 항구 등과 잘 결부되어 비약적으로 발전했다. 금, 은, 철, 석유 등 많은 지하자원이 있고, 부족한 물을 관개에 의해서 극복하여 감귤류, 채소재배, 양조공업이 발달했다. 남부에는 헐리우드를 중심으로 한 영화산업, 팔로마 천문대, 감귤류의 농업, 전자산업과 항공기산업, 북부에는 과수원, 축산업, 낙농업이 발전했다.

미국에서 제일 많은 인구와 3번째로 큰 면적을 갖고 있는 캘리포니아는 1850년 9월 미연방에 편입되었다. 캘리포니아의 주요 관광지는 로스엔젤레스, 샌프란시스코, 샌디에고, 그리고 리조트가 있는 산타바바라와 팜스프링스이다. 캘리포니아의 자연은 매우 다양하다. 275개의 독특한 캘리포니아 주립공원이 그 다양성을 보여준다.

로스엔젤레스

샌프란시스코

샌디에고

산타바바라

7. 미시시피 계곡

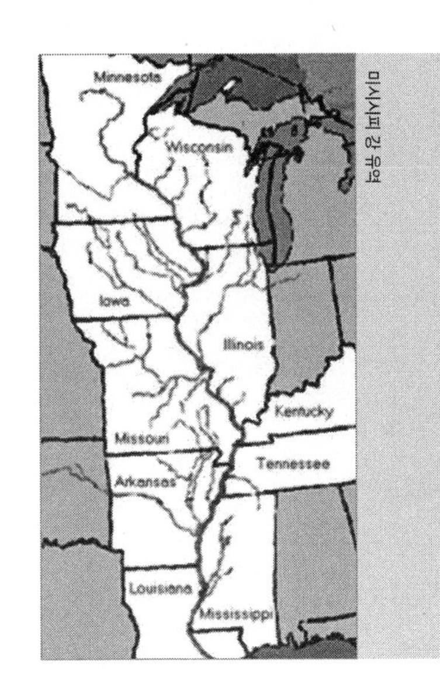

미시시피 강 유역

아메리카 대륙의 식민지는 독립전쟁 이전에는 동해안 지방에 국한되어 있었다. 미시시피 계곡은 뒤늦게 개척되었는데 편리한 수로와 비옥한 토질 및 풍부한 강우량 등 비교적 유리한 조건을 갖추고 있었다. 광활한 토지, 외부와의 단절, 인디언의 습격 등의 여러 조건들은 주민들의 결속을 촉진하였고, 상부상조의 사회의식을 갖도록 하였다. 중류계급이 사회의 중심세력이 되었고, 근면, 절약, 협조의 정신을 모토로 삼게 되었다. 이 지방은 동부지역의 문화 중심지와 멀리 떨어져 있었기 때문에 주민들은 문예에 관심을 덜 갖고, 활동적이고 실용적인 면을 중시하였다. 주민들은 외국의 영향을 의심하고 반항적인 태도를 취하였다. 대체로 1920년대 말까지 개척정신이 중서부를 지배했고, 지금까지도 그 정신이 남아 있다.

1820년경 이민자들이 미주리 강에 이르렀을 즈음에 서쪽의 고원지대와 로키 산맥 일대에는 광석이 무진장 매장되어 있다는 소문이 널리 퍼졌다. 그러나 동부에서 산악지대에 이르기 전에 펼쳐져 있는 대평원은 횡단하기가 곤란하였다. 모험적인 산악인들이 서북방면과 서남방면으로 서해안에 이르는 통로를 개척하고, 캘리포니아에서 황금이 발견되기 시작한 이후에는 수많은 이민자들이 서부로 몰려들었다. 이 지방에서 발견된 수많은 황금은 가난한 자를 순식간에 부유하게 하였고, 역으로 부유한 자들을 순식간에 가난해 지도록 하였다. 이렇게 된 이유는 선한 사람과 악한 사람, 방탕한 사람과 근면한 사람,

미시시피 강

포악한 사람과 온순한 사람이 뒤범벅되어 이 지역사회가 성립되었기 때문이다. 따라서 공상적이고 부자연스러운 것을 평범하게 여기는 인생관이 생겨났다.

인종적 배경 3.

1. 국민과 인종

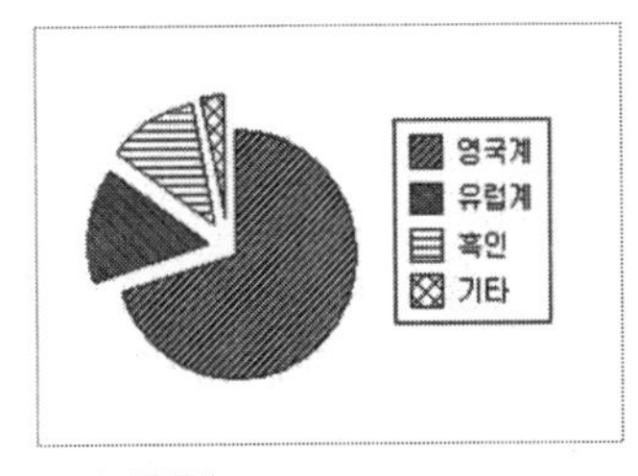

미국의 인구 구성

지금의 미국 땅에는 원래 인디언, 알래스카의 에스키모, 하와이 섬의 원주민들이 살았다. 인디언과 에스키모의 조상은 수천 년 전 아시아에서 건너왔다. 또 하와이 원주민은 약 2000년 전에 태평양의 섬에서 건너온 폴리네시아인이다. 미국 건국 이전부터 이 땅에는 에스키모와 인디언이 살고 있었고, 에스키모 인은 북부지방에서 주로 고기잡이를 하며 살았다. 인디언들은 대륙 전체에서 사냥과 목축, 화전 농업을 하였고 유럽 사람들은 정치적, 종교적 자유나 새로운 삶의 터전을 찾아 아메리카로 왔다.

식민지 개척이 시작되자 처음에는 영국, 아일랜드, 독일, 프랑스, 이탈리아 등 주로 유럽에서 사람들이 옮겨왔다. 농업이 성해지고, 특히 남부에서 대규모의 목화재배가 시작되자 많은 일손이 필요하게 되었다. 그 때문에 아프리카에서 많은 흑인 노예가 끌려왔다. 그 뒤 서부가 개척되면서부터 중국인, 필리핀 인 등이 역시 노동자로 끌려 왔다. 물론 이 이외의 여러 나라에서도 많은 종류의 인종이 미국으로 들어왔다. 그런 관계로 미국은 많은 인종과 문화가 함께 뒤엉켜 마치 인종전시장처럼 되었다. 워낙 여러 인종이 섞이게 되자 풍습도 종교도 제각각이었다. 이러한 형편은 어떤 면에서는 좋은 것 같지만, 여러 가지 어려운 문제들을 일으키기도 한다. 우선 갖가지의 인종들이 섞여 백인, 황인, 흑인, 회색인 등 피부색에 따라 서로가 피하려는 경향이 나타났다. 그것이 인종차별이라는 것으로 드러났다. 같은 미국인이라도 피부색에 따라 사는 형편이 다르다. 특히 흑인의 경우는 가난하다. 이러한 데서 오는 편견이 곧 인종 사이의 우수성과 바보스러움을 나누려는 나쁜 태도로 나타난다. 이것이 곧 미국의 병이다.

백인들은 대부분 유럽계이다. 16세기에 스페인 사람들이 이주하기 시작한 뒤, 17세기에는 유럽인 정착촌이 크게 늘었다. 초기 정착민은 대부분 영국인이었으나, 곧이어 프랑스, 독일, 아일랜드, 네덜란드, 스코틀랜드, 덴마크, 노르웨이, 스웨덴 같은 북유럽과 서유럽의 이주민들이 몰려들었다. 19세기 말 이후에는 오스트리아, 헝가리, 그리스, 이탈리아, 폴란드, 러시아 같은 남부 유럽과 동유럽 이주민들이 물밀듯이 밀려들어왔다.

스페인 어를 사용하는 히스패닉은 라틴아메리카에서 온 이주민과 그 후손들이다. 또 흑인은 대부분 17세기부터 19세기까지 플랜테이션(대농장)의 노예로 끌려온 아프리카 인의 후손이다. 19세기 이후에는 중국, 인도, 인도차이나, 일본, 한국, 필리핀에서 아시아계 이주민이 들어왔다. 미국의 인구는 영국계가 70%, 유럽계가 15%, 흑인이 12%이며, 그 밖에 아시아계 이주자와 인디언 등 많은 소수 인종이 약 3%로 구성되어 있다. 미국의 인구는 약 2억 5000만 명이다. 아시아 사람들은 20세기를 전후하여 이주하기 시작하였으며, 한국계 주민도 180만 명이 넘는다.

미국은 여러 민족이 하나의 문화를 이루고 사는 나라이기 때문에 용광로라고 일컬어진다. 미국인은 영어로 말하며 옷이나 음식의 종류도 크게 다르지 않다. 공교육이나 대중매체, 기타 다른 영향력이 미국을 하나로 결속시키는데 도움을 주고 있다. 반면에 자기들의 혈통에 대한 긍지를 지니고 언어와 전통을 비롯한 여러 고유 문화를 지키는 사람도 많기 때문에, 미국은 '다원적 문화'의 대표적인 본보기이다. 실제로 여러 도시에서 같은 인종이나 출신 국가별로 각기 따로 모여 살고 있는 경우를 흔히 찾아 볼 수 있다. 또 민속 상점이나 식당도 많다. 이뿐만 아니라 여러 나라의 다양한 문화를 잘 드러내는 민족 축제나 거리 행진 같은 행사도 많이 열린다.

아메리카 대륙으로 이민온 각 인종이 문화에 끼친 영향은 대단히 복잡하다. 유럽으로부터의 이민이 자유로웠고 또한 이민 후의 활동도 자유로웠기 때문에 그 복잡성은 더욱 심하다. 미국을 용광로로 보는 견해가 지배적이기는 하지만 아직도 미국을 샐러드 사발이라고 생각하는 사람들도 적지 않다. 유럽인들이 미국인으로 변하면서 자신의 인종적 독자성을 상실하고 미국화되었지만 각 인종들은 여전히 자신의 고유한 문화를 간직하고 있기도 하다. 사고방식에 있어서 인종적 차이는 체질적 차이와 마찬가지로 쉽게 변화할 수 없기 때문이다. 미국이 영어를 공용어로 채택하고 영국의 제도를 본받은 것은 영국인이 이민을 시작하였고, 정부기관과 교육기관을 영국에서 이민온 사람들이 지배했기 때문이다. 그러나 미국인이 된 사람들 중에는 영국인이 아닌 사람들도 상당히 많고, 그들의 문화적 유산도 가볍게 생각할 수 없을 정도로 많다.

역사가들은 "미국에 대한 이민자들의 공헌은 개척시대에 영국인이 가져온 도끼와 아일랜드 인이 가져온 감자와 독일인이 발명한 장총에서 시작되었다"라고 흔히 말하는데 이는 이 세 인종이 미국문화의 발전에 많은 공헌을 했음을 보여준다. 서부개척시대에 개척민들은 대부분 이 세 인종이었다. 그러나 이 세 인종 이외에 프랑스 인, 스칸디나비아 인, 네덜란드 인, 유대인 등 다른 인종이 남긴 문화유산도 무시할 수 없다.

ꕥ **영국인** 프랑스와 스페인 사람들이 아메리카 대륙에 먼저 도착하였으나 영국인들이 처음으로 이 대륙에 안주하였다. 동해안 지방에 건설된 13주 중에서 네덜란드 인이 개척한 뉴욕과 퀘이커교도가 건설한 델라웨어 이외의 11개 주는 영국인이 지배하였다. 따라서 이 지역의 정부기관, 교육기관, 언론기관 등의 모든 기관과 대외무역은 영국인들의 수중에 있었다. 미국의 교육제도는 영국의 교육제도를 모범으로 삼아 고전문화의 교육을 목적으로 삼았다. 영국의 옥스퍼드와 캠브리지 출신의 고전파 학자들의 교육방침은 현재까지도 존속하고 있다.

스코틀랜드 전통 복장을 한 백파이프 연주자

ꕥ **스코틀랜드계 아일랜드 인** 스코틀랜드계 아일랜드 인은 스코틀랜드에서 북아일랜드로 이주한 사람들은 가리킨다. 이들은 17세기 전반기에 사업과 종교의 자유를 찾아 아일랜드 북부지방으로 이주하였다. 이들이 영국의 압박을 피하기 위해 택한 아메

리카 대륙으로의 이민은 1725년부터 시작되어 독립전쟁이 시작될 즈음에는 미국 인구의 17%를 차지하였다. 이들이 아메리카 대륙에 도착했을 때 동해안 지역은 다른 민족들이 자리잡고 있었기 때문에 이들은 변경으로 나아가 정착하였고, 또 많은 사람들이 개척자가 되어 애팔래치아 산맥을 넘어가 서부를 개척하였다.

❀ **독일인** 독일인들도 처음 이민왔을 때에는 아일랜드 인들과 마찬가지로 변경지방에 자리잡거나 개척민이 되어 서부로 진출하였다. 아일랜드 인과 독일인은 뉴욕에서 조지아에 이르는 변경지방에서 공동사회를 구성하여 생활하였다. 초기의 이민자들은 농촌지역에 정착하고 과학적인 영농을 실시하였다. 19세기에 독일인들은 오하이오의 신시내티, 미주리의 세인트루이스, 위스콘신의 밀워키, 일리노이의 시카고 등의 도시에서 강력한 세력을 형성하였다. 1850년 이전에는 대부분의 이민자들은 농민, 노동자, 상인들이었으나 이후에는 많은 지식인들이 이민왔다.

❀ **프랑스 인** 처음에 아메리카 대륙으로 이주한 프랑스 인들은 수렵가, 탐

독일 전통 복장

프랑스 전통 복장

험가, 모피상 및 선교사들이 많았다. 이들은 세인트 로런스 강과 미시시피 강을 거슬러 올라가며 정착하였다. 미시간 주의 디트로이트, 아이오와 주의 데모인, 미주리 주의 세인트루이스, 인디애나 주의 테르오트 등의 지명이 프랑스 어에 기원하고 있음은 프랑스 인들의 정착상황을 보여준다.

다음 단계에 이주한 사람들은 1685년에 루이 14세의 종교적 박해를 피해 이민온 사람들로 위그노라는 칼빈주의자들이었다. 이들은 주로 동해안 지방에 정착하여 이 지역의 문화발전에 기여하였다.

프랑스 혁명 이후 19세기 중엽에 이르기까지 많은 프랑스 인들이 이주하였다. 혁명과 나폴레옹의 압제를 피해 아메리카 대륙으로 건너온 프랑스 인들은 뉴욕과 필라델피아에 주로 머물렀고, 많은 사람들이 프랑스로 돌아갔으나 정착한 사람들도 많았다. 이들의 영향으로 뉴욕과 필라델피아는 범세계적인 도시로 발전하였다.

루이지애나 주의 뉴올리언즈는 프랑스 인들에 의해 1718년에 건설되었고 이들이 남북전쟁 이후까지 이 도시의 문화를 형성하였다. 이 도시는 정치적, 사회적으로 많은 변화를 겪은 후에도 프랑스의 영향을 짙게 보여주고 있으며 미국의 도시 중에서 가장 유럽적인 도시이다.

아일랜드 인 아일랜드 인은 이론적이기보다는 실제적이다. 이들은 정치와 재산 축적과 생활에 관심을 많이 가졌다. 이들이 아메리카 대륙으로 이주한 시기는 분명하지 않지만 현재 미국인 중에 아일랜드 계통이 매우 많다.

이들은 주로 보스턴, 뉴욕, 필라델피아, 시카고, 세인트루이스, 샌프란시스코 같은 도시에 정착하였다. 아일랜드계 정치가들은 민족의식을 고취시킴으로써 정치적 발판을 마련하였으며, 이들의 종교는 로마의 가톨릭이었다.

네덜란드 전통 복장

네덜란드 인 17세기에 아메리카 대륙으로 이주한 네덜란드 인은 1만 명 정도에 불과했지만 내외적으로 무역을 발달시키기에 좋은 지역에 자리잡았기 때문에 미국문화에 대한 공헌이 적지 않았다. 뉴욕의 부유한 네덜란드 인의 재력이 교육, 문학, 예술 등의 문화 발전에 기여하였다. 그러나 이들은 이론보다 실용적인 면에 관심이 많았기 때문에 여러 가지 신념과 사상을 관용하였다. 그 결과 여러 인종과 종교가 맨하탄으로 몰려들어 18세기 중엽에 뉴욕은 사상과 인종의 전시장같이 되었다.

스페인 인 스페인 사람들은 플로리다, 뉴올리언즈와 남서부 지방에 주로 정착하였다. 그러나 스페인 문화는 플로리다 지방에서는 미국 자본주의에 밀려 사라지고, 뉴올리언즈에서는 프랑스 문화에 밀려 사라져서, 남서부 지방의 캘리포니아, 애리조나, 뉴멕시코, 텍사스 등에서 건물의 모습에만 그 영향이 남아 있다. 미국에 스페인어를 말하는 사람들이 많고, 학생들이 스페인 어를 많이 배우고 있지만 스페인 문화가 미국문화에 끼친 영향은 별로 없다.

⊛ **스칸디나비아 인** 북부 미시시피 계곡에 생활 토대를 마련한 스웨덴, 노르웨이, 덴마크 인의 자손들은 문화에 대하여 큰 관심이 없었다.

⊛ **이탈리아 인** 이탈리아 인들은 주로 도시에 거주하고 있다. 따라서 미국의 산업과 밀접한 관련을 갖고 있으며, 대부분이 도시 노동자이므로 사회운동에 많은 관심을 갖고 활동하고 있다.

⊛ **유대인** 아메리카 대륙으로 이주한 유대인들은 식민지 시대에는 대부분 스페인과 포르투갈에서, 19세기에는 독일에서, 1890년에서 1914년 사이에는 러시아와 폴란드에서 왔다. 이들은 대부분 도시에 거주하고, 민족의식을 유지하면서 살고 있다.

⊛ **흑인** 아프리카에서 노예로 끌려온 흑인은 미국 인구의 약 12%를 차지하고 있으며 이들 중 절반 정도는 남부지방에 거주한다. 독특한 인종적 배경을 지닌 수천 만의 흑인들은 미국사회의 여러 방면에서 무시하지 못할 존재이며 문화적 공헌도 상당히 크다. 지방문화에 대한 관심이 고조됨에 따라

이탈리아 전통 복장

흑인의 고유문화에 관한 연구와 소개도 활발하다.

❀ **소수인종** 미국에서 소수인종은 러시아 인, 폴란드 인, 보헤미안, 그리스 인, 집시, 인디언, 동양 민족을 통칭하는 말이다. 이들은 미국사회에서 생활기반이 미약하고, 정치적, 문화적으로 사회의 표면에 등장할 기회는 별로 없었으나 나름대로의 독특한 문화유산을 간직하고 있다.

❀ **인디언** 미국 대륙의 최초의 주민은 인디언이었다. 현재 인디언은 주로 서부에 집중되어 있으며, 애리조나 주에 가장 많다. 현재는 인디언보호구역을 설정하여 감소해 가는 인디언을 보호하고 있다. 아메리카 인디언은 1492년 콜럼버스에 의하여 발견된 신대륙의 원주민으로 그 당시에 아메리카 전체에 약 1300만 명이 있었던 것으로 추정된다. 16세기 이후에 일어난 유럽인의 침입은 그들의 급격한 인구 감소와 문화의 파괴를 초래하였다. 중앙아메리카와 남아메리카의 중앙 안데스 지방에는 고도로 발달한 원주민 문화가 존재하였으나 멕시코의 아즈텍 문명과 유카탄 반도의 마야 문명은 1521년 코르테스에 의하여, 안데스 지방의 잉카 문명은 1532년 피사로에 의하여 철저히

인디언 전통 복장

파괴되어 멸망하였다. 이후 중앙아메리카와 남아메리카의 인디언은 스페인과 포르투갈 인 밑에서 광산이나 대농장의 노예로 혹사당하고, 북아메리카의 인디언은 서부개척의 희생자로 되어 점점 그 수가 감소하였다.

아메리카 인디언의 인류에 대한 공헌은 옥수수, 감자, 고구마 등의 재배 식물을 유럽 대륙에 전파한 것이 가장 크다. 이것들은 건조하고 메마른 땅에서도 잘 자라기 때문에 밀을 기조로 한 유럽 대륙의 식량 사정을 호전시켰다. 또한 토마토, 칠레 겨자, 담배, 땅콩 등도 인디언에게서 유래했다.

에스키모 그린랜드, 캐나다, 알래스카, 시베리아 등 북극해 연안에 주로 사는 어로, 수렵인종으로 이 명칭은 캐나다 인디언이 '날고기를 먹는 인간'이라는 뜻으로 이름 붙인 것인데, 그들 스스로는 이뉴잇('인간'을 뜻함)이라고 한다. 숫자는 그린랜드에 약 2만 5000명, 캐나다에 약 1만 1000명, 알래스카에 약 1만 7000명, 시베리아의 베링해 연안에 약 1600명으로 도합 약 5만 5000명이다. 19세기 중엽 이후 백인과의 접촉이 잦아지면서 몇 차례 전염병이 유행하여 19세기 말에는 인구가 격감하였으나, 제2차 세계대전 후에 사망률의 저하로 지금은 증가 추세에 있다.

에스키모

에스키모는 19세기 중엽 이후 탐험가, 모피상인, 포경선원 등 백인과의 접촉이 잦아지면서 전염병으로 19세기 말에는 종전 인구의 반수 이하로 줄었다. 백인과의 접촉을 계기로 하여 자급자족의 채집과 수렵보다 임금노동과 모피 등 상품 생산의 비중이 점점 커졌다. 19세기 말 이래 기독교의 포교활동으로 여러 가지 전통적 의례와 신앙 및 사회제도가 개편되었다. 교육의 보급도 활발하여, 이제는 이동사회에서 정착사회로 변모하고 있다. 카약(가죽 배) 대신에 모터보트가 보급되고, 썰매 대신 설상차의 수가 늘어나며, 밀가루, 버터, 홍차 등이 생활필수품이 되는 등 1960년대를 경계로 전통적인 에스키모 문화는 중대한 전환기를 맞았다.

2. 지배적인 문화의 수립

현재의 미국에는 세계의 여러 인종들이 모여 평화롭게 공존하고 있다. 여러 가지 문화들이 각각의 특징을 그대로 살리며 통일성을 갖고, 조화를 이루며 민주주의가 행해진다. 이렇게 발전한 원동력은 미국 생활에 뿌리박혀 있는 청교도적 존엄성과 엄격성 그리고 기독교정신에 바탕을 둔 인간의 존엄성과 소명의식을 들 수 있다. 청교도들이 미국인의 사상과 정치, 사회제도를 형성하는데 결정적인 역할을 했다.

청교도주의의 유산인 도덕주의와 이상주의는 물질주의와 실용주의 등 정반대의 이념들과 대립관계에 있지만 미국인의 의식 속에 깊이 자리잡고 있다. 영국에서 찰스 1세가 1625년에 국회를 해산하면서 청교도들을 심하게 탄압하기 시작하였다. 1629년경에는 많은 청교도들이 박해를 피하기 위하여 신대륙에 관심을 갖기 시작하였다. 그들은 박해가 없는 곳에서 종교적, 사회적 개혁운동을 완성하고자 했다. 그들은 유럽 대륙이 세속적으로 타락하였으며 영국의 교회도 함께 더렵혀져 있다고 생각했기 때문에, 신세계에서는 이러한 사회적 부도덕과 종교적 타협을 피해서 가장 순수한 하나님의 나라를 건설하고자 했다.

초기 미국의 청교도들은 냉혹하고 몰인정하며 때로는 위선적이고 지나치게 금욕적이었다. 이것은 청교도정신의 부정적인 면이며 긍정적인 면으로는 미국인의 개인주의적인 면을 고취시킨 점을 들을 수 있다. 청교도들은 인간의 지성에 깊은 신뢰를 두고 종교와 이성은 상호 보완적인 위치에 있다고 믿는다. 교회 운영은 신도 전체와 목사와의 협약을 전제로 삼고 있으며, 이것이 바로 정치에 있어서의 민주주의와 평등주의를 발전시킨 동기이다. 개인의 가치와 존엄성을 강조하는 청교도의 개인주의와 서약의 교리는 바로 미국 민주주의 형성의 초석이 되었다. 여기에서 공동체의 중요한 사항을 결정하는 데 모든 주민이 참석해 결정하는 자치습관이 생겨났다. 이렇게 해서 생긴 미국의 지방자치기구는 끊임없이 발전하여 민주주의의 꽃을 피우게 되었다.

정신적 배경 4.

1. 개관

미국 국기의 별과 줄이 보여주듯이 다양한 요소가 미국을 이루고 있다.

미국인의 국민성이나 기질을 한 마디로 나타내기는 어렵다. 인종적, 문화적 배경이 복잡 다양하고 다원적인데다 또한 역사와 전통이 짧은 나라인 만큼 자연 풍토와 사회환경이 문학을 위시한 문화 전반에 커다란 영향력을 미쳤기 때문이다. 미국인은 대체로 쾌활하고 긍정적, 진보적이며 자유와 평등을 사랑한다. 자극을 즐기고 물질적이며 낙천적이다. 근면하며 향락적이지만 능률을 존중하고 합리화를 주장한다. 의무를 수행하며 솔직하고 노골적이며 한편 인내심이 강하고 엄격하며 동정심이 강하다. 실리적이면서도 공익사업, 사회사업, 자선사업 등 봉사정신이 강하다.

이러한 미국인들의 정신 형성에 큰 영향을 끼친 요소는 세계주의, 개척정신, 청교도주의, 민주주의, 계몽주의, 초월주의, 실용주의 등을 들 수 있다. 이러한 요소들이 미국인의 사상과 감정을 지도해 왔다. 이들 중에서 하나가 주요한 역할을 한 시대도 있고, 두 가지 혹은 그 이상의 요소가 작용하기도 하였다. 이러한 요소들이 상호작용하여 미국의 국민성을 형성하는 정신적 배경을 이루었다

2. 세계주의

미국에서 세계주의는 외래 사상의 영향을 말한다. 특히 유럽과의 밀접한 관계에서 생긴 세계주의는 미국의 종교, 정치, 경제, 예술, 문학 등 모든 분야에 영향을 주었다. 그 결과 자연신교, 박애주의, 초절주의, 사회주의, 생물학적 귀족주의, 사실주의, 자연주의 등 여러 사조와 주의가 생겨났다. 미국인은 유럽의 사상을 자신의 환경에 맞추어 발전시켜 나갔다. 유럽의 사상은 유럽에서 이주한 이민자들이 가지고온 문화적 유산, 유럽을 여행한 미국인이 가져온 서적과 예술품, 유럽에 유학한 미국인들을 통하여 미국으로 수입되었다. 유럽의 사상이 지리적 시간적 경계를 넘어 미국으로 들어올 때 인종이나 국적 또는 언어는 문제되지 않았다. 전통적인 미국인의 기질상 유럽의 사상을 받아들이기가 쉽지는 않았지만 외래 사상을 받아들여 자신의 것으로 발전시킴으로써 미국문화는 지방색을 벗어날 수 있었다.

3. 개척정신

다니엘 부니: 체스터 하딩 그림

프런티어는 일반적으로 변경을 뜻한다. 미국 정부는 프런티어를 1평방 마일당 인구 2인 이상의 지역과 그 이하의 지역과의 경계를 잇는 선이며, 충분히 문명화되지 않은 지역이라고 정의한다. 미국은 동부의 13주에서 시작하여 점차 서쪽으로 확장되었다. 이 서점운동에 따라 프런티어도 애팔래치아 산맥 지대로부터 미시시피 강 유역으로 그리고 대평원으로 이동하였다. 19세기 말에는 서쪽의 태평양 연안까지 모두 개발되었으므로 결국 프런티어는 소멸되었다.

프런티어가 미국사회에 끼친 영향은 매우 크다. 광대한 프런티어는 농업발달에 기여함과 동시에 공업제품의 시장이 되었다. 또한 프런티어는 동부의 과잉 노동인구를 흡수함과 동시에 자립의 기회를 제공하여 미국인들의 유동성을 높였으며, 중산계급화를 촉진하였다. 프런티어는 보통선거운동에 영향을 끼쳤고 자치의식도 향상시켰다. 대자연에 맞서 살아나가야 하는 냉혹한 상황에서 개척정신이 배양되어 국민성의 일부가 되었고, 개인주의, 현실주의, 합리주의, 개인의 독창성을 존중하는 성향을 강화시켰다.

변경 개척자는 새로운 길을 내며 앞으로 나아가는 개척자들과 이들의 뒤를 따라오는 농민들 두 종류가 있다. 개척자들은 주변에 다른 사람들이 나타나면 이민자들이 뒤따라오기를 기다리지 않고 인디언들과 싸우며 서쪽으로 나아가는 사람들이다. 이런 부류의 개척자의 대표적인 인물이 다니엘 부니이다. 그는 켄터키 지방을 개척했고 이민자들이 몰려들자 서쪽인 미주리로 나아갔다. 이 개척자들을 뒤따라온 농민들은 변경을 농지로 개척하였다. 경제와 정치에 관심이 많았던 농민들은 개척민에게 토지를 불하하도록 정부에 압력을 넣고 도로와 철도, 운하 같은 교통망의 설치를 촉구하였다.

변경의 주민들은 특수한 경제이론을 발전시키고 민주주의를 실현시키며 사회적 균일성을 발휘하였다. 변경에서의 사회적 가치의 척도는 금전이나 혈통이 아니라 강인한 체력과 불굴의 용기 및 협조정신이었다. 이곳에는 계급이 없으므로 노예제도도 성립될 수 없었다. 인디언과 맞서 싸우거나 짐승을 사냥하기 위해서는 총을 잘 다룰 수 있어야 했다. 또한 농사를 짓기 위해서는 강인한 체력이 뒷받침되어야 했다. 사상과 생활방식에 있어서 서로 차이가 있을 수 없었던 것은 마을 사람들이 함께 모여서 해야 하는 일이 많았기 때문이기도 하다. 여기에서 협동정신과 사회적 균일성이 생겨났다. 정치적으로 민주주의를 택하게 된 것도 이러한 배경에 기인한다.

개척지의 주민들은 낙천적인 인생관을 지니고 있었다. 유럽의 계급제도와 종교적 탄압에서 벗어나 새로운 세계에서 자신이 노력하는 바에 따라 행복한 생활을 누릴 수 있었기에 이들은 낙천적인 인생관을 갖게 되었다. 그러나 처음부터 그랬던 것은 아니다. 남북전쟁의 원인이 되기도 했던 노예제도는 역으로 귀족의 존재를 인정하는 것이었다. 또한 북부의 뉴잉글랜드 지방에서는 칼빈주의의 비관적인 색채가 짙게 드리워져 있었다. 그러나 서부로의 개척이 진행됨에 따라 낙천적으로 변화하게 되었다. 변경의 생활조건은 매우 열악했으나 항상 희망을 가질 수 있었기 때문이었다. 각종 유행병이나 풍토병으로 가족이나 친지를 상실하고, 가뭄이나 홍수로 농사에 실패하더라도 다시 서쪽으로 가면 황금의 나라가 있을 것이라는 희망이 이들로 하여금 낙천적인 인생관을 갖도록 하였다.

미국인의 생활에 끼친 개척정신의 영향은 여러 방면에서 뚜렷하다. 경

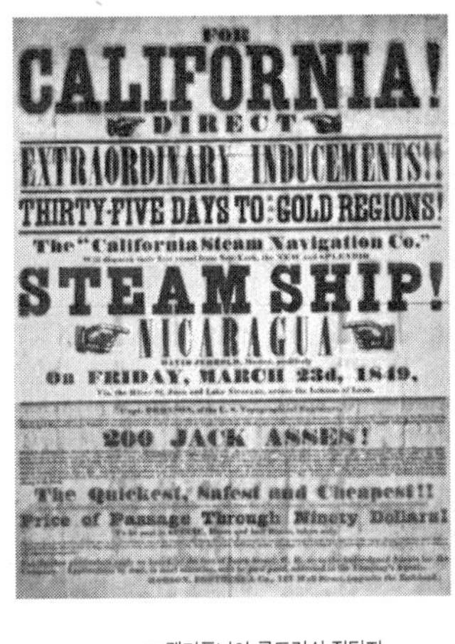

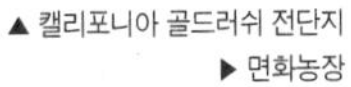

▲ 캘리포니아 골드러쉬 전단지
▶ 면화농장

제적, 정치적으로 자수성가한 사람이 많이 등장하고, 정치운동과 종교운동에서 과격한 감정이 표현되고, 국민사상과 생활양식의 균일성이 확보된 것은 개척정신에 뿌리를 두고 있다.

서부가 미국에서 중요한 위치를 차지함에 따라 칼빈주의의 침울한 결정론이 서부의 낙천적 무계급주의로 대체되었다. 경제적으로도 서부의 활동가들이 동부의 귀족들보다 풍요롭게 되었다. 남부와 북부가 각기 다른 사회로 발전하였으나 미개척지를 개척하여 서부로 이주하는 것은 공통적이었다. 특히 버지니아에 이주한 사람들은 뉴잉글랜드에 이주한 사람들과는 달리 처음부터 황금의 나라를 찾아 대서양을 건너온 사람들이었다. 그들은 비옥한 토지에서의 연초, 면화, 사탕 등의 재배에 성공했으며 지형적으로 서부 진출에 용이하여 서부로 많이 진출했다.

영국을 비롯하여 유럽 대륙에서 매년 이민자들이 증가했다. 1718~

1719년을 전후로 스코틀랜드계 아일랜드 청교도들이 영국 정부의 압정을 피하여 대거 북아메리카로 이주하여, 뉴저지, 펜실바니아, 메릴랜드, 북캐롤라이나 등의 오지를 개척했다. 독일인은 중서부로 진출하여 오늘날의 신시내티, 세인트루이스, 밀워키, 시카고에 주로 정착했고, 프랑스 인들은 17세기 말경에 위그노가, 18세기에 혁명 후에는 왕당파 망명자가 주로 이주하여 남캐롤라이나와 루이지애나에 정착했다.

초기 이민자들이 아메리카에 정착하는 과정에서 개척정신이 자연발생적으로 형성되었다. 개척민들의 생활지도 원리는 청교도주의에서 비롯된 극기, 근면, 절약 등의 미덕과 양키주의에서 비롯된 물질적 부를 획득하려는 현세적, 세속적, 실용적 정신이었다. 이러한 생활이념을 지닌 개척민은 자연환경 및 인디언들과 끊임없이 싸우며 이상향을 추구하는 과정에서 자유, 평등, 독립정신을 갖게 되었다. 동시에 낙천적이며, 명랑 쾌활하고 진취적인 기상을 갖게 되었다. 그리하여 계급이 없는 사회에서 모든 인간은 균등한 기회 앞에 평등하고 자유로우며 성공할 수 있다는 낙천적 세계관이 배태되었고 각자의 개성을 존중하며 공동의식이 강한 미국 민주주의의 모태가 형성되었다. 개척정신은 문화, 정치, 경제의 모든 영역에 커다란 영향을 미치고 있으며, 문학 세계에도 그 저류가 면면히 흐르고 있다.

4. 청교도정신

미국에서 청교도정신이란 1620년부터 19세기 초까지 뉴잉글랜드의 교회를 중심으로 발달한 극단적인 칼빈주의 종교와 여기에서 발생한 도덕규범을 가리킨다. 세계는 신의 조화이며 인간의 생존목적은 신앙과 신에 대한 복종이고 신을 찬양하는 것이라고 하는 청교도의 도덕적 관점에서는 이 세상의 모든 일에 대한 유일하고 최종적인 판단의 근거는 도덕적 선이다. 그러므로 모든 행동은 도덕적 목적을 가져야 하며, 모든 서적이나 예술은 독자에게 도덕적인 교훈을 주는 것을 목적으로 삼아야 한다. 청교도는 인생의 의의를 도덕적 관심이라고 생각한다.

청교도의 윤리는 대체로 세 단계의 변화를 겪어왔다. 식민지시대부터 19세기 초까지 청교도의 목적은 신약보다는 구약을 지도서로 삼고 성경 구절에 의거하여 개인 중심의 도덕적인 생활을 하는 것이었다. 이 시대의 청교도는 인간의 영혼과 정의를 추구하고 개인생활의 도덕적 검토에 열중했고 전체적인 사회의 의무에 무관심하였다. 19세기 초에 프랑스의 사회적 인도주의의 자극을 받아 사회개혁운동이 일어남에 따라 뉴잉글랜드의 청교도들은 사회문제에 관심을 갖게 되었다. 이 시대에는 노예제도와 음주를 죄악으로 여기게 되었다. 남북전쟁 이후 청교도는 도덕적인 설교보다는 엄격한 법률을 제정함으로써 그 목적을 달성하려 하였다. 이 시대에는 신도들의 종교적 관심을 분산시키는 일에 반대하고 사회개혁운동을 실시하는 것을 법제화하려 하였다.

청교도의 교리는 1620년부터 1800년 사이에 뉴잉글랜드의 사상을 지배하였다. 신의 선택 또는 숙명이라는 사조가 널리 퍼졌는데 이는 인간의 모든 행동과 운명이 태초부터 신에 의하여 결정되었다고 믿는 신념을 말한다. 이 신념은 개척시대의 어려운 자연환경에 맞서서 투쟁하던 뉴잉글랜드의 주민들에게 희망을 주고 어려움을 극복할 수 있는 힘을 주었다.

미국의 민주주의와 평등을 주장하는 사회이론이나 다수결의 원칙에 따르는 정치이론 등은 사회의 지도계급이라고 자인하는 선택받은 자들과 청교도들의 반대에 부딪쳤다. 부귀영화나 능력이나 가문은 선택받은 자에게 주어지는 신의 은총이므로 이들로부터 사회적 정치적 지배권을 빼앗는 것은 신에 대한 반항으로 여겨졌다. 따라서 초창기 미국의 정치권은 뉴잉글랜드에 근거를 둔 목사들의 지지를 받는 귀족적인 정치세력이 중심이었다. 이들의 연방주의는 새로운 지식을 배운 명문가 출신의 부유한 사람들에 의한 정치를 뒷받침하였다. 이러한 신념은 결국 정부를 강력한 중앙집권 조직체로 만들어 죄인의 범죄를 엄격히 단속하는 권력체로 신정을 실시하도록 하였다.

18세기 말에 뉴잉글랜드의 주민들이 서부로 진출하여 변경의 자연환경 및 사회적 조건에 접하였을 때 청교도 정신은 크게 변화하였다. 개척민의 웅대한 포부와 쾌활한 낙천주의 앞에서 청교도의 비관적인 색채가 소멸되고 변경의 평등주의 앞에서 청교도의 귀족적이고 독선적인 경향이 사라지게 되었다. 청교도의 철학 전체가 변모하였으나 모든 일을 선악의 기준으로 판단하는 도덕적 습관은 변하지 않았다. 종교적 신앙으로서의 청교도정신은 뉴잉글랜드에서도 거의 사라졌지만 이 도덕적 개념은 미국인들 모두의 마음속에 잠재해 있다. 청교도주의의 흔적은 많은 미국인들이 오늘날 생각하고 행동하는 방식에 때로는 원래의 신앙적 배경과 단절된 형태로 남아 있다.

1620년 8월 14일에 102명의 청교도가 탄 두 척의 범선(스피드웰 호와 메이플라워 호)이 영국을 떠나 미국으로 출발했으나 스피드웰 호가 고장이 나자 모두 메이플라워 호에 옮겨 타고 미국으로 항했다. 12월 11일 미국에 도착하였지만 폭풍우 때문에 처음의 목적지인 버지니아에 도착하지 못하고 매사추세츠 플리머스에 상륙하였다. 계속하여 보스턴 주변으로 이주해온 청교도가 뉴잉글랜드 청교도주의의 기수가 된다.

오늘날 그들을 미국 건국의 아버지라고 부르는데 이는 청교도 정신을 높이 평가한 결과이다. 남부의 현실적, 물질 지향적 기질과 동북부의 청교도적 이상주의가 충돌한 것이 노예해방을 둘러 싼 남북전쟁이다. 오늘의 미국 정신은 현실적 물질주의와 이상주의가 공존하면서 갈등과 조화를 이루는데, 청교도정신이 정신적 지주가 되고 있다. 미국의 기본 이념인 사회적 자유, 인권, 관용의 사상은 청교도정신의 영향이다. 미국의 역사, 미국의 현대문화 그리고 복음주의적인 하위문화를 형성하는 데 그들이 끼친 영향은 이루 말할 수 없다.

미국인의 중요한 정신적 배경이 된 청교도주의의 가장 중요한 특성은 강도 높은 종교 경험을 강조한다는 것이다. 청교도들은 인간이 죄의 상태로부터 구원받기 위해서는 회심이 필요하고, 하나님은 설교를 통해 구원을 제시하며, 이성보다는 성령이 힘있는 구원의 수단이라고 믿었다. 청교도에게서 두드러지게 나타나는 회심경험은 칼빈주의에서 비롯된 예정설과 결합되어 자신들이 역사를 혁명적으로 변화시키라고 하나님이 선택한 선민들이라는 의식을 갖게 했다.

청교도들이 지녔던 두드러진 특징들은 옳고 그름(선과 악, 또는 하나님과 사탄)의 선한 양심의 운동, 개량운동, 이상운동, 저항운동, 평신도운동, 성

스피트웰 호에서 신대륙을 향해 항해하기 전에 기도하는 모습.

메이플라워 호 기념비: 사우스샘프턴

경중심운동, 학교(교육)와 연관된 운동, 정치적이고 경제적인 운동 등으로 표출되어 현실과 밀접한 관계를 맺었다. 청교도사상의 핵심은 절대자인 신과의 약속과 칼빈의 예정설이다. 인간의 운명 내지 행위는 절대자가 예정하는 것이며, 원죄를 범한 인간은 그 절대자에 의해 선택된 사람만 신의 은총에 의해 구원된다. 그러므로 인간은 절대자를 경외하고 선악, 생사, 죄를 의식하는 금욕적인 신앙생활을 해야 한다. 그렇기 때문에 청교도들은 하나님을 두려워하고 양심의 순결을 존중하며 성서를 하나님의 법률이라고 생각하여 성서에 따라 행동했다. 하나님과의 직접적인 교통을 주장하고, 죄악에 민감하고 육신의 쾌락을 물리치는 금욕적이고 엄숙하며 정숙한 생활을 했다. 또한 매우 근면하고 극기심이 강했으며 목적하고 실천하는 데 있어서 결코 저속하지 않고 고상하고 고매한 데가 있었다. 또한 그들의 정신은 강직하고 완고한 면이 있었다. 한편 그들은 배타적이고 편협한 면이 있는데 영적, 도덕적 방면에 치우친 경향이 강했다.

청교도주의는 18세기에 차츰 쇠퇴해서, 칼빈주의의 제창자이며 청교도주의의 최후의 가장 위대한 신학자였던 에드워드의 필사적인 노력에도 불구하고 붕괴되었다. 그 후 채닝은 인간의 지적, 도덕적인 힘을 믿어 초월적인 신에서 출발하지 않고 인간의 영혼에서 출발할 것을 주장한 유일신교운동을 일으켰고 이것은 에머슨의 초월주의로 발전했다.

18세기 말에 서부로의 진출이 활발해짐에 따라 개척지의 자연환경과 사회적 조건에 접촉하게 되자 청교도주의는 변질되어갔다. 개척지의 평등주의 앞에서 청교도주의의 독선적인 경향이 사라졌다. 그리고 개척민의 쾌활한 낙천주의는 청교도주의의 비관적인 색채를 소멸시켰다. 광대한 서부의 새로운 정신 밑에 청교도주의의 전모도 달라졌다. 그리고 종교적 신앙으로서 국민들 사이에 그 세력을 유지할 수 없게 되었다. 그러나 청교도주의의 중요한 요소인 근면과 극기정신이 개척정신의 기본적인 요소가 되었으며, 나아가서는 물질적, 세속적인 생활태도를 낳았다. 또한 죄의식과 선악관은 개척정신의 정의, 정직, 공정, 용기 등의 도덕으로 발전했다. 만사를 선악을 기준으로 판단하는 도덕적 습성으로 발전한 것이다. 이와 같은 도덕적 관념은 오늘날까지도 미국인의 의식세계를 지배하고 있다.

에드워드

채닝

5. 계몽주의

청교도주의가 미국의 지적 전통의 첫 번째 주 요소였다면 계몽주의는 두 번째로 중요한 요소였다. 계몽주의의 영향을 받은 사람들은 사물의 본질을 더욱 명확하게 이해하였기 때문에 자신들의 시대가 과거보다 우월하다고 믿었다. 자연과 이성은 이러한 사상체계의 핵심 개념이었다. 자연은 질서 있고 조화로우며 권위의 최종적인 원천인 반면 이성은 자연이 어떻게 움직이는가를 이해할 수 있는 수단이었다. 이러한 신념은 계몽주의의 또 다른 특징인 진보에 대한 믿음으로 이어졌다. 물질의 실체를 명확히 이해함으로써 인간은 자연의 법

뉴턴

칸트

칙에 따라 사회를 재구성할 수 있으며 이를 통하여 유토피아를 실현할 수 있다고 믿었다.

계몽주의자들은 기독교인으로 교육받았지만 자신들의 지적 유산을 거부하고 진리로 나아가는 길로서 계시보다는 이성에 의존하기 시작하였다. 계몽주의라는 새로운 사상체계는 또한 근대 초기 과학혁명으로부터 유래했다. 코페르니쿠스의 혁명, 갈릴레이의 새로운 물리학, 뉴턴의 천체 역학은 사물의 새로운 패러다임을 제공하여 주었다.

원래 계몽주의는 이성을 진리 판단의 기준으로 삼아 불합리를 제거하고 세계를 합리적으로 개선하여 인간의 무지와 몽매를 계몽하려던 범유럽적 운동이었다. 이는 르네상스 이후 지속적으로 전개되어온 사회적, 사상적 변화에 기초를 두고 있다. 영국에서의 자연과학적 경험주의 그리고 프랑스에서의 인식론적 합리주의가 이 운동의 사상적 토대를 형성하였다. 이후 18세기 초에 독일에 유입된 계몽사조는 칸트에 의해서 완성되었다. 칸트는 계몽주의를 자신에게 책임이 있는 미성년 상태로부터 벗어나는 것이라고 정의하면서 자신의 오성을 사용할 용기를 가지라고 촉구하였다. 계몽주의는 1680년대 영국에서 유래하여 한 세기 이상이나 서구 사상을 지배하였다.

근대사상의 특색인 자유주의, 개인주의, 합리주의, 경험주의는 이미 르네상스의 휴머니즘 가운데에 싹트기 시작하였다. 시민사회가 성장하여 시민계급이 새로운 사회의 주인공이 되기 시작하고 자연과학이 비약적으로 발전한 18세기에 이르러 더욱 뚜렷한 모습을 띠었다. 이러한 모든 사상은 계몽사상

가운데 통합적으로 나타나 있다.

계몽사상은 미국에 전해져 미국의 독립혁명에 큰 영향을 끼치고 프랑스에 전해져 구제도 아래 신음하고 있던 시민계급의 절대제에 대한 비판 무기로 성장하였다. 계몽주의는 영국으로부터 퍼져나갔다. 프랑스가 그 중심지가 되었으며, 볼테르와 프랑스의 계몽사상가들은 자신들의 견해를 극도로 발전시켰다.

근대 자본주의 사회와 더불어 나타난 계몽주의는 개인의 가치를 중시하고, 자유와 평등을 진보적으로 실현하고자 했기 때문에 오늘날의 자본주의와 사회주의 체제에 관계없이 가치 있다. 1914년부터 1945년 사이의 서구 시민사회의 위기와 파시스트의 등장, 스탈린의 공포정치의 출현은 인간의 가치를 보존하고 개인의 양심과 자율을 진보적으로 신장하는 계몽주의적 가치를 새롭게 요구하게 되었다.

계몽주의적 사조는 시장경제의 출현과 더불어 발생했다. 시장경제는 자신들이 직접 소비하기 위해 생산하는 자급자족경제와는 달리 생산물이 시장에서 상호 교환되는 과정을 통해서 성립되는 경제체제이다. 시장경제의 발전을 통해 나타난 중요한 결과는 개인이 독립적 요소인 일종의 단자이며 하나의 출발점이 되었다는 것이다. 교환을 통해 이루어지는 경제적 행위가 바로 계약인데, 이 때 계약의 주체로서 독립적 개인이 상정된다. 그리고 계약은 평등한 조건에서 계약 당사자인 개인의 자유로운 의사결정에 의해서 성립되는 경제행위이다. 개인의 자율성, 자유와 평등과 같은 계몽주의적 가치는 이와 같은 시민사회의 시장경제에 근거한 것이다.

개인의 자율적 활동의 결과로 나타나는 사회적 과정은 기계적으로 결정된다. 이 때 개인들은 그들의 사적인 이익을 보호하기 위해 가능한 한 합리적으로 행동하고, 그들의 행동은 개인을 초월하는 권위나 가치와 무관하게 시장에 대한 지식에 근거한다. 계몽주의자들은 인간 이성의 공공적인 사용을 자유롭게 하는 데 계몽주의의 핵심이 있다고 선언한다. 그들은 모든 도덕적, 정치적 행위는 자율적, 비판적 지식에 기초하며, 지식을 획득하는 과정에서 어떤 권위나 편견의 영향을 받아서는 안되며, 오로지 자기 자신의 비판적 이성을 통해서만 판단해야 한다고 주장한다.

그들은 자연이나 사회를 변혁시키는 인간의 행위를 지적 활동으로 간주했으며, 지식의 내용이 역사 과정에서 인간 활동에 의해 규정된다는 사실을 깨닫지 못했다. 결국 계몽주의의 사회적, 정치적 이상에는 근본적 모순이 있었으며 그 모순은 유럽의 정치, 사회적 양상에 중요한 결과를 가져온다. 개인주의적 사회관의 두 지주인 자유와 평등 사이의 모순이 그것인데 사적 소유에 근거한 완전한 자유는 정치적 불평등을 낳게 된다. 이러한 모순은 자신감 있고 낙관적이었던 계몽사상이 19세기에 이르러 부르주아 계급의 보수화와 더불어 편협해지는 결과를 가져왔다. 시민계급의 보수화와 계몽사상의 편협화는 서구사회의 위기를 드러낸 것이며, 이러한 위기 속에서 부르주아 계급은 과거의 반기독교적 입장에서 자세를 바꾸어 20세기 전반에는 심지어 극단적으로 종교적인 믿음을 받아들이는 정도로 변해갔다.

계몽주의의 특징은 다음과 같다. 첫째, 이 사상은 새로운 시민사회 건설의 원리로서 자연법을 상정한다. 따라서 절대주의 시대의 국가가 봉건적 특권, 교회의 권위, 절대군주권 등 인위적인 법에 기초를 둔 데 반하여 새로운 시민사회는 자연법과 이 자연법에 기초를 둔 사회계약설을 원리로 건설되어야 한다고 주장한다. 둘째, 이 사상의 사유방법은 경험주의에 근거를 두고 있다. 계몽주의는 현실과 사실에서 출발하여 귀납적 방법에 의해 원리를 파악한다. 따라서 계몽주의는 인식론에 있어서는 감각적 유물론의 입장을 취하였다. 계몽주의는 이성을 존중하였다. 그러나 그 이성은 합리론이 말하는 바와 같은 초월적인 것, 경험에 선행하는 본유적인 것이 아니라 사색과정에서 존중되는 이성이었다. 이러한 이성은 경험주의에 대립되는 것은 아니었다. 셋째, 계몽주의는 이성을 거울삼아 일체의 계시, 전통, 권위에 대해 비판을 가하였다. 이 점에서 계몽주의는 합리주의가 되었다. 또 이성이 지배하는 현재가 좋다는 확신에서 과거에 대한 현재의 진보를 주장하고 장래에도 진보가 계속될 것이라고 생각하였다. 이 점에서 계몽주의는 진보주의가 되었다. 이성은 모든 인간에 있어서 동질적이고 보편적인 것이므로 이성을 통한 개개인의 결합관계는 세계시민주의와 결부되었다.

존 웨슬리

계몽주의는 미국의 종교발전에도 깊은 영향을 끼쳤다. 17세기에는 이성과 계시, 자연과 초자연이라는 두 가지 이념이 공존하였다. 청교도들은 구원문제를 제외한 모든 문제에서 인간의 이성을 가치 있는 도구로 평가하였다. 그러나 18세기에 들어와서 청교도들은 진리의 원천으로 자연을, 그리고 물질세계를 이해하는 도구로 이성을 강조하였다. 이러한 견해는 1740년대 초기에 뉴잉글랜드에서 태동한 미국 최초의 종교부흥운동인 신앙대각성운동에서 뚜렷이 나타나고 존 웨슬리에 의하여 복음을 대중에게 전파하는 수단이었던 감리교부흥운동의 형태로 출현하였으며, 계몽주의적 합리주의가 미국에 확산되기 시작하였다.

미국인들은 18세기 내내 중도적 계몽주의의 이상을 신봉하였고 그것이 영속화되기를 희망하였다. 동시에 그들은 자신들의 종교적 유산에 여전히 충실하였던 것이다. 그러므로 1800년 이후 청교도주의와 계몽주의는 미국 사상과 문화를 형성하는 데 중요한 역할을 담당하였다.

계몽주의는 이 세상을 눈물과 고통의 골짜기로 보는 칼빈주의 개념을 파괴했을 뿐만 아니라 인간은 불가사의한 신의 작은 장난감이 아니라 자기 운명의 주인이며 우주의 희망이라는 사실을 사람들에게 확신시켰다. 권위보다 이성을 강조하고 과학적 탐구를 권장하며 또 권위주의와의 결별을 기꺼이 받아들였다. 계몽주의 정신은 18세기의 지성적, 정치적 경향에 막대한 영향을 끼쳤다.

6. 신비주의

신비주의는 본래 종교적 경험, 즉 신을 알고 자기 자신에게서 신의 존재를 느끼는 것을 의미하였다. 그러므로 양심이 생활의 척도가 되고 직관이 이성보다 중요하게 생각된다. 넓은 의미로 신비주의는 개인보다 큰 신비적인 존재와 개인과를 동일시하는 것을 말한다. 본래의 신비주의는 종교적 신비주의라고 할 수 있는데 이것은 특히 퀘이커교도들의 방법이었다. 퀘이커교도는 원래 기도서나 성경 또는 목사나 교회의 도움을 받지 않고 신과 직접 교섭하며 인간의 내면의 빛을 지도 원리로 삼는 순수한 신비주의자였다.

종교적 신비주의자들에게 예배는 신과의 직접적인 교섭이기 때문에 그들은 교회나 목사가 오히려 방해물이라고 생각하였다. 그들은 매순간이 예배시간이고 모든 행동에 있어서 개인은 신과 더불어 행한다고 생각한다. 따라서

윌리엄 펜

신비주의자는 자신과 신을 동일체로 본다. 이는 극단적인 개인중심주의이지만, 모두가 자신의 정신적 길을 가며 다른 사람들도 그러한 길을 가도록 용인하기 때문에 오히려 공동생활에 적합하다. 완전한 신앙의 자유를 처음 인정한 로드아일랜드와 펜실바니아가 퀘이커교도들의 식민지 내지는 그들이 많이 거주한 지역이라는 것을 보아도 인간은 누구나 자기 방식대로 정신적인 행복을 추구할 권리가 있다고 하는 이들의 신념이 폐쇄적이지 않다는 것을 알 수 있다. 종교적 신비주의의 대표적인 지도자로는 로드아일랜드의 윌리엄즈와 펜실바니아의 펜이 있었다.

초절주의 또는 직관적 신비주의는 에머슨이나 쏘로우 등의 초절주의자들의 신비주의를 말한다. 이 사상은 신과 마찬가지로 자연을 개인과 동일한 것으로 파악하기 때문에 자연 신비주의라고 할 수 있다. 초절주의자들에 따르면 신과 자연과 인간은 동일한 신의 생명을 가진 것이며 각각이 위대한 전체의 일부분이다. 개인이 만물의 중심이기 때문에 개인은 인간인 동시에 신이며 별개의 실체인 동시에 위대한 조직체의 한 부분이다. 인간을 찬양하는 이 관념은 인간을 무가치하고 자연을 신의 가면에 불과하다고 보는 청교도주의와는 반대된다. 초절주의의 대표격인 에머슨은 인간과 신을 자연계에서 발견하고 인간은 자연의 한 부분이라고 주장하였다. 그는 "당신 자신을 믿으라"고 하면서 자연과 신과 교섭하는 자아는 믿을 수 있다고 하였다. 그는 또 인간은 자아의 내적인 목소리에 따라서 독립해야 한다고 주장하여 미국의 사상계에 일대 혁명을 일으켰다.

7. 초절주의

초절주의는 뉴잉글랜드에서 독특하게 발전한 유럽 낭만주의 운동의 변형이라고 생각할 수 있다. 초절주의는 직관적 지식, 인간과 자연의 내재적 신성, 그리고 이에 따른 인간의 불가침의 가치를 믿는 일종의 이상주의이다. 초절주의 사상은 유럽에서는 하나의 철학일 뿐이었지만 미국에서는 사회운동적 특징을 가지고 있었다.

초절주의의 근원은 신플라톤주의, 독일 관념철학, 그리고 19세기 초에 보스턴 지역에 소개된 동양 사상이다. 신플라톤주의에서 물질보다 정신의 중요성에 대한 믿음과 절대적인 진, 선, 미로 올라가는 정신적 가치들의 상승적 위계질서를 받아들였다. 또한 코울리지와 카알라일의 저서들을 통해서 전해진 독일 관념철학으로부터 사물의 진정한 본질을 관찰하는 수단으로써 지성에 반하는 '직관'을 받아들였다. 동양 사상으로부터는 내용이 빈약하고 체계적이지 못한 철학의 약점들을 타개하는 데 도움을 주는 일종의 애매한 신비주의적 요소를 받아들였다.

청교도주의가 쇠퇴함에 따라 생긴 진공상태에서 정신적으로 굶주린 19세기 초기의 콩코드 청년들에게 낭만주의의 감정적 열정과 고매한 이상주의는 새로운 활력을 불어넣었다. 콩코드는 한때 청교도적이었으며, 콩코드에 끼친 청교도주의의 영향은 깊고 영속적이었다. 초절주의는 청년들로 하여금 과거의 무감각한 종속의 허물을 벗고 자신의 마음 속에 있는 신을 따르며, 청교도 선조들의 노력에 견줄 만한 정력을 가지고 삶의 매순간을 살도록 권했다.

미국의 초절주의는 1830년대 매사추세츠의 콩코드에서 시작하여 남북전쟁이 끝날 무렵에 끝났는데, 주요 주창자들은 알코트, 브라운슨, 피보디, 풀러, 파커, 베리, 그리고 채닝 등이다. 이들은 1836년에 형성된 소위 초절주의 클럽의 비공식 모임에 참가한 일이 있는 사람들이다. 이들에게서 시작된 초절주의는 에머슨과 쏘로우에게서 꽃을 피웠다.

미국의 초절주의는 기독교에 대한 반발에서 출발했다. 이는 1830년대 뉴잉글랜드의 유일신교 교회에서 전개되었던 전통적인 기독교에 대한 반항운동으로 그 대변자들은 에머슨처럼 하버드 신학교를 졸업하고 유일신교를 신봉했던 목사들이었다. 이들은 종교적 경험에 대한 탐구자들로서 형식과 교리, 의식과 언어적 설명을 거부하고 실체와의 직접적이고 즉각적인 접촉을 통해서 사물의 핵심에 도달하고자 노력했다.

에머슨은 초절주의의 목적이 우주와의 본원적인 관계를 모색하는 것이라고 밝힌 바 있다. 그는 29세 때 보스턴 제2교회의 목사직을 사임하고 초절주의 연사, 문필가, 시인, 철학자, 그리고 편집가로 활동했다. 조지 리플리도 1840년에 보스턴의 퍼체이스스트리트 교회를 사임한 후 부룩크 실험 농장을 운영했다. 크리스토퍼 크렌치는 하버드를 졸업한 후 한동안 목회활동을 하다가 목사직을 그만 두고 시와 풍경화에 전념하였다. 에머슨과 마찬가지로 이들 모두는 신학교 출신으로서 유일신교 신자였는데, 주로 에머슨의 영향을 받아

브론슨 알코트 / 오레스테스 브라운슨 / 마거릿 풀러

종교에 관한 소위 “새로운 견해”를 받아들였다.

초절주의자들의 의견은 다양하게 표출되었다. 사회적 행동을 보면 쏘로우의 지독한 무관심으로부터 에머슨의 공감적이지만 초연한 견해, 그리고 파커의 정열적인 행동주의와 리플리의 공산주의 실험에 이르기까지 다양한 태도를 보여준다. 그러나 대체로 초절주의자들은 사회문제에 있어서 좋은 평판을 얻지 못했다.

초절주의는 신생국가를 위한 일종의 윤리적 지침이었다. 그것은 모든 인간이 지니고 있는 신성한 불꽃을 굳게 믿으면서 인간 본성의 가장 좋은 측면에 호소하였다. 또 그것은 관습과 전통이라는 속박을 벗어던지고 새롭고 분명하게 미국적인 문화의 발전을 향해 전진하라고 촉구했다. 개인의 필수적인 가치와 존엄성을 강력히 주장했다는 점에서, 초절주의는 민주주의의 확립을 위한 사상적 토대가 되었고, 급격하게 팽창한 경제활동에 필요한 이상주의를 전도하고 실천하였다.

19세기 전반 정치적 독립에도 불구하고 정신적, 사상적으로 영국 및 유럽의 여러 제국에 종속되어 있던 미국은 자신의 국가 정신을 효과적으로 표현해 주는 사상체계를 필요로 했다. 때마침 변질되어가던 청교도주의 또한 미국

조지 리플리

랄프 왈도 에머슨

헨리 데이비드 소로우

의 문화적 독립과 새로운 사상의 욕구를 자극했다. 대략 1830년에서 1865년까지 초절주의는 미국의 문예부흥기를 장식하며 미국의 사상, 문화에 가장 큰 영향을 끼쳤다. 미국인의 속성 중 가장 뚜렷이 보이는 개인주의나 자유주의 사상, 더 나아가서는 종교적인 자유의지도 바로 이 사상에서 기인한 것이다. 초절주의의 수용은 이기주의와 인간 소외를 초래하는 결과를 가져오기도 했다.

8. 실용주의

실용주의는 미국적인 환경에서 자연스럽게 발생한 사조이다. 초창기에 미국으로 건너온 사람들은 악조건을 무릅쓰고 생존해야만 했다. 그들이 처한 환경은 그다지 호의적이지 않았다. 혹독한 추위를 견뎌야 했고, 원주민들과 마찰을 빚으며, 맹수들의 공격을 막으며 황무지를 개척해야만 했다. 그들의 삶은 한마디로 투쟁이었기 때문에 개척정신이 필요했으며 이론을 위한 관념적 사상이 아니라 생활에 직접적으로 도움이 되는 실천적 생활철학이 필요했다.

이러한 상황에서 1870년대에 퍼스가 주창하고 19세기 말에 제임스가 전세계에 퍼뜨린 것이 실용주의이다. 20세기 전반에 미드와 듀이가 사회철학 및 교육학 분야에서 이를 발전시켰고, 20세기 후반에 콰인과 화이트가 언어철학 분야에서 커다란 업적을 이루었다. 실용주의 사조는 윤리, 교육, 예술, 정치 분야에까지 많은 영향을 끼쳤다.

실용주의 철학자들은 경험주의 전통에 의해 기초가 수립된 과학주의를 받아들이고, 실험과학적 방법론을 철학에 응용하였다. 특히 실용주의를 지칭하는 다른 이름인 '실험주의'는 이러한 과학주의적 전통을 드러낸 말이다. 이들이 특히 영향을 받은 과학이론은 다윈의 진화론이다. 실용주의는 다윈의 진화론의 생물학적 의의를 보다 확대 해석하여 자연과 인간 그리고 가치의 영역까지 설명한다. 다윈의 『종의 기원』은 종과 형태의 진화를 관찰과 실험에 의해 증명한 것이다. 다윈의 이론에 따라 퍼스는 기존의 과학개념이 진화 세계의 산물들을 적절하게 다룰 수 없으며, 자연법칙 자체도 진화한다고 생각한다.

자연의 형태나 종이 변화한다는 점과 함께 다윈의 진화론이 실용주의에 특히 영향을 준 요소는 다양한 종의 생존문제에 관한 것이다. 종의 생존은 생존투쟁에 의한 적자생존 방식에 따라 결정되는 문제로서 우연이 큰 역할을 한다. 자연선택은 자신에게 유리한 유전적인 작은 변이를 보존하고 축적하는 것에 의해 성립하며, 이것은 경쟁을 통한 도태와 진보를 암시한다. 다윈에 의하면 자연선택은 주어진 생활조건 하에서 생물보존에 유리한 변이의 보존을 의미한다. 이러한 자연선택에 의한 종의 보존이라는 다윈의 이론은 세계를 우연적인 것으로 설명하는 실용주의의 태도에 영향을 주었다. 특히 퍼스는 이러한 우연적 세계에 대한 이론을 '우연주의'라고 부르기까지 하였다.

퍼스는 행동을 사고보다 더 중요시하고 지식의 유용성을 강조하는 입장을 취한다. 그는 행동의 결과에 따라서 판단하며, 실험과학에 기초하여 가설을 세우고 능동적, 적극적 경험을 중시한다. 퍼스의 실용주의는 미래지향적 성격으로 현재라는 시간 속에서 새로운 경험을 기반으로 현 생활을 개조하는 원동력이다. 퍼스에 의하면 관념의 의미는 그 관념의 대상이 행위와 관련이 있는 어떠한 결과를 가져오느냐 하는 데에 있다. 어떤 관념의 의미를 명확하게 하기 위해서는 그 관념의 대상에 대해 어떤 실험을 하여 어떤 결과가 나타날 것인지를 생각해보면 된다. 자연법칙은 행동의 습관, 즉 시간의 흐름을 통해 변화, 수정되는 습관이다. 따라서 이 자연법칙은 절대적인 것이 될 수 없다.

찰스 샌더스 퍼스

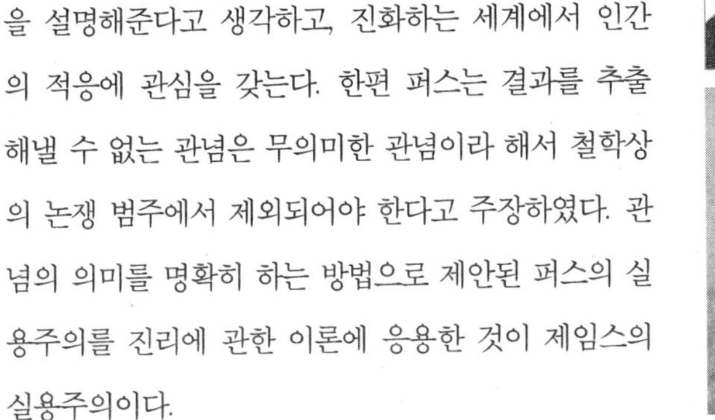
헨리 제임스

제임스는 진화개념이 인간의 자발성과 창조성을 설명해준다고 생각하고, 진화하는 세계에서 인간의 적응에 관심을 갖는다. 한편 퍼스는 결과를 추출해낼 수 없는 관념은 무의미한 관념이라 해서 철학상의 논쟁 범주에서 제외되어야 한다고 주장하였다. 관념의 의미를 명확히 하는 방법으로 제안된 퍼스의 실용주의를 진리에 관한 이론에 응용한 것이 제임스의 실용주의이다.

제임스는 영원한 진리란 없다는 다원적, 비결정적 세계관, 즉 세계는 선한 것과 악한 것의 복합체이므로 개선이 가능하다는 희망적, 미래주의적 세계관을 지녔다. 제임스는 관념의 의미는 그 대상이 가져오는 결과에 있다고 보고, 어떤 관념도 그것이 유용한 결과를 가져오면 곧 진리라고 주장했다. 제임스는 한정적 진리를 인정함으로써 비록 사실과 반대되는 관념일지라도 그것을 믿는 권리를 모든 사람에게 인정해주고, 19세기 이후 심각해진 과학적 세계관과 종교적 신조의 대립을 조정하려 했다. 그는 진리가 성립하기 위해서는 목적에 소용이 되는 결과가 있어야만 하며, 생활에서의 유용성을 떠난 진리는 있을 수 없음을 강조하였다.

듀이는 실용주의의 완성자로 "행동"을 기본으로 하여 이론을 전개한다. 듀이의 도덕론은 도덕적으로 타당한 것은 사회를 개선하고 발전시키는 데 유용한 사회적 가치이고, 도덕적 최고선은 성장하고 진보하는 도덕적 가치로 여긴다. 그는 절대적으로 옳은 것은 존재하지 않지만 올바른 선택은 존재하므로, 올바른 선택은 도덕적 갈등상황을 해결하는 데 도움이 되며, 도덕적인 선택은 지성적인 선택에 의해 결정되어야 한다고 생각했다. 또한 듀이는 상황을 객관적으로 인식하고 문제를 올바르게 해결해주며, 습관을 새롭게 재구성하여 환경을 개선하는 데 기여하는 창조적 지성을 추구한다.

듀이는 실용주의의 한 변형인 도구주의의 창시자로, 이에 근거해서 윤리학을 전개하였다. 듀이는 신실증주의 전통을 거부하면서도, 도덕적 판단을 포함하는 평가적 판단과 경험적 판단을 근본적으로 구분하지 않았다. 듀이는 조사연구를 불분명한 문제적 상황을 분명하고 명료한 상황으로 변환시키는 하나의 과정으로 이해했다. 듀이에 따르면 도덕적 문제를 해결하기 위해서는 올바른 행위 유형을 찾아내는 것이 요구된다. 가장 성공적인 해결이 곧 선인데, 그 해결은 직관이 아니라 이성, 즉 모든 상황들과 대안들을 고려에 넣는 추론에 근거해서 이루어진다.

듀이는 의무, 정의, 도덕적 이상 등 윤리적 범주의 절대성에 반대하면서 최고선의 개념을 거부했고 따라서 사실상 규범윤리학을 상대주의적, 도구주의적, 개인주의적 윤리학으로 대체시켰다. 듀이에 따르면 개개의 도덕적 상황은 독특하며 대체될 수 없는 그 자체의 선과 그 자체의 목적을 갖는다. 듀이는 혁명적인 사회변혁을 찬성하지 않고 구체적 상황에서의 부분적인 개선과 이러한 개선의 점진적인 축적을 통해서 사회적 향상을 가져와야 한다고 주장했다. 듀이는 미국을 불완전한 사회로 인식했지만 사회개량론을 제시하며, 개선 가능성을 확신했다.

듀이와 그의 후계자들은 퍼스와 제임스의 뒤를 이어 실용주의를 완성하여 이를 교육이론과 실천에 적용하였다. 실용주의 교육이론은 20세기 초 이후 미국은 물론 전세계에 널리 보급되었고, 오늘날에도 그 영향을 크게 미치고 있다. 이 교육이론은 행동과 경험을 중시하여 행동과 경험에 의한 학습의 의의를 강조한다. 그 결과 학교에 실험실, 작업장, 농원 등의 시설을 갖추어 아동이 직접 경험을 하게 하였고 인식하고 검증할 기회도 부여하였다. 또한 이 이론은 원래 자연과학적 방법이었던 실험적, 탐구적 방법을 교육영역에 적용시켰다. 아동이 실험적 탐구를 통해 현실생활을 한층 바람직한 모습으로 바꾸어가려는 태도와 방법을 몸에 익히도록 하였다. 사회생활과의 연결을 중시하여 학교를 작은 사회가 되도록 조직하고, 학교 안팎의 학습을 연계시켜 민주적 사회생활에 참여할 수 있는 능력을 발달시킬 것을 강조하였다.

미국인들은 개인의 능력과 실질을 중시하며 분석과 연구에 열중하고 통계화하여 상세하게 설명하는 지성적이고 논리적인 면이 강하다. 공론이나 추상적인 지식보다는 실용적 지식이 존중되며 실용성이 없는 지식은 그릇된 지식으로 여겨진다. 실패의 원인을 외적 요소에서 찾기보다 내부에서 찾으며 미래지향적이다. 미국인들은 많은 자료를 모아서 객관적으로 분석하는 귀납적 방법에 큰 가치를 부여한다. 실용주의는 현실주의, 상대주의, 생활 본위와 실용 본위의 철학, 경험론, 공리주의, 실증주의의 미국적 전개로서 청교도주의와 더불어 미국 사상, 미국 정신의 양대 지주를 이루고 있다.

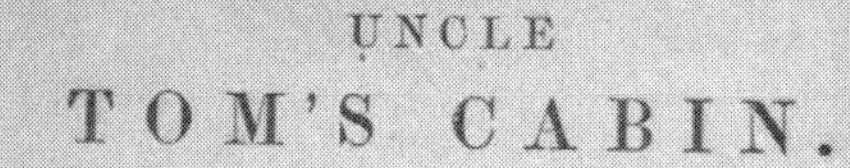

UNCLE
TOM'S CABIN.
BY
HARRIET BEECHER STOWE.
WITH
Twenty-seven Illustrations on Wood
BY
GEORGE CRUIKSHANK, ESQ.

COMMON SENSE;
INHABITANTS
OF
AMERICA,
SUBJECTS.
PHILADELPH

LONDON
1852.

소설 5.

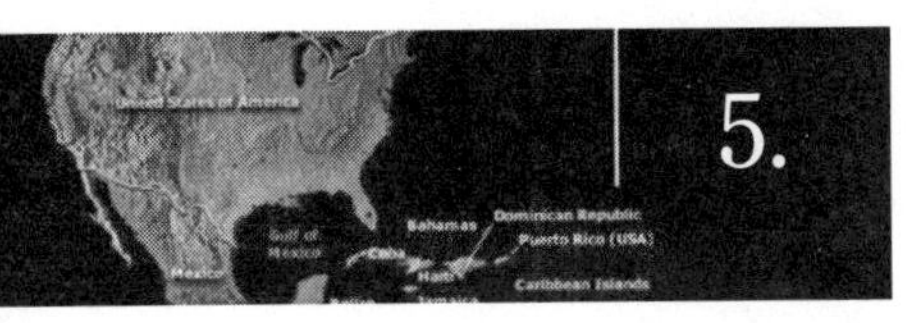

1. 식민지시대

코튼 매더

가혹한 자연환경에서 어려운 개척을 계속하던 초기 식민지 주민들은 문화적 생활을 즐길 여유가 없었고, 또 그들의 종교인 청교도주의가 순수문학에 편견을 가지고 있었기 때문에 문학이 발전할 수 있는 토양이 아니었다. 식민지 초기의 글은 대개 영국의 고향에 신대륙의 사정을 알리는 편지와 여행기, 이민자들의 생활기록, 초기 이민의 중심을 이루었던 청교도들의 일기와 역사, 그리고 목사들의 설교 원고와 종교 논설이다. 청교도들이 문학을 전혀 이해하지 못했던 것은 아니다.

당시의 문학가로는 부부의 애정을 노래한 미국 최초의 여류시인 앤 브래드스트리트, 사후 200년이 지나서 유고가 발견된 시인 테일러, 당시의 베스

트셀러인 『심판의 날』의 저자 위글즈워스, 신학자 코튼 마더 등이 있었고, 식민지에서 최초로 인쇄된 책인 『매사추세츠만 식민지 찬미가집』도 문학적 가치가 전혀 없는 것은 아니다. 브래드퍼드의 『플리머스 식민사』는 청교도들이 박해를 받고 영국을 떠나 네덜란드를 거친 후 신대륙에 상륙하여 자리를 잡은 사정을 적었다.

18세기 후반에는 독립혁명의 기운이 높아져 유럽의 계몽사상과 합리주의의 영향을 받은 많은 정치 문서가 나왔다. 민주주의의 이념, 인권사상, 식민지의 자결권 등을 웅변으로 주장한 토머스 제퍼슨의 『독립선언서』와 토머스 페인의 『상식』이 문학사에서 중요한 위치를 차지한다. 이 시대를 가장 잘 대변한 사람은 벤저민 프랭클린이었으며, 그의 합리주의와 실천적 공리주의의 진수는 『부에 이르는 길』과 『자서전』에 담겨 후세에 큰 영향을 끼쳤다.

독립 전후에 나온 글은 정치적인 것이 많다. 페인의 『상식』과 제퍼슨이 기초한 『독립선언서』, 또 제퍼슨의 지방분권사상에 맞선 알렉산더 해밀턴을 중심으로 한 연방주의자들이 펴낸 85권의 팜플렛 『연방인』 등이 정치적인 글들이다. 한편 신학자 에드워즈의 설교 『진노한 하느님에게 붙잡힌 죄인들』과 같은 설교와 인간의 자유의사에 관한 논고는, 19세기의 브라운, 포우, 호손, 멜빌 등으로 이어지는 전통의 원류라고 볼 수 있다.

2. 낭만주의시대(19세기 전반)

1800년은 미국의 수도가 필라델피아에서 워싱턴으로 옮겨간 해로, 이때의 미국 인구는 500만 명으로 기록되어 있다. 문물이 발달하고 생활의 여유가 생기면서 작가가 나타났다. 이 무렵을 미국의 '문예부흥기'라고 한다.

워싱턴 어빙

제임스 페니모어 쿠퍼

미국 문예부흥의 특징은 그것이 민주주의와 강하게 결부되어 있다는 데 있다. 넓게는 사회와 경제와 문화 등 다방면에서 민주화가 고양되었다. 그것은 자본주의의 발전과 더불어 나타나는 제반 문제를 극복하려는 여러 가지의 시도를 의미했고, 또한 동시대의 유럽 혁명과 개혁운동에 대응하는 것이기도 했다. 또 한편 산업주의에 대한 비판은 유토피아 건설을 기치로 내건 사회개혁운동으로 나타났고, 노예제도 폐지운동을 주축으로 여성해방운동과 평화운동과 금주운동이 전개되었다. 그 외에 공립학교제도 확립운동도 무성했다. 이 시대는 영토 확장의 시대이기도 했다. 원래 멕시코령이었던 텍사스를 비롯하여 오레곤, 캘리포니아, 뉴멕시코 등의 지역을 점차 획득하여 오늘의 합중국 본토의 기반이 완성되었다.

워싱턴 어빙은 국내와 유럽 각지를 여행하며 재미나는 이야기를 모아 책을 냈다. 그의 여행기, 설화집, 전기 등 많은 책 가운데 초기 네덜란드 이민들의 생활을 적은 『뉴욕 역사』, 설화집 『스케치북』, 그리고 『워싱턴 전기』 등은 널리 알려져 있다. 제임스 페니모어 쿠퍼는 『모히칸 족의 최후』를 비롯하여 개척지대의 백인과 인디언들이 겪는 모험 이야기 여러 권과 『수로 안내인』을 비롯한 해양소설 여러 권, 그리고 사회소설과 여행기 몇 권을 남겨 놓았다.

시인으로는 윌리엄 컬렌 브라이언트가 있는데, 그는 잡지 편집인으로서 평론과 번역을 많이 남겼다. 랄프 왈도 에머슨은 각지를 순회하면서 사상 강연을 하고 평론과 일기와 시를 남겼다. 그의 시는 대담하고 밀도 있는 사상을 강렬하게 표현하였다. 『자연론』, 『미국의 학자』, 『신학교 강연』 같은 글에서, 그리고 『대표적 인물들』이라는 문집에 실린 여러 평론에서 그는 경제발전과 사회적 변화 속에서 잊혀져 가는 정신의 우위를 고창하고 정신세계와 자연세계의 조화를 강조하는 가운데 독립한 새 나라 지식인들의 자주적 자세를 역설하는가 하면 기성 교회를 질타하며 그 허상을 깼다. 그의 문장은 힘차고 대담하며 간결하다. 그의 말에 독창적인 내용은 없으나 독립한 미국의 문예부흥의 길을 열어놓은 사상운동은 높이 평가된다. 그를 따라 자주적인 각도에서 종래의 철학, 신학, 문학을 다시 보려고 한 일단의 문인들이 '브룩 농장'에 모여 공동 수양을 하고 동인지 『다이얼』을 냈는데 이들을 '초절주의자'라 한다.

이 가운데 헨리 데이비드 쏘로우는 자연관찰 수기 『숲속의 생활』로 유명하다. 철저한 개인주의자인 쏘로우는 혼자 자연 속의 생활을 즐겨 1845년의 독립기념일로부터 2년 남짓하게 콩코드의 월든 호숫가에 오두막을 짓고 자급자족 생활을 했다. 그는 호반의 원시생활을 실천한 내용과 세심한 자연관찰, 독서론, 사회비평 등을 다룬 『월든』을 냈다. 그는 이 책에서 사람들이 생활 속에서 일반적으로 바라는 것들, 즉 돈과 재산 등을 거부하고 진정한 지혜의 추구를 강조한다.

독특한 미와 예술의 세계를 창조해낸 작가 에드가 알렌 포우는 미국보다 프랑스에서 더 인기가 있었다. 음악적 효과가 뛰어난 아름다운 시가 여러 편 있고, 신문과 잡지에 발표한 평론 및 추리소설이 주종을 이루는 단편소설이 여러 권 있다. 그는 미국 단편소설의 시조로 불린다.

단편소설을 많이 쓴 동시대의 나다니엘 호손은 세일럼 세관에서 일하며 인류와 죄의 문제에 골몰하였다. 그는 『주홍 글씨』 같은 장편에서 청교도식의 깔끔하고 어두운 비극적 가락을 미국문학의 흐름 속에 엮어 넣었다. 비극적 의식에서 세계를 묘사한 허먼 멜빌의 장편소설 『백경』은 그가 죽은 후 1920년에 미국 독자들이 비극적 의식에 눈뜨게 된 무렵에 비로소 진가를 인정받았다. 항해 경험이 많던 그는 남태평양을 무대로 한 해양소설을 많이 썼다.

종교색이 짙은 뉴잉글랜드 문학에 비해서 버지니아 등의 남부문학은 종교적인 관심을 별로 보여주지 않았다. 경제적으로 풍족하고 교양 있는 남부인은 보수적이어서 청교도인을 편협하고 병적이라고 할 정도의 도덕 과민자로 간주하는 경향이 많았다.

남부의 노예제도는 면화재배의 보급과 더불어 강화되었고 남부문화의 중심은 버지니아에서 남캐롤라이나의 찰스턴으로 옮겨갔다. 찰스턴의 특이한 귀족문화를 유지한 문학가로는 소설, 역사, 시 등 다방면으로 활동한 윌리엄 길모어 심즈가 있다. 그는 찰스턴의 가난한 상인의 자식으로 태어나 2세 때 어머니를 잃었고 아버지는 변경을 전전했다. 그는 자기를 길러준 어머니쪽의 조모로부터 남부의 구비전승과 아버지로부터 인디언과 개척민의 이야기를 듣고 문학적 소재를 얻어 1825년에 처녀 시집을 출간하였다. 가정적으로나 사회

에드가 알렌 포우 / 나다니엘 호손 / 허먼 멜빌

적으로나 혜택을 받지 못하고 뉴욕으로 나온 그는 브라이언트와 폴딩과 교류하였다. 그는 남부의 쿠퍼라고 불리기도 했다.

스토우 부인

마크 트웨인

3. 현실주의

스토우 부인(해리엇 비처 스토우)의 소설 『톰 아저씨의 오두막』은 출간 즉시 100만 부가 팔리고 이듬해에는 연극으로 상연되었으며 세계 각국에서 번역 출간되었다. 노예의 비참한 모습을 그린 이 작품은 예술성 여부에 관계없이 세상을 뒤흔들었다.

서민의 토속성을 살린 민중 작가인 마크 트웨인은 중서부의 대자연 속에서 야릇한 인물들의 이야기를 토속적인 문체로 매력 있게 그렸다. 『톰 소여의 모험』과 『허클베리 핀의 모험』은 미국적인 냄새가 물씬 풍기는 토속적인 작품으로 세계적 명작이 되었다.

흑인 가요와 카우보이 민요와 만화소설도 중요한 토속문학이다. 흑인들의 영가, 노동가요, 민요는 구전으로 계승되었는데 서정과 음악성이 풍부하다. 카우보이 민요는 주로 텍사스 산물로 역시 구전으로 계승되었는데 카우보이의 애환을 서정적으로 노래하며 미국적 정취가 강하다. 통속 잡지에 실리는 만화와 만화소설은 괴기한 철자와 문법을 무시한 문장으로 과장과 익살로 독자들을 웃겼다. 이러한 유머 작가로 빌링스, 피닉스, 워드 등이 유명하다.

4. 사실주의

헨리 제임스

윌리엄 딘 하웰즈

1861년부터 1865년까지 계속된 남북전쟁은 문학에 있어서도 큰 변화를 가져왔다. 이 시대의 문학자들은 남북전쟁 후 급격히 변화하는 미국의 현실을 사실적으로 그렸다. 가장 대표적인 사람이 1869년에 『철부지 해외여행기』로 갑자기 유명해진 서부 출신의 마크 트웨인이다. 그는 『톰 소여의 모험』과 『허클베리 핀의 모험』으로 미국적인 문학 전통을 확립했다.

뉴욕에서 태어났지만 어릴 때부터 유럽 대륙에서의 생활 경험이 풍부했던 헨리 제임스는 미국문화와 유럽문화를 대비적으로 그린 『어느 부인의 초상』과 『대사들』 등, 이른바 국제 상황 소설을 많이 발표했다. 그는 등장인물의 미묘한 심리를 파악하여 심리주의 리얼리즘의 길을 열었다. 당시 미국 사실주의 운동의 추진역을 완수한 사람은 윌리엄 딘 하웰즈였다. 트웨인과 제임스도 그의 도움을 받아 문단에 데뷔했으며, 그가 없었더라면 미국문학은 지금과는 달라졌을 것이다.

19세기 후반에 뉴잉글랜드 벽지, 남부, 서부 등 각지에 이른바 지방색의 문학이 나타나 미국의 지역적인 다양성을 부각시켰다. 1890년대에는 자연주의 문학 경향이 한층 높아졌다. 『붉은 무공훈장』으로 남북전쟁의 군대생활과 무명 병사의 행동과 심리를 보여준 스티븐 크레인, 『문어』에서 캘리포니아 농민과 철도회사의 투쟁을 그린 프랭크 노리스, 『야성의 절규』 등으로 유명해진 잭 런던 등이 대표적인 작가이다.

스티븐 크레인

데이어도어 드라이저

자연주의 문학의 대가는 미국 특유의 성공의 꿈에 홀려 냉혹하고 비정한 대도시에서 자기 욕망의 희생이 된 젊은이의 비극을 그린 데어도어 드라이저이다. 그의 처녀 장편 『시스터 캐리』는 1900년에 출판되었다. 대표작 『아메리카의 비극』은 자연주의 문학의 절정을 이룬다. 인간에게 자유의사가 없다면 책임을 따질 수도 없다는 것이 이 소설의 주제이다.

자연주의는 인간을 자연의 일부로 보고 자연계가 자연과학의 법칙을 따르듯이 인간도 자연과학의 법칙을 따른다고 본다. 인간에게 자유의사가 있는 것이 아니라 인간은 본능과 환경에 따라 움직일 뿐이라고 생각한다. 자연주의 문학도 미국사회 내부에 잠재한 부패를 폭로하는 선전 문학 내지는 폭로성 문학이 많았다.

5. 제1차 세계대전과 제2차 세계대전 사이

20세기 초에 미국은 이전의 농업 중심의 목가적 세계로부터 급속히 공업과 상업 중심의 기계화된 세계로 바뀌어갔다. 이러한 환경에서 왜곡된 인생을 보내는 기괴한 사람들을 셜우드 앤더슨은 『와인즈버그 오하이오』에서 공감과 동정을 가지고 그려냈다. 『대로』를 쓴 싱클레어 루이스는 1930년에 미국 문학자로서는 처음으로 노벨문학상을 수상하였다. 뉴욕 시의 명문가에서 태어나, 『환락의 집』 등 상류사회를 무대로 한 세련된 풍속소설을 발표한 에디쓰 워튼, 『오 개척자들!』, 『나의 안토니아』 등에서 네브래스카 개척민의 억센 생활을 그린 윌라 캐써, 『버지니아』를 쓴 남부 버지니아의 엘렌 글래스고가 이 시기에 활동한 여류 작가들이다.

제1차 세계대전은 남북전쟁과는 또 다른 뜻에서 미국문학에 새로운 시대를 가져왔다. 제1차 세계대전에 참전하여 근대적 세계관과 인간관에 대한 절망감을 품고 고국으로 돌아온 소위 잃어버린 세대의 작가들은 종래의 가치 체계를 재편성하려는 문학 작품을 만들어 냈다. 잃어버린 세대라는 별칭을 얻은 이들은 1920년대에 미국 문예부흥과 비견될 만큼 풍성한 문학 활동을 했다. 이 작가들은 대부분 유럽 문화의 영향을 직접, 간접적으로 받은 사람들인데 수준 높은 예술성으로 미국의 사실주의를 세계적 수준까지 끌어올렸다.

잃어버린 세대의 작가로 가장 이름이 있는 소설가로 어네스트 헤밍웨이, 존 도스 패소스, 스코트 피츠제럴드가 있다. 이들은 가치가 흔들리는 정신적 혼돈 속에서 고민하면서 사회와 인간의 조건을 살폈다. 헤밍웨이는 『해는 또 다시 떠오른다』, 『무기여 잘 있거라』에서 허무를 견디며 살아가는 젊은이의 모습을 특유의 건조한 문체로 그려냈다. 대전 후의 경제적 번영과 정신적인 폐

싱클레어 루이스

윌라 캐써

어니스트 헤밍웨이

허 속에서 피츠제럴드는 『낙원의 이쪽』과 『위대한 개츠비』로 이 시대의 기수 역할을 했다.

남부에서는 윌리엄 포크너가 전통문화의 쇠퇴와 현대문명의 황폐를 그린 『음향과 분노』라는 걸작으로, 20세기 최대 작가의 지위를 얻었다. 토머스 울프도 광대한 미국의 공간을 배경으로 『천사여, 고향을 보라』라는 장편을 발표하여 웅장한 스케일을 보여주었다. 이들 대부분은 1920년대의 표현주의, 미래주의, 다다이즘 등 이른바 모더니즘의 영향을 받으며, 또 옛 전통에 구애받지 않는 미국문학의 전통에 따라 여러 가지 대담한 문학상의 실험을 실시했다. 이 때 로버트 펜 워렌, 트루먼 커포티 등의 남성 작가와 캐서린 앤 포터, 카슨 매컬러스, 유도라 웰티, 플래너리 오코너 등의 뛰어난 여류 작가가 배출되어 '남부 르네상스'로 일컬어지기도 했다.

1929년 10월의 대공황을 계기로 1930년대에 미국은 급속히 좌경화하여 사회 모순에 눈을 돌려 항의하는 사회의식이 강한 문학이 나타났다. 잃어버린 세대의 패서스는 미국 그 자체를 비판적이고 총체적으로 파악한 3부작 『미합중국』을 완성했고, 존 스타인벡은 『분노의 포도』로 미국 혁신운동의 전통을 계승했다. 시카고 슬럼가에서 자라나는 청년을 그린 3부작 『종마 로니건』

스코트 피츠제럴드

윌리엄 포크너

존 도스 패서스

의 제임스 파렐, 『담배 길』을 쓴 어스카인 콜드웰 등도 이 시기의 작가이다.

1930년대는 사회적 색채를 띤 사실주의 시대이다. 1930년대 전반은 사회주의적 프롤레타리아 문학과 연극이 번성했고, 후반은 다소 인본주의적인 경향으로 기울기 시작했다. 1920년대의 소위 전위적인 화려함과 비교하면, 30년대는 위기의 시대였다고도 할 수 있다.

6. 제2차 세계대전 이후

제2차 세계대전 후, 전쟁을 여러 가지 각도에서 그린 노만 메일러의 『나자와 사자』, 어윈 쇼의 『젊은 사자들』, 제임스 존스의 『지상에서 영원으로』 등이 나왔다. 한편 제롬 데이비드 샐린저의 『호밀밭의 파수꾼』이 출판되었고, 젊은 독자층을 중심으로 애독된 조셉 헬러의 『캐치 22』와 켄 케이시의 『뻐꾸기 둥지 위로 날아간 사람』 및 커트 보네거트의 『도살장-5』 등이 그 뒤를 이었다.

이들 작품은 젊은이에 의한, 젊은이를 위한 문학 전통이 얼마나 단단한

노만 메일러

제롬 데이비드 샐린저

커트 보네거트

가를 말해주고 있다. 또 50년대에는 '비트족' 시대이며, 현대문명을 거부하고, 섹스와 마약으로 삶의 고양을 찾는 『노상』의 잭 케루악이 인기를 얻었다. 미국 사회에서 그때까지 문학적으로 주류에서 벗어나 있었던 소수 그룹 문학자들의 활약이 이 무렵부터 두드러졌다.

첫째는 흑인 작가의 대두이다. 흑인 문학은 노예제도 하의 19세기 전반부터 더글러스의 자서전처럼 뛰어난 작품도 있었으나, 문학을 통해서 흑인이 적극적으로 스스로의 정치적 권리를 주장하고 독자적 문학세계를 구축한 것은 1940년 리처드 라이트의 『흑인의 아들』에서부터였다. 이후 『투명인간』의 랄프 엘리슨과 『산에 가서 말해라』의 제임스 볼드윈은 단순한 항의소설을 쓴 것이 아니라, 흑인이 놓인 상황과 그들의 의식을 실존주의적으로 파악하였다.

둘째는 유대계 소설가의 등장이다. 솔 벨로를 비롯하여, 메일러, 버나드 맬러무드, 제롬 데이비드 샐린저, 필립 로쓰 등 뛰어난 유대계 소설가가 배출되어 가난한 이민 체험, 미국사회에 대한 불안, 사회의 편견과 차별에 대한 항의 등, 유대문화와 미국사회의 대립을 탁월한 기법과 특유의 유머로 그렸다.

이 외에도 아시아나 러시아 또는 인디언 혈통을 지닌 무수한 작가들이 새로운 문학의 가능성을 찾아서 다채로운 활동을 전개하고 있다.

잭 케루악 / 솔 벨로 / 버나드 맬러무드

시 6.

1. 식민지시대

앤 브래드스트릿

필립 프레노

식민지시대의 시인으로는 앤 브래드스트릿과 에드워드 테일러 및 필립 프레노를 들 수가 있는데, 이들은 모두 청교도주의 사상의 핵심이라 할 수 있는 원죄와 영혼과 육체의 문제, 현세와 내세의 문제, 우주의 질서와 절대자의 문제 등에 관심을 보였다. 특히 브래드스트릿은 성서적 인유를 사용하여 구원의 문제를 인습적으로 다루었는데, 최초의 미국 여류 시인이라는 점에서 현대에 다시 주목을 받고 있다. 프레노는 미국의 낭만주의의 선구적 역할을 담당한 시인이다. 그를 미국시의 아버지라고 부를 수는 없다 할지라도 아름다움과, 자연의 순간적인 사물들, 예술에서의 교훈적인 요소와 감각적인 요소 사이의 갈등에 대한 그의 집착은 미국시의 주된 관심사 중의 하나이다.

2. 낭만주의시대

18세기 말에 소위 코네티컷 재사들이라고 하는 7명의 시인이 새로운 국민적 시문학 운동을 전개하여 주의를 끌었다. 이들 중 3명은 상당히 주목할 만한 삶을 살았지만 이들이 미국문학에 끼친 영향은 역사적인 의미 이외에는 없다. 존 트럼불은 교육자들을 공격하는 풍자시 『멍청한 진보』와 미국의 보수주의를 공격하는 해학적 서사시인 『맥핑걸』을 썼다. 예일 대학의 총장을 역임한 티모씨 드와이트는 『전원 언덕』의 작가로 알려져 있다. 조엘 발로우는 관대한 자유주의자 겸 애국자로 『콜럼버스의 비전』과 『콜럼비아드』라는 서사시와 의사영웅시 『속성 푸딩』을 썼다.

19세기 초부터 남북전쟁 때까지의 미국 역사는 거의 서사시적인 성격을

존 트럼블 / 티모시 드와이트 / 조엘 발로우

지녔다. 다양한 지역에서 발전한 주목할 만하고 풍부한 문학은 국내와 해외 모두에 토대를 두고 있는 낭만주의에 의해 고취된 몇 가지 충격적 사건으로 설명될 수 있다. 낭만주의는 조직화된 체계가 아니라 인간과 자연과 사회의 실상에 대한 특별한 태도이다. 낭만주의자들은 신고전주의 정신에 대한 반발로 형식주의보다는 자유를 선호했으며 권위 대신에 개성을 강조했다. 잠재의식, 즉 정신적인 삶의 중요성을 강조하는 낭만주의적 경향은 에머슨의 제도존중주의에 예시되어 있다.

랄프 왈도 에머슨은 『시집』과 『오월제와 다른 시편들』 등 두 권의 시집을 발간했고 콩코드를 뉴잉글랜드의 문예부흥 중심지로 만들었다. 그의 시는 지적인 경구풍으로 사상을 표현한 것과 자연의 상징성을 노래한 것 등 우수한 작품이 많지만, 지나치게 관념적인 작품을 썼다. 그의 시는 힌두 사상과 같은 새로운 시적 소재를 도입한 점에서 가치가 있다.

윌리엄 컬렌 브라이언트는 미국시를 영국 18세기식의 제약에서 구출하여 새로운 정신을 반영한 소박하고 환희에 찬 시로 만든 시인이다. 그는 매사추세츠 출신으로 교훈적인 냄새를 풍기지만 청순한 청교도 사상을 담고 있는 『사관』과 미국의 자연을 소재로 취한 교훈적인 자연시 『물새에게』 등의 시집을 냈다.

헨리 와즈워드 롱펠로우는 메인 주에서 출생하여 부드윈 대학을 졸업했다. 그는 『에반젤린』, 『히아와타의 노래』, 『마일즈 스탠디쉬의 구애』, 『인생찬미』 등의 방대한 작품을 내었다. 그의 시는 인생을 지나치게 심각하게 생각하지 않고 단순하면서도 통속적인 율동으로 노래하여 대중성을 지니고 있다. 그가 다루는 주제는 가정, 어린 시절, 자연 등 일상생활에서 볼 수 있는 것과 초기 미국 인디언들의 전기이다.

에드가 알렌 포우는 보스턴에서 출생했다. 그는 『태멀레인과 다른 시편들』, 『알 알라프』, 『시집』 등을 발표했다. 그의 시는 음악적, 서정적 순수한 아름다움을 표현하고 있으며, 감각적이며 명확한 인상을 주는 짧은 작품들이 주류를 이룬다. 그의 시는 음악과 회화, 리듬과 이미지에 의해 표현된 통찰의 예술이라고 할 수 있다. 존 그린리프 휘티어는 『이카보드』에서 그 시기의 다양한 정서적 반응을 보여준다.

혁명시대를 거쳐 19세기를 맞이한 미국은 서부 개척지의 급속한 신장과 풍부한 천연자원의 발견으로 신 국가 건설의 기운이 점점 고양되었으며, 전반기에 문예부흥을 맞게 되었다. 19세기 중반을 넘어 남북전쟁을 거쳐 소위 호경기 시대로 접어들자 개척지는 점점 줄어들었고 물질문명의 확산과 더불어 산업의 자본화, 기계화 등이 추진되었다. 미국 국민들은 점점 현실을 자각하여 그때까지의 낭만주의는 차차 사라졌다. 그러한 경향에 박차를 가한 것은 과학의 발달이다. 19세기 후반에 자연주의적 세계관이 확산되고 1890년대에는 개척지가 완전히 소멸함으로써 사실주의가 주된 문학의 흐름으로 부상하게 되었다. 낭만주의 시대는 1861년부터 1865년까지의 남북전쟁을 경계로 하여 전반부는 고양기, 후반부는 쇠퇴기였다고 할 수 있다.

윌리엄 컬렌 브라이언트 / 헨리 와즈워드 롱펠로우 / 존 그린리프 휘티어

3. 현대 미국시의 선구

남북전쟁에서 제1차 세계대전에 이르는 반세기는 미국인의 삶에 극적인 변화가 일어난 시기였고, 문학에 있어서도 이에 상응하는 발전이 이루어졌다. 미국의 작가들과 사상가들은 이 격렬한 시대의 변화하는 긴장과 복잡함을 표현하려 하며, 낭만주의에서 점차 벗어나 점차 사실주의적인 목표와 문학형식을 향하여 나아가기 시작했고, 인간과 인간의 운명을 실용적이거나 기계적이거나 자연주의적으로 해석하는 방향으로 나아갔다.

비교적 소수의 작가들이 그 정신과 형식에 있어서 현대적이라고 생각되는 문학의 선구자가 되었고, 독자들도 상당히 적었다. 넓은 의미에서 문학작품에서의 이 사실주의적인 현대성은 여러 가지 요소가 결합된 결과이다. 주제를 분석적으로 엄격히 관찰하는 것에 대한 작가의 저항과 그것을 정확히 묘사하려는 결심, 지나치게 평범하거나 실제로 더러운 것으로 거부되었을 소재를 선택하는 데 있어서의 작가의 특권과 독자의 관용을 확대시키는 심리적 현상의 증대된 인식, 삶의 비평가 겸 해석자로서의 작가의 사회적 기능에 대한 완전한 인식 등이 그러한 요소들이다. 이 요소들이 19세기 사실주의 운동에 참여한 작가들의 주요 작품에 들어 있다.

새로운 정신에 반응을 보인 초기의 시인들 중 월트 휘트먼, 에밀리 디킨슨, 시드니 레이니어 등 세 명은 기울어져가는 시대의 낭만적 이상주의에 매우 깊이 뿌리박고 있었지만 구시대와 신시대 양자로부터 이끌어낸 영속적인 요소와 고상한 요소를 결합시켜 새로운 목소리를 내었다.

미국 민주주의의 국민적 시인으로 알려진 휘트먼은 뉴욕 주 롱아일랜드 출신으로 브루클린에서 성장하였다. 그는 1855년에 『풀잎』의 초판을 발행했고, 이를 계속 증보하여 제9판까지 내었다. 초판은 십여 편을 수록한 작은 책이지만 자유시형으로 비근한 일상어를 구사하여 자연적인 리듬을 나타냈으며, 소재의 선택에서도 과거의 전통을 따르지 않음으로써 미국적인 문학의 모범을 보여주고 있다.

그는 미국과 미국인의 이상을 노래하며, 민주주의를 사회와 정치의 이상으로 삼았으며, 이는 자아를 존중하는 개성의 결합에 토대를 두고 있다고 생각했다. 또한 개성은 우주와 연결되어 있으며, 우리의 생명은 불멸이고, 죽음도 삶과 같이 즐거운 것이며, 인간은 영혼과 마찬가지로 육체도 존귀하며 모두가 서로 존경하여야 한다고 생각했다. 그의 범신론적, 신비주의적 경향은 에머슨의 사상과 연관되며, 진보의 가능성에 대한 확신은 개척정신과 연관된다. 그는 인간 심령의 신성함뿐만 아니라 육체의 신성도 믿었고, 행동하는 인간을 뚜렷이 부각시켰다. 그의 시의 특징은 육체적, 성적 표현이 노골적이고, 대담한 자유시형을 구사하였으며, 언어와 표현이 다소 조잡하다는 것이다.

에밀리 디킨슨은 암허스트 출신으로 낭만적 자연시인의 전통을 물려받았다. 그러나 그녀의 사실주의와 심리적 진실은 그녀가 훨씬 후대의 시인들과 동시대 시인처럼 보이게 한다. 그녀의 생전에 발표된 시는 불과 4편에 불과하

월트 휘트먼

에밀리 디킨슨

시드니 레이니어

며, 그녀의 사후에 히긴슨이 1890년, 1891년, 1896년에 각각 1, 2, 3편을 편찬하여 발표하였다. 1775편에 달하는 그녀의 시 전집은 1955년이 되어서야 비로소 토머스 존슨에 의하여 세 권의 『에밀리 디킨슨의 시집』으로 정리되어 발표되었다. 그녀의 시의 특징은 단편적이며, 격언적인 짧은 형식, 섬세하고 복잡한 말의 뜻, 극히 민감한 말의 음악 등이다. 시적인 이미지를 표현하는데 있어서 적확하고 다양하며, 필치가 풍부하다. 그녀는 휘트먼과 더불어 미국시의 순수한 정신과 자유시형의 창시자가 되었다. 그녀는 인간 영혼의 성실성을 버리거나 자연계의 타당성을 놓치지 않고 유한한 것을 무한한 것에 일치시키려는 영혼의 거룩한 명상을 보여주고 있다.

조지 왕조 시대의 지역주의자인 시드니 레이니어는 남부지역 출신으로 옥수수와 면화로 이루어진 남부의 경제, 산업제도와 상업제도의 점진적인 폐해에 대한 통렬한 비판, 개인의 책임이 복잡하다는 고무적인 느낌 등을 자신의 자연시에 불어넣었다.

4. 현대

1909년에 런던에서 첫 시집 『사람들』을 발표한 에즈라 파운드는 1911년에 젊은 영국 사상가인 흄과 함께 런던에 머물고 있던 일단의 젊은 영미 시인들에게 나아갈 방향을 제시했다. 그들은 곧 사상파 시인으로 알려지게 되었다. 그들은 새로운 시 운동을 시작했고 그들의 성명을 발표했다. 여기에는 영국 시인 리차드 알딩턴과 미국 시인 힐다 두리틀, 윌리엄 칼로스 윌리엄즈, 에이미

로월 등이 참여했고, 이들의 시는 사상파 시집에 모아져서 발표되었다. 그들의 시는 자유시 및 다른 실험적인 형식의 발달을 가져왔다. 그들은 1912년에 시카고에서 창간된 『시 : 운문잡지』의 성공에도 기여했다.

이 시기에 에드윈 알링턴 로빈슨은 자신의 시적 재능을 최대로 발휘하여 『하늘을 등진 사나이』, 『멀린』 등을 발표했다. 처녀 시집은 『밤의 아이들』로 이 때부터 그의 특색이 드러나고 있다. 그의 시는 시골의 평범한 생활 속에서 영락한 인간들의 초상을 그리고 있으며 대부분이 성격의 연구이다. 그는 신기한 시형을 쓰지 않고, 극적 독백, 민요, 단시, 소네트, 서사시 등과 같은 종래의 시형을 그대로 답습하였다. 그의 문학적 가치는 전통에 독창성을, 로맨스에 사실주의를 접합시킨 데 있다.

로버트 프로스트는 영국에서 『소년의 의지』와 『보스턴의 북쪽』을 내어 호평을 받고 뉴잉글랜드로 돌아와 이곳의 자연과 농촌생활을 소박하고 자연스러운 전원시로 그려내었다. 『보스턴의 북쪽』에서는 뉴잉글랜드의 속어가 극적 독백의 수법으로 교묘하게 다루어져 있다. 프로스트 특유의 표현적인 경구와 치밀한 관찰, 고양된 정서 등이 작품의 특징이다. 프로스트는 초기 작품에서 평범한 제재 속에 소박하고 착실한 서정을 담았고, 후기 작품에서는 무한과

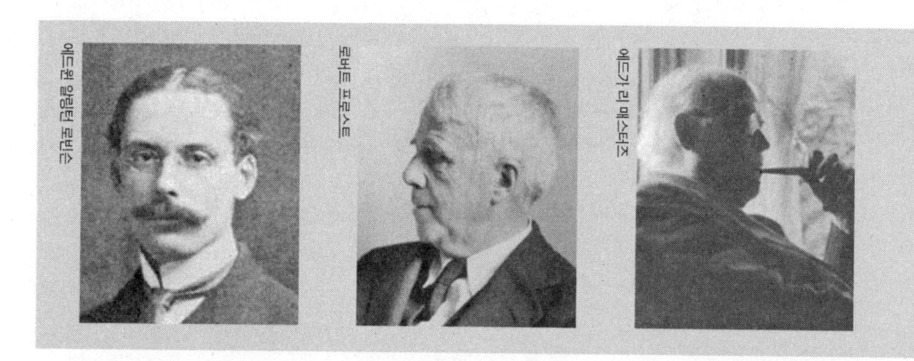

에드윈 알링턴 로빈슨

로버트 프로스트

에드가 리 매스터즈

신의 세계에 출입하는 깊은 경지를 그렸다.

중서부 출신의 발라드 시인인 바첼 린지는 1913년부터 1917년 사이에 『콩고 및 기타 시편들』을 비롯한 세 권의 시집을 발표하여 시단에서의 명성을 확고하게 했다. 중서부지방의 삶을 시적으로 비평하는 일은 1915년에 나온 에드가 리 매스터즈의 『스푼 강 명시 선집』으로 시작되었는데 더 인상적인 작품은 칼 샌드버그의 시였다.

샌드버그는 바첼 린지와 매스터즈와 함께 시카고 시인으로 알려져 있다. 그는 『시카고 시집』을 내어 미국 산업주의를 찬양했으며, 『옥수수 껍질을 벗기는 자들』, 『안녕, 미국』 등에서 미국 도시 노동자들의 속어와 관용어구를 사용하여 민중의 생활을 그리려고 하였다. 그의 시는 미국 민주주의의 장래에 대하여 끊임없이 희망을 품고 있으며, 평민의 사고방식을 그대로 표현하기 위하여 산문체로 된 경우가 많다.

토머스 스턴즈 엘리엇은 세인트루이스 출신으로 하버드 대학을 마치고 소르본느와 옥스퍼드에서 수학한 다음 런던에 정착했다. 그는 『프루프록과 다른 관찰들』, 『시집』을 발표했고, 『황무지』로 문단에서 확고한 자리를 차지하였다. 그의 최후의 대작은 『네 사중주』이다. 엘리엇의 박학다식은 또한 철학적

바첼 린지

칼 샌드버그

토머스 스턴즈 엘리엇

영감, 종교사상, 동양의 신비주의 및 인류학 지식을 강조했다. 엘리엇은 엘리자베스 시대의 시인과 극작가뿐만 아니라 자코방 시대의 영국 형이상학파 시인들을 재발견했다.

파운드는 1908년에 미국을 떠나 영국으로 건너가 『환희』, 『연가』, 『서정가』, 『답가』 등을 내어 중세문학과 프로방스 문학에 대한 그의 해박한 지식을 보여주었다. 그는 흄의 영향 하에서 막연히 활동하던 사상파 시인들의 규합하여 사화집 『사상파 시인들: 사화집』을 내었다.

파운드는 『휴우 셀윈 모오벌리』에서 프랑스 상징주의 시인, 특히 라포르그와 꼬르비에르의 회화체 스타일을 사용했다. 그의 스타일은 암시성, 민첩성 및 압축을 구하려는 스타일이었다. 그는 종래의 시에 반발하고 새로운 시적 표현을 찾아서 실험과 탐구를 무한히 계속하였다. 그는 1920년에 파리로 거처를 옮기고 거투르드 스타인과 제임스 조이스 등과 함께 파리그룹을 형성하다가 1924년에 이탈리아의 라팔로로 옮겨갔다.

강렬하고 격렬한 형이상학적 이미지는 시의 지적인 긴장과 상징적 범주를 고양시켰다. 그럼으로써 시는 보다 어려워졌고, 사상의 정서적 의미를 표현하는 보다 나은 도구가 되었다. 아치볼드 먹리쉬, 월리스 스티븐즈, 윌리엄 칼

에즈라 파운드

월리스 스티븐즈

윌리엄 칼로스 윌리엄즈

로스 윌리엄즈, 마리안 무어, 커밍즈, 하트 크레인 및 존 크로우 랜썸과 앨런 테이트와 같은 내쉬빌의 "도망자" 그룹의 시에 특징적인 것은 형이상학적 경향이다.

스티븐즈는 『발 풍금』을 처녀 시집으로 냈고, 『질서의 개념』, 『가을의 서광』 등 많은 시집을 발표하였다. 스티븐즈는 프랑스의 상징주의자들처럼 논리적 추이를 무시했고, 형이상학파 시인들처럼 비유를 추구하였다. 그는 문장 유형을 어렵게 혼합한다던가 음조정을 극단으로 행사하는 것 등을 좋아했다. 그의 작품은 후기로 갈수록 형상과 정서가 줄고 사상이 늘어갔다. 그러나 그의 미학은 여전히 엄격하였다.

윌리엄즈는 고향인 러더포드에서 의사로 생활하면서 자신의 시적이지 않은 생활과 주변을 시의 재료로 삼았다. 그는 구어를 사용하여 일상생활을 솔직한 자유시형으로 표현하였다. 그는 1913년 『기질』을 발표하여 시인으로 등장하였고, 대작인 『패터슨』을 내었다. 패터슨은 그의 고향인 러더포드에 붙인 이름이며, 여기서 윌리엄즈는 미국의 풍부한 일상생활을 그의 미학의 결핍과 정서의 빈곤과 대조시켰다.

크레인의 첫 시집 『백색 건물』은 구체적인 이미지와 뚜렷한 수사가 뛰어난 작품이다. 그는 『다리』에서 현대 미국생활의 거대하고 가혹한 현실을 파악하려고 노력하였다. 그는 미국의 유산을 흡수하는 길로 서로 닮지 않은 상징을 시공을 넘어 서로 비약, 교류시켜 융합시키려고 했다. 특히 그에게 브루클린 다리는 과거와 현재를 통일하는 시적 창조력의 상징이었다. 그는 카리브해의 풍물을 읊은 훌륭한 시를 남기고 멕시코에서 뉴욕으로 돌아가는 바다 위에서 투신자살하였다.

1920년대는 1929년에 재정적 붕괴로 이어지는 대공황으로 끝났다. 히

틀러와 무솔리니의 등장과 더불어 경제 공황은 경제적 빈곤, 이념적 불안, 미국적 가치의 전반적 재평가를 초래했다. 많은 작가들이 전통적인 미국의 이상주의에 대한 충실의 깊이를 발견했다. 먹리쉬는 『새로 발견된 나라』와 『정복자』를 발표하고 그 후 10년 동안 민주주의의 선전물을 쓰는 데 주력했다.

데어도어 뢰쓰케와 로버트 로월은 비범한 힘으로 표준 시인의 반열에 올랐다. 두 사람 모두 과거에 배경을 두고 있다. 뢰쓰케에게는 이용할 수 있는 과거가 성서적 유산이었다. 그는 동물, 식물뿐만 아니라 심지어는 무생물에서도 생명력을 관찰함으로써 인간이 되는 것의 일반적 의미를 발견했다. 로월에게는 이용할 수 있는 과거가 복합적인 가정과 사회와 문화적 전통이었다.

로버트 로월은 보스턴 출신으로 서정적, 극적 재능을 지닌, 날카로운 풍자와 격렬한 이미지와 엄격한 형식을 구사하는 시인이다. 그는 『가망없는 나라』와 퓰리처 상을 수상한 『위어리 경의 성』에서 매우 세련된 기교를 보여주었다.

20년대에 출생한 다른 시인들은 눈부신 성공과 참을 수 없는 좌절을 모두 경험하고 경우에 따라서는 자살하거나 요절함으로써 끝나기도 했다. 『꿈 노래』에 실린 한 연작시에서 존 베리맨은 조숙했던 델모어 슈와르츠와 랜달

하트 크레인 / 아치볼드 맥쉬리 / 데어도어 뢰쓰케

자렐처럼 개인의 역할을 강조했다.

1920년대에 출생한 시인들은 대부분 제2차 세계대전의 경험을 물려받았다. 그들은 자동화, 규격화, 대중문화 등에 의해 비인간화되지는 않았다. 비록 몇몇은 인간의 비인간성이나 민주주의가 그 잠재력을 실현시키지 못함으로써 소외되기는 하였으나 대부분은 자아탐구에 대하여 걱정하지 않았다. 그들은 이 시대가 전반적으로 인류를 위하여 존재한다는 사실을 인식했고, 그들의 작품은 어느 시대든 진정한 문학이 그렇듯이 현재 인간이 처해있는 난관을 시인이 인식하고 있다는 인상을 지니고 있다.

현실을 파악하고 그로부터 무언가를 창조하려한 이 세대를 대표하는 시인들은 아직 규정되지 않던 심리적 현실, 특히 개인들 서로의 관계의 실상을 직시한다. 제임스 딕키, 로버트 블라이, 실비아 플라쓰 같은 몇몇 시인들은 지극히 일반적인 것 이외에는 공통점이 없다. 그러나 대부분은 물질주의를 거부하고 알렌 긴스버그와 개리 스나이더가 말한 바 있는 미래의 삶의 질에 대하여 두려움을 갖고 있다. 대부분의 시인들이 불공평을 깊이 느끼고 있지만 사회적인 문제를 직접 다룬 훌륭한 시를 쓴 시인은 거의 없다. 최근 시인들의 업적 중 가장 인상적이고 영속적인 것은 새로운 언어, 정확하고 때로는 아름다

로버트 로웰

존 베리맨

제임스 딕키

로버트 블라이 실비아 플라스 개리 스나이더

운 미국의 속어, 비유적 등가물에 있어서의 상응하는 직접성, 통제되지만 유연한 리듬에 정통하다는 점이다.

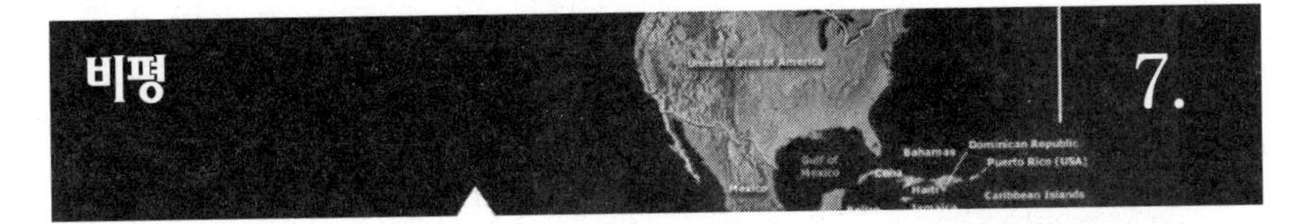

1. 모더니즘

모더니즘은 다른 의미도 있지만 특히 예술작품의 상품화 및 예술작품을 교환대상으로 전락시키는 사회세력에 대해 저항하는 사조라고 할 수 있다. 상품화를 막기 위해 모더니즘 작품은 지시 내용 혹은 역사의 실제 세계에 대한 판단을 중지한다. 또한 작품의 구성이 복잡한 경우가 많으며, 전통적인 형식을 타파한다.

테리 이글턴은 모더니즘이 예술작품의 상품화에 저항한다는 점에서 포스트모더니즘과는 아주 다른 태도를 보이고 있다고 한다. 모더니즘은 작품을 교환대상으로 전락시키는 사회의 세력을 외면하면서 저항적 태도를 견지하기 때문에 궁극적으로 예술을 탈정치화하고 있다고 본다. 모더니즘은 실제의 세계와 담을 쌓고 자신과 사회질서 사이에 비판적이고 부정적인 간격을 유지하

테리 이글턴

면서 동시에 그러한 질서를 변혁시키려는 정치세력과도 결별한다는 것이다.

결론적으로 말해서 모더니즘은 근대화와 이에 따른 사회 문화 영역의 몰주체적 변화와 전통사회의 사회적, 문화적 구조로부터 미래주의, 표현주의, 다다이즘, 형식주의 등의 감각적, 추상적, 초현실적인 경향의 여러 가지 운동을 포함한다. 유럽과 미국에서는 이런 여러 가지 운동을 통틀어 모던 예술이라고 하였다.

사상주의는 1912년부터 17년 동안 낭만주의에 반대해서 미국과 영국에서 일어난 새로운 시 운동으로 시에 명백하고 정밀한 이미지를 회복시키는 것이 목표였다. 사물을 직접적으로 다루고, 새로운 리듬을 창조하며, 불필요한 언어를 배제하고, 명확한 이미지의 제시를 추구했다. 표현주의는 외부의 인상에 기초를 두는 인상주의에 반발하여 내면의 표출을 지향하는 예술 경향으로 초기에는 미술과 시, 후기에는 연극, 영화, 건축으로 그 중심이 옮겨갔다.

다다이즘은 제1차 세계대전을 전후하여 미국과 유럽에 일어났던 미술과 문학 운동으로 반미학적, 반도덕적 태도가 특징이다. 전쟁을 피하여 모여든 젊은 예술가들이 현실에 대한 분노를 담은 부정정신과 파괴정신을 예술 활동에 구체화시켰는데, 예술을 백지로 환원시키고, 예술을 실제 인생과 같은 위치에 놓으려는 욕구를 가지고 있었다.

2. 포스트모더니즘

포스트모더니즘의 근본 정신은 유일하고 단일한 패권이 이제는 더 이상 존재하지 않는다는 것이다. 포스트모더니즘은 모더니즘에서 표현할 수 없는 것을 표현 그 자체로 나타내는 것이다. 즉 훌륭한 형식이 갖는 위안, 성취할 수 없는 것에 대한 향수를 집합적으로 함께 가질 수 있게 해주는 취향의 공감대를 스스로 거부하는 것이다. 또한 그것은 단순히 즐기기 위해서가 아니라 표현할 수 없는 것들에 대한 보다 강력한 의미를 부여하기 위해서 새로운 표현들을 찾아내는 것이다.

일반적으로 포스트모더니즘은 모더니즘의 연장선상에서 모더니즘을 계승, 발전한 것이라고 보는 견해와 모더니즘과의 의식적인 단절이나 비판적인 반작용으로 보는 견해가 주류를 이루고 있다. 이러한 맥락에서 필립 스테뷕은 포스트모더니즘이 모더니즘과 맺고 있는 관계를 변증법적 관계와 대립적 관계, 그리고 적대적 관계로 범주화하기도 했다. 따라서 모더니즘과 포스트모더니즘과의 상호연관성은 계승적 관계와 발전적 관계, 그리고 대립적 관계와 적대적 관계의 네 가지 유형으로 나누어서 논의하는 것이 일반적인 경향이다.

두 차례에 걸친 세계대전의 참화와 대량 학살과 전체주의, 그리고 자연환경의 황폐화와 인구 폭증 및 기아와 궁핍으로 인해 극도에 달한 모더니즘에서 이탈하려는 여러 가지 시도들이 이루어졌다. 그 결과 기존의 사고방식과 체험과 양식을 파괴하고 존재의 무의미성과 그 바탕이 되는 심연이나 공허, 또는 무의 세계를 탐색하려는 노력이 이루어지고 있다. 문학에서 포스트모더니즘을 다루는 방향에는 두 가지의 커다란 흐름이 있다. 엘리엇과 파운드의 모더니즘에서 발전한 반자본주의적인 정신에 맞서는 물질과 과학 만능주의,

환상과 반역사성 및 대중성에 대한 현상 연구가 미국적인 성향이라면, 이성의 무력함과 폭력의 잔혹함에 대한 인식이나 언어와 정신분석학에 대한 관심을 바탕으로 시도된 연구는 프랑스적 성향이라고 하겠다.

이글턴은 포스트모더니즘을 20세기 초의 아방가르드와 모더니즘이 희화적으로 결합된 20세기 후반의 후기 자본주의적 문화 현상으로 보고 있다. 포스트모더니즘은 모더니즘이 지향하던 예술과 사회의 구분을 극복하고 양자의 융합을 꾀한다는 점에서 부분적으로 아방가르드 전통을 따른다. 이글턴은 포스트모더니즘의 이러한 아방가르드 전통 계승이 진정한 의미의 계승이 아니라 아방가르드를 패러디하는 것으로 본다. 왜냐하면 아방가르드가 예술의 사회화를 추구한 이면에는 자본주의 체제에 대한 저항으로서 사회 변혁의 의지가 있었던 반면에 포스트모더니즘은 예술의 상품화에서 도출된 체제 순응적인 면을 더 짙게 드러내기 때문이다. 이런 점에서 포스트모더니즘은 모더니즘과 궤를 같이 한다. 포스트모더니즘은 흔히 문화적 대중주의와 결부된다. 따라서 그것은 엘리트적 예술을 지향했던 모더니즘과 구별된다.

3. 모더니즘과 포스트모더니즘의 관계

포스트모더니즘이라는 용어는 문명사 전체의 차원에서 동시대를 새롭게 이해하려는 시대사적 개념으로부터 동시대 예술 모든 분야에 있어서의 양식과 사조에 이르기까지 광범위한 개념을 지니고 있다. 이 개념이 포괄하고 있는 구체적인 단위들도 또한 엄밀한 구분이 불가능할 정도로 때로는 밀접하고 때로는 느슨한 연관성을 맺고 있다. 따라서 이 용어의 개념은 사용되는 구체적 맥락에 따라 그 내용과 성격을 조금씩 달리하며 나타난다.

포스트모더니즘과 모더니즘의 관계를 논의하는 이론가들의 입장은 크게 두 유형으로 나누어진다. 하나는 포스트모더니즘을 가깝게는 모더니즘, 넓게는 낭만주의의 계승이나 논리적 발전으로 파악하려는 입장이다. 이 이론에 따르면 포스트모더니즘은 모더니즘이나 낭만주의와 동일한 선상에 위치하며, 따라서 모더니즘이나 낭만주의와 변별적으로 구분되지 않는다. 이 이론가들의 관점에서 보면 포스트모더니즘은 모더니즘의 후기 현상이나 모더니즘이 극단적으로 발전한 형태에 지나지 않는다. 포스트모더니즘이 흔히 후기 모더니즘이라는 관점에서 논의되는 것은 바로 이러한 이유에서이다.

포스트모더니즘을 모더니즘의 연장선상에서 파악하고자 하는 이론가는 프랭크 커모드이다. 그는 포스트모더니즘이란 용어 자체의 사용을 거부한다. 그는 모더니즘을 크게 '팰리오모더니즘'과 '네오모더니즘'의 두 유형으로 구분한다. 모더니즘의 역사적 발전에서 볼 때 전자는 초기나 중기의 모더니즘에 해당하고, 후자는 후기의 모더니즘에 해당된다. '네오모더니즘'이 우리가 흔히 말하는 의미의 포스트모더니즘을 가리킨다. 커모드의 관점에서 보면 이 두 유형의 모더니즘 사이에는 시간적인 차이를 두고 일어난다는 사실을 제외하고는 본질적으로 차이가 없다.

실존적 위기의식과 소외감, 고립감과 같은 주제 면에서 본다면 포스트모더니즘은 모더니즘과 크게 다르지 않다. 제1차 세계대전을 겪은 후 많은 사람들은 극도의 위기의식과 비극적 상실감을 느꼈으며, 이런 위기의식이나 상실감은 제2차 세계대전 이후에 한결 더 첨예하게 되었다. 주제적인 측면만 생각하면 포스트모더니즘은 바로 앞 세대에 일어난 문학 전통이나 이론을 거의

어빙 하우

그대로 계승하고 있다. 따라서 포스트모더니즘과 모더니즘 사이에는 이렇다 할 만한 변별적인 구별이 없다. 이러한 관점에서 포스트모더니즘은 모더니즘과 계승적인 관계를 갖고 있는 것으로 보인다.

다른 이론가들은 포스트모더니즘을 모더니즘과의 의식적 단절이나 비판적 반작용으로 파악한다. 이 이론가들에 따르면 포스트모더니즘은 낭만주의 및 모더니즘과 변별적으로 구별되며 그 나름대로 독특하고 고유한 존재 이유를 지니고 있다. 포스트모더니즘은 고전주의와 낭만주의, 그리고 리얼리즘과 모더니즘에 뒤이어 나타난 급진적으로 새로운 예술 전통이나 이론 또는 사조이다. 이들은 포스트모더니즘이 탈모더니즘이나 반모더니즘적인 속성을 지니고 있다고 본다.

1950년대 말엽부터 포스트모더니즘을 설명하기 시작한 어빙 하우는 「대중사회와 포스트모던 소설」에서 우리가 '모던'이라고 하는 문화적 불안과 혁신, 그리고 흥분으로 특징지어지는 한 시대의 종말에 이르렀다고 천명한다. 그는 제2차 세계대전 이후의 시대를 '대중사회'라고 하고, 이 대중사회에 나타난 새로운 유형의 문화를 포스트모던이라고 한다.

서로 상충되고 대립되는 이 두 가지 입장 중에서 어느 한 쪽을 수용하는 것보다 절충주의적 입장을 취하는 것이 바람직한 것으로 생각된다. 여기서 절충주의적 입장이란 둘 중에서 하나를 선택하는 입장 대신에 둘을 모두 다 포용하는 입장이다. 다원성과 상대성을 기본 정신으로 하는 포스트모더니즘은 절충주의적 입장에서 파악하는 것이 바람직하다.

포스트모더니즘이 모더니즘과 맺고 있는 관계는 그 용어 자체에서 드러난다. 이 용어는 언어적인 면에서 우선 모더니즘이라는 의미소를 떠나서는 결코 이해되지 않는다. 포스트모더니즘이란 용어는 '포스트'와 '모더니즘'이라는 두 단어가 결합되어 생긴 말이다. 용어만으로 본다면 포스트모더니즘은 단지 '모더니즘' 다음에 오는 현상을 가리킨다. 따라서 그것은 시간적 구분을 의미할 뿐이고 어떤 유형의 가치 평가가 개입되어 있지 않다.

포스트모더니즘이 단순히 모더니즘 다음에 오는 현상만을 지칭하는 것은 물론 아니다. 왜냐하면 이 용어는 모더니즘과 마찬가지로 양적인 개념이라기보다는 오히려 질적인 개념이기 때문이다. 포스트모더니즘은 제2차 세계대전 이후인 20세기 후반에 접어들면서 본격적으로 생겨난 현상을 지칭하는 용어이다. 이 당시의 작가들이나 예술가들이 모두 포스트모더니즘에 속하는 활동을 한 것은 아니다. 이 시대의 작가들 중에는 포스트모더니스트가 아닌 사람들도 많이 있다. 모더니즘과 포스트모더니즘과의 상호관련성은 앞에서 살펴보았듯이 계승적 관계, 발전적 관계, 대립적 관계, 적대적 관계 등 모두 네 유형으로 나누어진다.

4. 페미니즘

페미니즘은 1960년대 이후 급속히 조직화되고 활성화된 범세계적인 여성운동과 궤를 같이하여 문학 연구에 등장한 새로운 방법론이다. 오늘날 페미니즘에 대한 논의는 문학을 비롯하여 사회학과 종교학 등 다양한 영역에서 활발하게 진행되고 있다. 여권운동이나 여성운동은 폭넓은 정치, 사회, 문화적 관계를

메어리 울스턴 크래프트

마가렛 미드

지니고 있고, 페미니즘 사상은 당대의 중요한 비평적 사고들로부터 자양분을 섭취하면서 발전해왔다. 그렇기 때문에 페미니즘 문학이론은 채택한 이론적, 정치적 근거에 따라 그 목적과 수단에 있어서 상당한 편차가 나타난다.

페미니즘 비평은 성별 위에 덧붙여진 사회적 성차별 이데올로기에 대한 비판이라고 개괄적으로 정의할 수 있다. 이러한 기본적인 전제 하에서 페미니즘 문학비평이 발전했다. 초기에는 작가와 등장인물이 보여주는 성별에 대한 시각의 부재, 그리고 문학작품이 성에 대한 사회의 가치기준을 도외시한 채 소위 보편적 가치만을 옹호하는 현상 등을 비판적 논의의 대상으로 삼았다. 이후 페미니즘 문학이론은 여류 작가들이 쓴 문학작품을 발굴해내고 해석함으로써 여류 문학의 전통을 확립하려는 노력으로 발전되었다. 1980년대에는 독선적인 서구 형이상학 전반에 대한 회의 및 합리주의에 대한 반성이라는 지성사의 조류를 흡수하여 인류 사회와 역사를 지배해온 이데올로기의 합법성과 진실성에 대한 근본적인 회의를 제기한다.

통합적이고 자의식적인 페미니즘 운동은 20세기 후반에 일어났지만 여성의 불평등한 처지에 대한 인식과 권리 획득을 위한 노력은 이미 2세기 전부터 시작되었다. 메어리 울스턴 크래프트의 「여성의 권리에 대한 옹호」가 1792년 출판되었고, 존 스튜어트 밀과 미국의 여권운동가 마가렛 풀러 등 19세기 사상가들도 여성을 억압과 굴종, 천시와 열등의 대상으로 보는 전통사회의 왜곡된 시각에 회의를 제기하였다.

페미니즘 문학비평의 개척자 격인 버지니아 울프는 『자기만의 방』을 비롯한 많은 작품에서 여성의 정체성에 대한 질문을 제기하고 여성의 창조적 가능성이 발휘되는 것을 가로막는 남성 중심 가부장적 사회현상을 고발하였다. 또한 시몬 드 보봐르는 『제2의 성』에서 여성의 문화적 정체성을 부정적 개체, 즉 남성에 대해 열등한 '타자' 혹은 절대적 진리의 주변적 존재로 취급해온 사회적 인습을 비난하였다. 마가렛 미드는 인간 사회가 남성과 여성이라는 배타적 질서에 길들어진 것은 여성과 남성의 생물적 특성에 기인한 것이 아니라 문화적 특성에 의한 것이라고 지적하였다.

영미문학의 페미니즘 이론은 남성 작가의 작품에 나타난 지나치게 이상화되거나 왜곡된 여성상을 바로잡는 이른바 여성 이미지 비평과 여류 작가의 텍스트에 나타난 여성의 경험 자체에 권위를 부여하고 여류 문학 고유의 영역을 확립하려는 방향으로 전개되었다. 메어리 엘만은 「여성에 대해 생각하며」에서 남성 작가들이 손상시킨 전형적인 여성의 모습과 여류 작가들이 이를 전복시키려는 노력을 묘사하였다.

『성의 정치학』이라는 글로 페미니즘 문학이론의 기틀을 마련한 케이트 밀레트는 남녀문제를 기본적으로 성의 권력투쟁으로 보았다. 그녀는 서구의 사회조직이 남성의 지배권과 여성의 복종을 확립하고 영속화하기 위한 교묘한 제도라고 논박한다. 그녀는 여성에 대한 남성의 지배라는 거짓 이데올로기와 그것을 성립시키는 권력 방식을 폭로하는 것이 페미니즘 이론가들의 임무라고 강조한다. 밀레트는 페미니즘에 이론적 근거와 성찰의 기회를 제공하였고 문학 텍스트의 해석에 있어서 사회적, 역사적, 문화적 맥락의 중요성을 강조했다. 그녀는 저자나 텍스트의 횡포를 거부하고 독자의 해석을 중시하고, 사회의 구조를 기본적으로 권력투쟁으로 파악했으며, 이데올로기의 제도화에 반발하고 그 이데올로기의 불가시성과 편재성을 지적했다.

1970년대 중반부터 페미니즘 비평은 단순한 여성의 이미지 연구에서 벗어나 여성작가의 작품을 여성중심적인 시각으로 고찰한다. 셰릴 브라운과 카렌 올슨이 공동편집한 『페미니스트 비평』, 엘런 모어스의 『문학적 여성들』, 퍼트리샤 스팩스의 『여성의 상상력』, 일레인 쇼왈터의 『그들만의 문학』, 그리고 샌드라 길버트와 수잔 거바의 『다락방의 미친 여자』 등 여성 중심 비평에 관한 중요한 서적들이 1970년대에 쏟아져 나왔다.

일레인 쇼월터 / 샌드라 길버트 / 수잔 거바

5. 생태주의

생태주의는 다양한 개념을 포괄하는 용어이다. 생태주의는 자연보존론자, 환경보호론자, 생명중심주의자, 혹은 반문명주의를 선언하는 과격한 전체론자를 망라하는 용어로 사용된다. 생태주의는 어떤 하나의 이념을 지향하는 생태사상의 흐름이라기보다는, 환경사상, 생태사상에 기초한 이념의 총체라고 할 수 있다.

머레이 북친

1960년대 중반 미국에서 등장한 환경문제는 오늘날 생태문제라는 용어로 확대 재생산되고 있다. 1960~70년대 환경사상은 주로 환경적 관심에서 출발하였다. 초기에는 지속 가능한 자연환경을 지키는 문제에 초점이 맞추어졌고 최근에는 생활양식으로서의 생태적 관심으로까지 확대되었다. 즉 인간과 자연의 관계 양상만이 아니라, 삶의 양식, 세계관의 문제로 되었다.

자연의 생존권을 인정하는 생태지향주의는 크게 두 방향으로 발전했다. 엘렌 샘플처럼 조야한 형태의 기계적 환경결정론을 주장하는 방향과, 카프라처럼 고전 과학의 기계론을 거부하고 유기체적인 체계론을 옹호하여 범신론적이고 물활론적인 신비주의로 기우는 방향이다. 사회생태주의자인 머레이 북친은 근본생태주의자인 카프라의 신비주의를 포스트모더니즘적인 문화적 부패의 일종으로 본다.

생태여성주의는 다양한 사상적 입장을 보이지만, 가부장주의와 가부장적인 인식론의 패러다임을 비판한다는 공통점을 갖는다. 인간 중심적이고 이원론적이고, 기계론적인 지배주의에 의한 자연의 파괴는 본질적으로 남성 중심적, 가부장제적인 전통과의 결탁에서 유래한다는 것이다. 생태여성주의는 자연과 여성이 생명의 출산과 보호라는 본연의 가치를 박탈당하고 도구화, 상품화, 타자화되었다고 주장한다. 생태여성주의는 본질적으로 인간 중심주의에 대한 근본생태주의적인 비판의식을 갖고 있다.

생태주의란 '인간도 자연의 한 부분'이라는 생각에서 출발한다. 인간과 다른 생물종이 동등하며 똑같이 고귀한 가치를 지니고 있다는 것이다. 인간 중심 가치관에서는 인간 이외의 모든 존재는 단순히 인간을 위한 도구적 가치밖에 없지만, 생태주의는 그것과 정반대 입장을 취한다. 생태주의자들은 인간 중심 가치관을 반대하고, 생태 중심 혹은 자연 중심으로 생각한다. 생태주의는 인간과 자연의 직접적인 관계에서 문제의 뿌리를 찾는 반면, 사회생태주의와 생태여성주의는 인간 사회 안에서 원인을 찾고 그것을 해결하는 과정과 함께 환경문제를 풀고자 하는 것이다.

탈중심주의를 주창하는 포스트모더니즘의 부상에 보조를 맞추어 생태학 이론에도 1960년대에 대대적인 변혁이 일어났다. 1850년대에 영국의 다윈의 이론을 기점으로 발전한 기존의 생태학 이론은 인간 중심적인 표층생태학으로 규정되었다. 표층생태학은 기독교적인 사고의 영향 하에서 인간을 만물의 영장으로 보고, 진화론의 영향 하에서 인간을 가장 진화된 고등동물로 보는 계층적인 사고를 기반으로 한다. 자연에 산재하는 인간 이외의 피조물이 지닌 고유한 가치나 존엄성은 무시되고, 인간에게 유익한 정도를 중심으로 하는 도구적인 가치만 인정된다. 인간의 생존 환경 복구에 치중하는 표층생태학과는 달리, 1960년대에 부상한 심층생태학은, 자연 자체의 생태 리듬에 초점을 맞추어, 자연 생태계에 대한 윤리의식을 강조하는 탈인본주의적인 의식개혁을 주장한다.

2000년대에 들어서면서 생태학 이론의 탈인본주의적인 색채는 더욱 진해졌다. 예를 들면, 호주의 환경학자인 레즐리 헤드는 직선적인 진보, 평정, 균형, 생태 이상향 등 기존 생태 이론의 대전제를 사변적인 탁상공론에 불과하다고 지적한다. 지구의 온난화와 같은 환경의 변화도, 인간이 주도한 현대화보다는 지각 변동과 같은 지구 스스로의 변화가 더 큰 원인이라는 헤드의 이론은, 인간은 무질서와 우연이 지배하는 생태 구성의 미미한 일부에 불과한 것이라고 인간의 위상을 재규정한다.

앤드루 아이젠버그는 미국 원주민의 주식이던 미국 들소의 파멸은, 19세기에 포유류의 종류가 감소하게 된 지구 생태 현상의 일부에 불과하다고 설명한다. 세계 각 지역 원주민을 비롯한 생명체의 70%가 식민 침략자가 보유하고 있던 병균에 감염되어 죽었고, 전염병으로 떼죽음을 당한 미국 들소의 수는 백인이 죽인 들소의 수에 비해 엄청나다는 사실은 헤드나 아이젠버그의 생태 이론이 타당함을 입증한다.

IN HISTORY

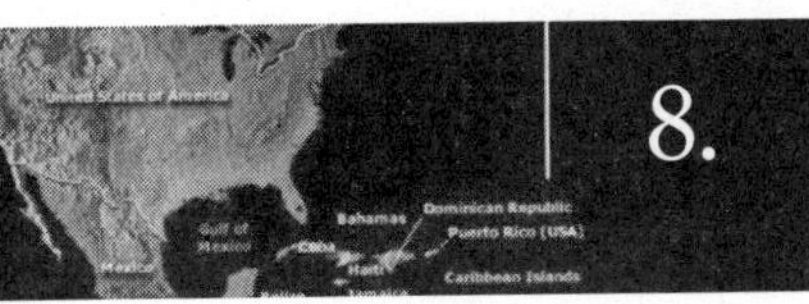

영화 8.

1. 영화의 기원과 발전

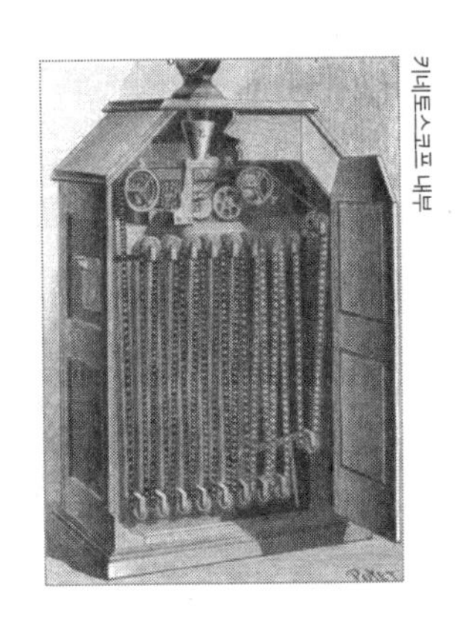
키네토스코프 내부

미국영화의 기원은 1889년 에디슨이 키네토스코프를 발명한데서 비롯되었다. 1896년 에디슨이 다시 오늘날과 같이 확대 영사되는 비스타코프를 발명함으로써 미국의 영화 역사가 시작되었다. 초기 영화는 싸구려 흥행장에서 상영되었고 서민층의 큰 인기를 얻었다. 기술이 발전함에 따라 포터는 1902년에 제작된 『미국 소방수의 생활』에서 다른 화면을 이어 맞추는 편집방법을 고안했고, 1903년에 제작된 『대열차강도』에서는 클로즈업 화면을 만들어냈다.

『대열차강도』는 미국영화 특유의 장르인 개척기 미국의 서부지역을 무대로 한 서부극이다. 서부극은 쿠퍼나 웨인 같은 스타와 『역마차』의 감독 포드를 낳았고 미국영화가 자랑하는 대표적 장르가 되었다. 서부극의 기본적인 사상은 남성적인 개척자 정신의 강조 또는 찬미이고, 영화로서의 최대 매력은 총격이나 격투의 액션과 스피드 및 광대한 자연풍토가 주는 소박한 해방감 등이다.

제2차 세계대전 이후 사회 정세의 변화를 반영한 리얼리즘 경향이 고조되어 진네만 감독의 『백주의 결투(하이눈)』와 같이 인간의 에고이즘을 파헤친 작품도 있고 와일러 감독의 『위대한 대서부』와 같이 광대한 스케일의 영화도 나오게 되었다. 떠돌이 사나이를 주인공으로 한 스티븐스 감독의 『셰인』은 어린이의 눈을 통하여 주인공의 모습을 묘사함으로써 종래 서부활극의 단순성을 탈피하였다. 또 텔레비전의 등장 후 스케일이 큰 서부극이 극장용으로 제작되는 경향이 두드러졌다.

그리피스 감독이 창시한 페이드인(어두운 화면이 점점 밝아지는 수법)과 페이드아웃(밝은 화면이 점점 어두워지는 수법) 등의 기법이 1910년대 초에 가장 주목을 끌었다. 미국영화는 제1차 세계대전 이후 크게 발전하여 서부극, 희극, 연속 활극 등의 전성기를 맞았고 20년대 후반에 무성영화의 황금시대를 이루었다. 그 당시 희극 배우로 유명해진 찰리 채플린이 등장한 무성영

비스타스코프 홍보 팜플렛

화 『황금시대』가 1925년에 제작되었고, 『포장마차』, 『철마』 등의 우수한 서부 개척 영화가 만들어졌다. 1972년에 미국 영화 아카데미는 찰리 채플린의 공로를 기려 아카데미 특별상을 수여했고, 1975년에 엘리자베스 여왕은 그에게 기사 작위를 수여했다.

1926년에 『돈 주앙』이 소리가 있는 영화(토키 영화)로 등장했고, 1927년에 『재즈 싱어』는 음악 장면을 동시 녹음한 영화로 제작되었다. 이렇게 해서 말소리가 없는 무성영화에서 음악과 소리가 있는 영화로 발전하였다. 1929년의 경제공황은 영화산업에 대자본 진출을 촉진하는 계기가 되어 미국영화는 오락상품의 성격을 정착시켰다. 풍부한 자본이 투여된 영화는 점차 무대극 모방에서 벗어나 음악영화, 서부극, 갱영화, 전쟁영화, 실사적 영화 등으로 그 영역을 확대하였다. 세계대전과 경제공황으로 인해 어두운 가운데 희망적인 메시지를 담은 느와르나 공포영화 및 전쟁의 피해상을 담은 리얼리즘 영화와 같은 시대정신을 반영하는 작품도 많이 나왔다.

이 시기의 대표작으로는 마일스턴의 『서부전선 이상없다』, 스턴베르그의 『모로코』, 카프라의 『어느 날 밤의 살인사건』, 포드의 『역마차』, 와일러의 『공작부인』 등을 들 수 있다. 미국영화 기술을 집대성한 작품으로 헐리우드식 대작의 정점이라고 할 수

황금시대

재즈싱어

바람과 함께 사라지다

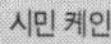
시민 케인

선셋 대로

방파제

있는 『바람과 함께 사라지다』와 미국영화가 지닌 예술성의 정수를 보여주는 웰스의 『시민 케인』도 이 시기의 작품이다.

제2차 세계대전 중에는 전의를 고양시키는 오락작품이 많이 나왔고 시대의 변화에 맞추어 현실을 냉혹하게 포착하는 사실주의적인 작품이 많이 나왔다. 와일더의 『잃어버린 주말』, 『선셋 대로』, 와일러의 『우리 생애 최고의 해』, 맨키위츠의 『세 아내에게 보내는 편지』, 『이브의 모든 것』, 카잔의 『방파제』 등은 냉혹한 현실을 묘사한 작품으로, 예전에는 행복한 결말을 그리던 헐리우드 영화가 커다란 전환기를 맞았다. 포드가 만든 서부극 『황야의 결투』는 화려했던 옛 미국영화의 마지막을 장식했다.

이러한 경향은 스타의 변천에도 뚜렷이 나타났다. 발렌티노에서 비롯된 남자배우의 계보는 게리 쿠퍼, 클라크 케이블, 존 웨인으로 이어졌으나, 전후에는 클리프트, 브랜도, 더글러스, 랭커스터 등 성격이 뚜렷한 스타가 배출되었다. 여배우는 엘리자베스 테일러, 오드리 헵번 등 미녀 배우들이 여전히 활동하였으나, 전후에는 마릴린 먼로로 대표되는 성적 매력을 간판으로 하는 여배우가 많이 등장하였다. 1980년대에는 잭 니콜슨, 로버트 드니로, 메릴 스트립, 더스틴 호프만 등 개성파 배우들이 활약하였다.

TV가 보급됨에 따라 영화는 큰 타격을 받게 되었다. 1953년 변형 오목렌즈를 사용해서 가로가 긴 대화면에 영사하는 시네마스코프 방식이 나오게 되어, 미국영화는 대형 영화 시대로 들어갔다. 종래의 35mm 필름의 두 배인 70mm 영화도 일반화되었는데, 린의 『아라비아의 로런스』, 와이즈의 『웨스트사이드 스토리』 등이 대표적 작품이라고 할 수 있다.

아라비아의 로런스

펜 감독의 『우리에게 내일은 없다』는 아메리칸 뉴시네마 시대를 열었다. 1960년대 후반부터 1970년대 초반의 미국영화 중 기성세대로부터의 단절이나 미국사회의 부정적 현실에 관한 문제들을 주로 다루었던 영화들을 아메리칸 뉴시네마라고 한다. 아메리칸 뉴시네마는 1960년대에 미국과 유럽에서 나타난 청년문화를 배경으로, 월남전 반대 시위, 민권운동, 기성세대의 가치관이나 생활방식으로부터의 독립 등을 주요 문제로 다루었다. 기존의 미국영화들이 주로 다루던 해피엔딩이나 낙관적 낭만주의 대신 사회적 모순이나 현실 비판을 담은 것이 특징이다. 이 같은 경향은 대중적인 오락영화 또는 현실과 무관한 낙관적 낭만주의로 일관한다는 미국영화에 사회적 리얼리즘을 도입하는 중요한 계기가 되었으며 이후의 영화제작에도 상당한 영향을 미쳤다.

우리에게 내일은 없다

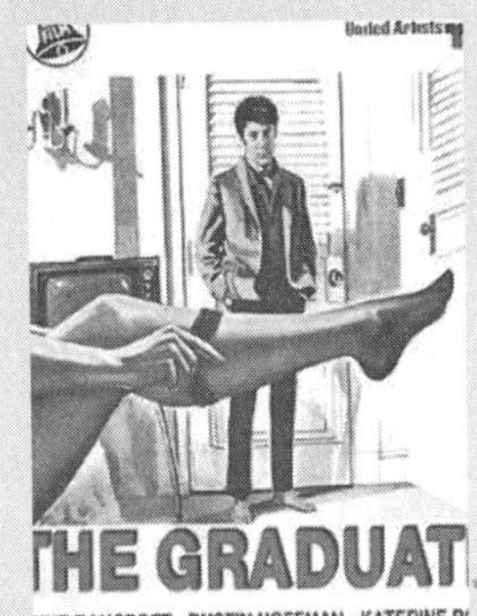

졸업

1967년에 제작된 『우리에게 내일은 없다』, 『졸

루돌프 발렌티노

존 웨인

게리 쿠퍼

클라크 케이블

말론 브랜도

커크 더글러스

버트 랭카스터

엘리자베스 테일러

오드리 헵번

마릴린 먼로

잭 니콜슨

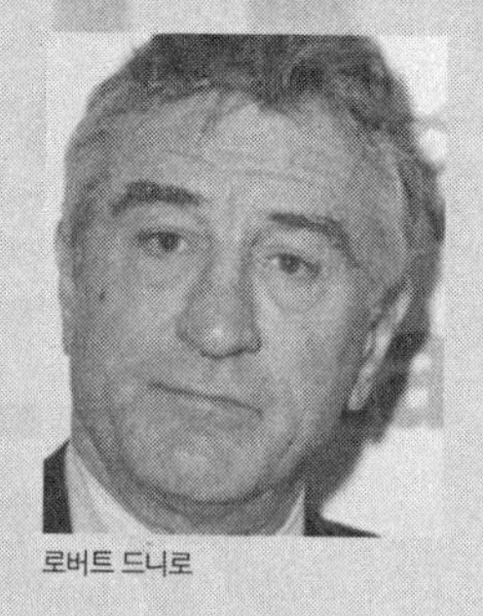
로버트 드니로

업』, 『탈옥』 등 3편의 영화가 이 경향의 초기 영화들로 꼽히며, 『이지 라이더』, 『미드나이트 카우보이』, 『와일드 번치』, 『솔저 블루』, 『대부』 같은 영화들이 대표작으로 평가된다. 아더 펜, 존 슐레진저, 프랜시스 포드 코폴라, 데니스 호퍼, 샘 페킨파 등이 중심적 활동을 보인 감독이다.

1970년대에 등장한 코폴라, 스필버그, 루카스 등 신세대 감독들은 각각 『대부』, 『조스』, 『스타워즈』로 흥행에 크게 성공했다. 이 작품들은 뉴시네마가 개척한 새로운 영화 표현의 가능성을 더욱 발전시킨 작품으로 높이 평가된다. 뒤이어 나온 『이티』, 『마지막 황제』, 『레인맨』, 『드라이빙 미스 데이지』, 그리고 『쉰들러 리스트』 등도 헐리우드 영화의 진수를 보여준다.

조스

드라이빙 미스 데이지

쉰들러 리스트

2. 산업으로서의 영화

과학과 자본, 그리고 예술의 3대 측면으로 이루어지는 영화는 자본이 제작에서 큰 몫을 담당한다. 그리고 그것은 극장의 매표구를 통해서 다시 거두어진다. 영화제작사는 이와 같은 과정을 통해 영화를 하나의

존 포드

윌리엄 와일러

오손 웰스

빌리 와일더

데이비드 린

프랜시스 포드 코폴라

스티븐 스필버그

스탠리 큐브릭

기업 나아가 산업으로까지 발전시켰다. 미국영화가 상업적으로 처음 상영된 것은 1896년 뉴욕 시에서였다. 이는 곧 대량 생산과 대량 소비를 목적으로 하는 투자와 기술발달을 의미함과 동시에 산업화의 시작이었다. 영화제작사들은 영화 배급을 제작비와 재미에 따라 값을 매겨 빌려주는 방식으로 발달시켰다. 생산자와 소비자라는 산업 형태가 출현하게 되었고, 이것은 영화산업의 특징으로 자리잡았다.

이티

영화 상영은 1905년부터 5센트 극장에서 독립적으로 이루어지기 시작했다. 크게 성공을 거둔 『대열차강도』도 여러 곳의 5센트 극장에서 상영되었다. 장편 영화의 도입과 영화의 대중성으로 인해 연극이나 오페라의 무대로 사용되던 기존의 극장은 영화를 보여 주는 영화관으로 바뀌었다. 이 시기에는 도시의 오페라 하우스에서도 영화를 상영하는 등 영화가 무대의 공연물과 경쟁하였다. 당시 미국에는 약 2만 개의 영화관이 있었다. 1914년에 브로드웨이에 스트랜드 극장이 개관되었지만 1920년대까지는 영화를 위해 특별히 설계된 극장이 널리 세워지지는 않았다.

인디애나 존스

제1차 세계대전이 끝날 무렵에 영화가 하나의 산업으로 굳건한 위치를 확보했고 영화 관람 수입이 극장 주인에게서 배급업자에게로, 다시 제작자에게로 돌아가는 체제 속에서 복제된 필름이 전국에 배포

인어 공주

미녀와 야수

알라딘

쥐라기 공원

되는 과정을 통해 영화산업의 대기업화가 이루어졌다. 널리 알려진 MGM, 유니버설, 워너브라더스, 파라마운트 등이 종전 후 10년을 전후해서 설립되었다 예전에는 제작분야에서만 있었던 경쟁이 배급 통제 및 극장 소유의 문제까지 확산되는 등 경제적 이익에 대한 다툼이 격화되었다. 그로 인해 수직적 통제라는 배급형태가 이루어졌다. 이 배급형태는 곧 영화산업의 대기업화와 독점화 때문에 가능해졌다.

제1차 세계대전이 끝날 무렵부터 미국은 세계시장을 장악하는 영화산업의 종주국이 되었다. 미국에서는 영화가 하나의 민속예술처럼 여겨지고 있기 때문에 영화에 대한 국민의 사랑은 대단했다. 꿈의 공장 헐리우드에서 생산해내는 영화가 전세계를 지배하기에 이르렀고 미국자본이 점차 유럽으로 흘러 들어가 합작이 이루어지게 되었다.

1952년에 미국 전역에 TV가 보급되었다. 또한 이 때 와이드 스크린과 스테레오 사운드 및 실용적이고 값싼 코닥의 컬러필름이 등장했다. 1952년에 브로드웨이 극장에서 시네라마가 와이드 스크린을 첫선 보인 후 시네마스코프, 비스타비젼 등이 개발되었다. 그렇지만 TV가 보급되면서 침체의 늪에 빠진 미국의 헐리우드 영화는 좀처럼 수렁에서 벗어나지 못했다. 1970년대에 비디오가 보급되고, 1980년대 루카스의 『스타워즈』, 스필버그의 『조스』, 『E.T.』, 『인디애나 존스』, 1990년대 월트디즈니 프로덕션의 『인어공주』, 『미녀와 야수』, 『알라딘』 등의 만화영화, 스필버그의 『쥐라기 공원』 등이 흥행에 성공함으로써 미국의 영화산업은 활기를 되찾았다.

1980년대에 미국의 영화산업은 또 한번의 지각 변동을 겪게 된다. MGM이 유나이티드아티스트를 사들인 것으로 시작해서 코카콜라가 컬럼비아사를 매입하여 TIME. HBO. CBS사와 합작으로 트라이스타를 설립하는 등 힘의 이동이 이루어진 것이다. 재도약을 시도하던 MGM을 테드터너사가, 20세기 폭스사를 마빈데이비스 석유상이, 컬럼비아-트라이스타를 일본의 소니가 매입하는 등 대폭적인 지각 변동이 일어났다. 복합기업이었던 MCA의 유니버설사는 1982년 이후 흥행 성적이 좋지 않아서 고전하다가 90년대에 MCA가 마쯔시타에게 매각됨으로써 소니의 컬럼비아와 같은 운명을 맞았다.

MGM

유나이티드 아티스트

트라이스타

20세기 폭스

유니버설

3. 영화의 미래

핵전쟁의 위험, 인류 문명의 위기, 인간성 말살의 시

클록워크 오렌지

2001, 스페이스 오디세이

트론

대에서부터 물질문명이 고도로 발달된 사회까지 인류의 미래가 자주 논란되고 있다. 우주시대에 사는 인간의 문제를 인류의 진화론적 변천으로부터 시작하여 우주시대까지를 다룬 스탠리 큐브릭 감독의 『2001, 스페이스 오디세이』나 미래사회에서의 폭력과 성의 문제를 다룬 『클록워크 오렌지』 등은 미래사회와 인류의 장래에 대해 심각한 문제를 제기한다.

미래의 영화는 이와 같은 인류문명의 장래와 미래사회 속에서의 인간의 문제를 더욱 심각하게 다룰 것이다. 또한 1960년대부터 힘차게 발돋움하는 제3세계 여러 나라들의 영화가 강대국이 독점하던 세계 영화계에 새로운 활력을 불어넣고 있다. 영화 신흥국들은 그들 고유의 역사 속 인물들과 식민지 시대의 투쟁 및 전후 신생국으로서의 사회문제 등 서유럽 세계가 가지지 못한 그들만의 독특한 소재로 국제영화제에서 두각을 나타내고 있다. 이는 영화의 형식미보다 소재나 아이디어의 신선함이 강력한 호소력으로 작용하고 있음을 나타내는 것으로 미래의 흐름을 시사한다.

1950년대부터 활기를 띤 언더그라운드 영화나 실험영화도 영화 기자재의 대량 보급에 힘입어 활발하게 전개되고 있다. 영화는 과학의 산물인 만큼 기술의 발달은 영화를 크게 변모시킬 것이다. 컴퓨터에 의한 영화 『트론』이 제작된 바와 같이 컴퓨터가 영상을 조정할 수 있는 시대가 왔다. 1967년 몬트리올 박람회에는 360° 화면의 영화가 등장했고, 이 이외에도 확대 영화, 멀티 화면, 환경영화 등이 등장하였다.

4. 헐리우드

헐리우드는 미국 캘리포니아 주 로스앤젤레스 중심부에서 북서쪽으로 13km 떨어진 지점에 있으며, 1910년에 시의 일부가 되었다. 1913년까지 미국영화의 산실은 뉴욕과 시카고였다. 당시 대부분의 영화제작사와 배급사가 동부에 집중되어 있었다. 반면 서부 끝자락에 위치한 헐리우드는 캘리포니아 주의 작은 마을에 불과했다. 그런 헐리우드가 영화계의 관심을 끌게된 것은 천혜의 자연 조건 때문이었다. 1910년대 초에 로스엔젤레스 교외의 헐리우드에는 많은 영화촬영소가 세워졌다. 이렇게 해서 헐리우드 영화시대가 시작되었다.

헐리우드 영화가 세계를 지배하는 계기는 제1차 세계대전이었다. 헐리우드가 자본과 노동의 효율적인 방식을 찾아 역사에는 없었던 연예산업을 본격적으로 갖추어나갈 무렵 제1차 세계대전으로 인해 유럽의 영화산업은 파산지경에 이르렀다. 전쟁이 끝났을 무렵 헐리우드는 이미 규모나 시스템에서 유럽이 따라잡을 수 없을 만큼 앞섰다.

오늘날 헐리우드의 변화 중의 하나는 비디오 시장의 급격한 성장에서 비롯되었다. 1970년대 초반에 영화와 출판산업의 보조 시장으로 등장한 비디오 산업은 현재 영화산업을 능가하는 거대한 규모로 확대되었을 뿐만 아니라

벤허

지붕 위의 바이올린

닥터 지바고

헐리우드 영화산업 자체의 기본틀을 변화시키는 근본 요인이 되었다. 비디오 산업이 급성장하면서 영화산업은 보다 안정적인 산업으로 정착되었다

미국의 영화자본가들은 자재비와 인건비 등 제작비가 자국보다 저렴한 유럽이나 멕시코 등 외국에서 영화를 제작하며, 세계 각국의 감독과 배우 및 기술자를 적극적으로 기용하고 있다. 이러한 현상은 헐리우드 왕국의 붕괴를 시사하며 미국의 영화자본이 세계 시장 석권을 목표하고 있음을 보여준다. 로마를 중심으로 한 『벤허』와 『클레오파트라』, 스페인에서 작업했던 『닥터 지바고』, 유고슬라비아에서 제작된 『지붕 위의 바이올린』 등이 유럽에서 제작된 대표적인 미국영화이다.

헐리우드 왕국은 붕괴되지만 헐리우드 상업주의는 성장한다. 상업주의의 틀 속에서 이루어지는 미국영화는 관객이 싫증을 느끼지 않는 영화를 만드는 데에 역점을 둔다. 따라서 미국영화는 줄거리의 진행이 경쾌하며 빠르고, 화려한 동작이 가득하다. 서부극, 활극, 음악극 등이 미국영화의 대표적인 장르가 된 것은 이 영화들이 빠른 템포로 전개되는 데 가장 적합한 성격의 것이기 때문이다. 오락과 화려한 볼거리 등은 여전히 미국영화의 중요한 특질이다.

음악 9.

1. 흑인 음악

미국 음악에서 흑인 음악을 빼놓고 이야기할 수는 없다. 재즈나 블루스, 힙합, 로큰롤, 컨트리 뮤직, 가스펠송 등의 모체가 흑인 음악이다. 흑인 음악을 알기 위해서는 리듬 앤 블루스 즉 알앤비를 알아야 한다. 알앤비는 역사적 전통이 매우 깊은 음악이며, 그 역사는 흑인들이 노예로 있던 시절까지 거슬러 올라간다. 흑인 음악은 알앤비의 기본이 되는 가스펠을 낳았는데, 가스펠은 음악적 자유스러움을 표현하는 음악으로, 나중에 재즈를 낳는 블루스가 되고, 가스펠과 블루스가 결합하여 알앤비를 낳았다.

리듬과 블루스의 만남인 알앤비는 제2차 세계대전 이후 흑인 음악의 대표적 장르로 자리잡았으며, 50년대 로큰롤에 많은 영향을 미쳤다. 알앤비는 60년대에 그 당시의 사회적 분위기에 맞추어 거친 목소리를 강조하는 샤우트

창법과 비트감을 넣어 새로워졌는데, 그 음악을 소울이라고 한다. 소울로 인해 흑인 음악은 다시 활성화되며 부드러운 알앤비가 차차 생겨난다. 부드러운 알앤비는 흑인의 유연함을 강조하고, 백인의 화성적인 면과 감미로움을 보강하며, 매우 대중적인 형태의 모타운 사운드가 되었다.

80년대 말부터 90년대에는 알앤비에 힙합을 도입해 느린 템포의 노래에서도 흥겨울 수 있는 뉴 잭스윙이라는 새로운 스타일의 음악이 생겨났다. 알앤비는 넓은 의미에서 흑인 음악 모두를 포괄하며, 시대의 분위기에 따라 계속 변하는 고정적이지 않은 음악이다. 흑인 음악은 아프리카 대륙에서 건너온 노예들이 가져온 토속 음악과 그들이 미국이라는 새로운 세상에서 억압과 핍박을 받으며 지켜온 것들의 결합이다.

재즈는 흑인들의 한(恨)의 음악이라고 할 수 있는 블루스에 뿌리를 두고 발전한 대중 음악의 한 장르다. 하지만 언제 어떻게 생겨났으며 그 어원이 무엇인지 확실치 않다. 19세기 후반부터 서서히 생겨났고, 1910년대 래그타임 스타일이 유행하면서 재즈라 불리기 시작했다. 재즈는 차별이나 기성 개념에 반항하면서 퍼레이드의 행진 음악에서 댄스 음악 그리고 감상을 위한 음악으로 발전하여 지금은 미국뿐만 아니라 세계적인 현대 음악의 한 분야가 되었다.

루이 암스트롱

재즈는 루이지애나 주의 뉴올리언즈에서 시작되었다고 보는데, 이는 재즈가 초기에 가장 활발히 연주되던 곳이 뉴올리언즈이기 때문이다. 재즈란 이름을 갖게 된 시기나 그 어원도 정확히 알 수 없으나 흑인 영가, 블루스, 노동요 등의 미국적 민요에 유럽의 민요나 오락 음악, 군악대 음악의 기법을 첨가하여 전문 음악가들이 연주하면서 본격적인 음악으로 발전하였다. 단순한 형태의 흑인 음악에 유럽적인 기법이 결합되었다. 악단은 밴드 중심으로 나아갔고 취주 악기가 주류를 이루었다. 멜로디 악기로는 트럼펫, 클라리넷, 트럼본 등의 관악기가 사용되었고, 리듬 악기로는 드럼, 벤조, 기타, 튜바, 그리고 피아노, 콘트라베이스가 사용되었다. 이것이 재즈의 특징으로 정착되었다.

뉴올리언즈 재즈는 1900년에서 1925년 사이가 전성기이고, 대표적인 음악가로는 버디 볼든, 벙크 존슨, 조 킹 올리버, 루이 암스트롱, 키드 오리, 젤리 롤 모튼, 그리고 백인 밴드로 오리지날 딕시랜드 재즈 밴드와 뉴올리언즈 리듬 킹즈 등이 있다.

1920년대부터 루이 암스트롱, 조 킹 올리버, 키드 오리, 젤리 롤 모튼 같은 음악가들이 뉴올리언즈에서 시카고로 이주하여 활동하면서 시카고가 재즈 음악의 중심지로 되었다. 이들은 시카고에서 새로운 연주법을 구사하여 시카고-뉴올리언즈 재즈 스타일을 구축하였다. 시카고에서는 백인이 재즈의 세계에 참여하기 시작했다. 백인 젊은이들 사이에 재즈가 널리 퍼지기 시작하였고 오스틴 하이스쿨 갱과 같은 모교 이름을 본뜬 밴드와 빅스 바이더벡 같은 훌륭한 연주가가 나타났다. 시카고 재즈의 전성기는 대략 1925년에서 1930년까지이다.

율동성이 강한 스윙 재즈가 1920년대 말경에 시작되었다. 스윙 재즈는 율동감이 크며 큰 밴드를 중심으로 화려한 음악을 보여준다. 스윙 재즈는 이

전의 즉흥연주 스타일의 재즈에서 화성적인 재즈로 변모했음을 보여준다. 스윙 재즈는 유럽적인 냄새가 짙은 재즈이다. 대표적인 음악가로는 베니 굿맨, 듀크 엘링턴, 카운트 배씨, 엘라 피츠제랄드, 빌리 홀리데이, 해리 제임스, 로이 엘드리지, 콜맨 호킨스, 레스터 영, 글렌 밀러, 테디 윌슨과 아트 타툼, 진 쿠르파 등을 들을 수 있고 대략 1930년에서 1945년 사이에 크게 발전했다.

비밥 재즈 시대를 연 음악가로는 찰리 파커를 들 수 있다. 비밥 재즈는 초기부터 매우 특이하고 독창적인 성격이 강하여 대중의 호응을 받지 못하였다. 난해하고 충격적인 비밥 재즈는 예술성이 강하여 예술 음악으로 인정받게 되었으며, 비밥 이전의 재즈를 비밥에 대칭된다는 의미에서 전통 재즈 혹은 고전 재즈라고 부른다. 1945년경에 비밥 재즈가 등장한 이후 재즈의 세계는 민요(지방 블루스, 도시 블루스, 대도시의 흑인을 중심으로 하는 리듬과 블루스, 뉴올리언즈 재즈), 춤과 오락 음악(딕시랜드, 스윙), 예술 음악(비밥) 등으로 분류되게 되었고 각각 그 특징을 살려 계속 발전한다.

1950년대에 재즈 음악계에는 정식으로 음악수업을 받은 음악가들이 많이 참여하였다. 이들이 발전시킨 재즈를 쿨 재즈라고 하는데, 쿨 재즈는 클래

베니 굿맨

듀크 엘링턴

찰리 파커

식 음악의 형식에서 화성법, 대위법, 무조성주의 등을 차용하여 음악적으로 수준이 한결 높아짐과 동시에 음악회용 음악 즉 감상 음악으로 발전한 것이다. 이들은 연미복을 입고 음악회장에서 정식으로 격식을 차려 연주를 하기 시작했다. 이들이 추구하는 음향은 비브라토가 없이 부드러우며, 자극이 없고, 서정미가 있는 현대적인 음향이었다. 이로써 사람들은 드디어 재즈를 춤과 술과 혼합하여 생각하지 않고, 조용히 앉아서 진지하게 감상하는 음악으로 인식하게 되었다. 쿨 재즈의 전성기는 1950년경부터 1960년 사이로, 대표적인 음악가로는 마일스 데이비스를 기수로 하여 리 코니츠, 레니 트리스타노, 데이브 브루벡 그리고 모던 재즈 4중주단 등을 들 수 있다.

하드 밥은 백인에 의해서 미국 서부 해안에서 시작된 웨스트코스트 재즈와 뉴욕의 젊은 흑인들에 의해서 시작된 이스트코스트 재즈를 통칭하는 말이다. 하드 밥은 비밥처럼 흑인적인 요소를 더욱 강조함으로써 음향이 거칠고 폭발적이며, 표현력이 강하고 단순하다. 이 재즈는 다른 말로 '펑크'라고도 한다. 하드 밥의 대표적인 음악가로는 아트 블레키, 캐논볼 어델리, 소니 롤린스 맥스 로치, 호레이스 실버 등이 있다.

마일스 데이비스

존 콜트레인

빌 체이스

마일스 데이비스는 1949년에 "쿨의 탄생"이라는 앨범으로 쿨 재즈 시대를 열었다. 그 후 그는 1959년에 모드 재즈를, 1969년에 퓨전 재즈를 발표하여 그 다음 10년 동안 재즈의 흐름을 주도한다.

1950년대 말에 오넷 콜맨과 존 콜트레인에 의해 프리 재즈가 본격적으로 시작되었다. 60년대에 들어서면서도 계속 악화되고 있는 흑백의 갈등은 젊은 흑인들을 더욱 자극시키고 있었는데, 이런 불만이 젊은 흑인 음악가들에 의해서 격하고 공격적인 음악으로 표현되었다. 프리 재즈는 한 마디로 말하여 모든 전통적인 규칙과 원칙이 파괴된, 매우 자유롭고 우연적인 음악이다. 연주가들은 개별적인 욕구를 주관적, 즉흥적으로 연주한다. 여기에는 조성도, 박자도, 형식도 없다. 여기서 무조성이란 말은 아무런 내부적인 규칙이 없다는 것이다. 흑인 노예의 노동요와 같은 아프리카적인 음악에 가깝다. 프리 재즈의 전성기는 1960년대 이후이며, 대표적인 음악가로는 레니 트리스타노, 오넷 콜맨, 존 콜트레인, 에릭 돌피, 돈 체리, 찰리 밍거스, 아키 세프 등이 있다.

1970년대는 격동의 시대였다. 다른 장르와의 활발한 교류를 통하여 재즈의 폭이 넓어지고, 재즈의 성격 자체도 변화하였다. 1964년에 에릭 돌피, 1967년에 존 콜트레인이 사망하여 즉흥 연주를 추구하는 경향이 사라지고 1970년대에는 개인 연주로부터 종합적인 표현방식의 연주로 바뀌었다. 1960년대에 개화한 프리 재즈의 융성과 그 반동으로 1970년대에는 록과 소울을 도입한 퓨전 재즈가 탄생했다.

1970년대에 출현한 록 재즈는 프리 재즈와 더불어 현재까지도 연주되고 있다. 록은 유럽에서 대중적인 댄스 음악으로 출발한, 블루스의 특징을 많이 지니고 있는, 로큰롤의 준말이다. 록은 1960년대 중반에 나타났는데 가사의 예술적 표현에 치중하였다. 초기의 록은 블루스를 기초로 하였으나, 재즈와 록이 완전히 융합된 상태가 아니라 서로 엮어 놓은 상태에 불과하였다.

재즈와 록이 융화되어 예술적인 형태를 띠면서 재즈의 발전에 기여하게 되는 것은 1960년대 말부터이다. 체이스, 블러드, 스웻 앤 티어즈 등의 그룹 활동으로 시작되었는데, 이들의 음악을 스윙 록이라고 부르기도 한다. 1970년대 초에 마일스 데이비스가 "비치스 브루"라는 이름의 음반을 내어 본격적인 록 재즈의 시대가 열린다. 혁신적인 점은 전자 악기(전자 기타, 전자 콘트라베이스, 전자 피아노, 신디사이저)를 일반 재즈 악기와 함께 사용하거나, 전체를 전자 악기로 대체하고 연주하여 음향을 더욱 강하게 확대시킨 것과 예술적인 즉흥성을 강조한 점이다.

근래에는 하드, 밥, 쿨 등 여러 가지 스타일과 수법이 서로 영향을 끼치며 발전하고 있다. 1990년대에는 1980년대 이상으로 상황이 복잡해진다. 80년대 들어 신인 여성 보컬리스트들이 훌륭한 개성과 창법을 보이며 데뷔했다. 다이앤 리브즈와 다이앤 슈어, 카산드라 윌슨이 등장했다. 또한 천재 기타리스트 존 스코필드가 뉴 쿼텟을 결성했다. 1990년 9월에 마일스 데이비스가 사망했고, 스탄 게츠가 1991년에 세상을 떠났다.

다이앤 리브즈

카산드라 윌슨

존 스코필드

2. 로큰롤

로큰롤은 미국 남부 흑인들의 독특한 대중음악 형태인 블루스에 강한 비트가 가미된 리듬 앤드 블루스와 미국 남서부의 카우보이, 광부, 농부 등 백인 육체 노동자들의 통속적인 대중가요와 컨트리뮤직이 적당히 뒤섞여 젊은이 취향에 맞게 만들어진 대중가요의 한 형태이다. 통속성, 즉흥성에 관능적인 요소까지 가미된 초기 로큰롤은 음악적으로 거칠고 조악하게 느껴져 비난도 받았으나, 리듬 패턴이나 감각은 1950년대 중반 이후 발표된 팝송의 귀감이 되었고 차차 예술적 감각이 가미되어 세련된 음악 형태로 발전되어 갔다.

록의 역사는 50년대부터이다. 1955년 빌 헤일리와 코메츠가 컨트리 앤 웨스턴 밴드에서 리듬 앤 블루스를 커버한 곡들을 발표했다. 이 곡들은 듣고 있는 모든 사람들이 손뼉을 치거나 춤을 출 수 있는 노래들이었고 어디서도 들을 수 없었던 새로운 노래였다. 1956년에는 남부 출신의 엘비스 프레슬리가 나타나 로큰롤 광풍을 주도했다. 흑인의 소리와 감각으로 노래할 수 있었던 최초의 백인이었던 그의 음악 속에서 흑인 음악과 백인 음악이 역동적으로 결합되었다. 그의 육감적인 목소리와 관능적인 허리 율동은 기성세대에겐 지탄

엘비스 프레슬리

의 대상이었지만, 젊은이에겐 환호의 대상이었다. 그 외에도 50년대 중엽에는 척 베리, 리틀 리차드 등의 로큰롤 음악가가 나왔다. 이러한 음악은 간단한 멜로디에 단순한 코드, 전기 기타의 연주, 요동치는 듯한 리듬감, 터져나오는 듯한 에너지, 거칠게 절규하듯 부르는 격렬한 보컬과 역동적으로 몸을 움직이는 율동 등을 특징으로 했다.

비틀즈

롤링 스톤즈

1960년대 초에 엘비스가 로큰롤에 등을 돌리고 트위스트가 붐을 이루면서 로큰롤이 시드는 것처럼 보였다. 그러나 영국의 더벅머리 비틀즈가 역사를 뒤바꾸었다. 비틀즈는 1964년 4월 4일 빌보드차트 1~5위를 석권했고, 그들의 인기는 전세계로 확산되었다. 록의 모든 장르를 실험한 이 신화적인 그룹은 70년에 역사 속으로 사라졌지만, 이후 더 후, 롤링 스톤즈, 야드버즈, 크림, 핑크 플로이드 등 많은 그룹이 영국에서 생겨나 미국을 휩쓸었다.

핑크 플로이드

이글즈

1965년 밥 딜런이 전자 기타를 메고 등장함으로써 포크록(모던 포크)이라는 장르가 생겨났고, 이후 이글스의 사운드는 포크록의 원류가 되었다. 1960년대 말에 나타난 지미 헨드릭스와 크림 등을 위시하여 로큰롤과 블루스에 바탕을 둔 전자 기타 중심의 헤비 사운드의 음악을 하드록이라 칭한다. 하드록은 레드 제플린과 딥 퍼플의 양대 그룹이 활동할 때 그 전성기를 맞고, 이후에 태동되는 메탈 음악에 큰 영향을 끼쳤다.

레드 제플린

딥 퍼플

섹스 피스톨즈

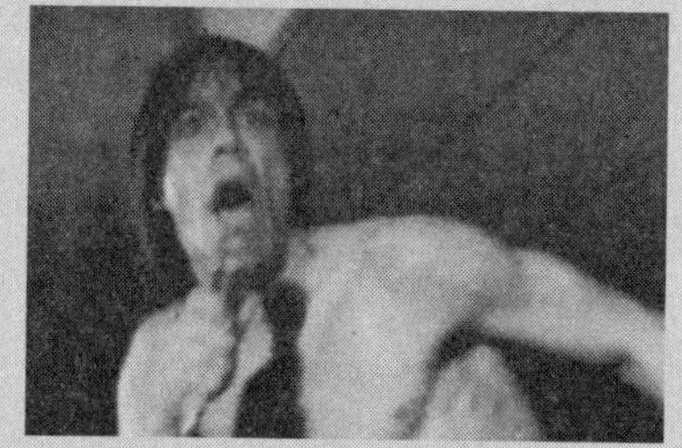

이기 팝

1970년대에는 헤비메탈이 록의 정점을 이룬다. 클래식에 대한 소양을 가지고 있고 예술성이 높은 음악을 만들려고 노력했던 밴드들이 많이 생겨나 다양한 음악적 실험을 했다. 이중에서 가장 인기가 있었던 것은 펑크였다. 펑크의 대표적인 그룹으로는 섹스 피스톨즈, 클래쉬, 이기 팝 등이 있으며, 펑크는 1976년에서 1979년까지 영국을 중심으로 유행했던 록의 한 사조이다. 록의 반항정신과 정치성이 가장 강조된 장르인 펑크는 단순한 사운드와 기존 문화를 거부하는 반항적인 이미지로 헤비메탈과 특히 얼터너티브 록의 형성에 많은 영향을 주었다. 후에 대중적인 뉴웨이브 음악으로 발전했다가 90년대의 네오펑크 밴드들에 의해 재조명되고 있다. 70년대 록음악은 대체적으로 기타의 파괴적이고 기교적인 연주, 그리고 악마적이고 남성적인 면모의 과시와 함께 완벽에 가까운 최고 수준의 연주를 자랑했으며 노래는 허무의 색채를 풍겼다.

1983년에 마이클 잭슨은 "드릴러"를 발매하여 전세계적으로 4천만 장을 판매했다. 마이클 잭슨의 음악은 크로스오버로, 인종의 벽, 세대의 벽, 성의 벽, 국가의 벽을 넘어선다. 마이클 잭슨은 이후 80년대가 표방하는 팝음악을 대표하면서 현재까지 오랫동안 음악의 신기원을 이루고 있다.

메탈이 록음악을 통일한 시점인 90년대에 시애틀에 출현한 니르바나는 전통적인 사운드를 복고풍과 섞은 스타일로 표현한 얼터너티브 록으로 록 음악의 지평을 흔들었고, 80년대 상업적인 록의 대안을 제시하게 된다. 이를 계기로 탈장르 시대가 열렸고 하나의 곡을 한 장르로 구분짓는 것이 어렵고 의미도 없게 되었다. 니르바나의 얼터너티브는 음악의 구분을 뛰어넘어 하나의 문화운동으로까지 퍼져나갔다.

얼터너티브 록은 그런지 록, 모던 록이라고도 하며 최근 대중적 인기와 지지를 얻어 록음악계의 주류를 이루고 있다. 80년대 말엽에 등장한 이 록은 기존의 주류에 대비되는 비주류의 음악을, 나아가서는 정통파 하드록에 대립되는 변혁적인 로큰롤을 표방하였다. 이들은 60~70년대의 하드록 음악에 뿌

마이클 잭슨

리를 두고, 거기에 펑크적인 색채와 약간의 헤비메탈 요소를 갖추고 있고, 반문명적인 미학관과 문화적인 포스트모더니즘을 견지한다. 미국 출신 밴드들은 펑크와 하드록에 기반을 둔 그런지 음악을 추구하는데, 펄잼, 니르바나, 사운드가든, 앨리스 인 체인스, 스매싱 펌킨스 등이 이 분야를 대표한다. 영국 출신들은 브릿팝이라는 새로운 스타일을 통해 모던하지만 복고적인 사운드를 들려주는데, 블러, 래디오헤드, 오아시스 등이 대표적이다.

70년대 영국에서 탄생된 펑크가 90년대 들어 주류로 자리잡으면서 오프스프링, 그린데이 등이 대표하는 네오펑크 시대가 있었고, 그 후로 다시 얼터너티브, 모던록이 록 역사의 주류를 이어왔다. 최근엔 하드코어 계열과 전자음으로 가득 찬 테크노가 강세를 보이고 있다.

니르바나

스매싱 펌킨스

래디오헤드

오아시스

3. 컨트리 뮤직

한의 음악인 블루스가 흑인계 아메리카 음악

인데 비해 컨트리 뮤직은 미국 백인들의 대표적인 음악이다. 컨트리 뮤직은 유럽의 민속 음악이 모체이지만 주로 목장주나 카우보이, 가난한 농부들, 광부나 사냥꾼들에 의해서 자연 발생적으로 생성되었다. 영국에서 미국의 동부로 이민온 사람들에 의해서 아일랜드, 스코틀랜드 민요와 찬송가가 전해져 컨트리 뮤직의 골격을 이루었다. 또한 독일, 오스트리아, 스위스 산악지대의 노래인 요들의 요소들이 컨트리 뮤직에 담겨 있다.

지미 로저스

행크 윌리엄즈

빌 먼로

컨트리의 창법은 콧소리가 섞인 매우 높고 가는 소리뿐만 아니라, 때로는 억지로 만들어내는 듯한 음색이 특징이다. 비브라토가 없는 깨끗한 음색이 바이올린과 목소리에서 공통적으로 나타난다. 초기 컨트리 뮤직의 가사 내용은 개척자들이 자신들의 고향을 그리워하는 내용이 대부분이었으나, 점차 객지 생활의 고됨과 외로움을 달래기 위한 것으로 변화했다. 1900년 이전까지 체계가 없었던 컨트리 뮤직은 축음기가 발명되고 레코드가 등장하면서 대중화되기 시작했다. 컨트리 음악사상 최초의 대형 스타는 미시시피 출신의 지미 로저스였다. 그는 후에 많은 컨트리 가수들에게 지대한 영향을 끼쳤는데, 특히 행크 윌리엄스는 지미 로저스의 인생과 흡사하게 살았다. 그는 천부적인 음악적 재능으로 10여 곡의 히트곡을 포함

포기 마운틴 보이스

한 300여 곡의 노래를 남겼다.

블루그래스 음악은 1940년대 중반부터 유행하기 시작한 컨트리 뮤직의 한 유형이다. 이 유형의 음악에는 5현 밴조의 활기차고 정열적인 연주와 바이올린에 의한 블루스 풍의 구슬픈 소리, 그리고 '하이 론섬 사운드'라고 부르는 때로는 섬뜩하고 감동적이면서 경쾌하고 강렬한 사운드 등이 포함된다. 원래 블루그래스 음악은 기존의 전통 음악을 개조한 것으로 켄터키 주 출신의 빌 먼로(윌리엄 스미스 먼로)에 의해서 보급되었다. 포기 마운틴 보이스의 "포기 마운틴 브레이크다운"이 블루그래스 음악의 고전으로 알려져 있다.

컨트리 뮤직은 로큰롤과의 결합을 모색, 로커빌리라는 특이한 형태의 음악을 낳았고, 1960년대 중반 이후 컨트리 뮤직과 록 뮤직의 융합으로 컨트리 록이 생겨났다. 컨트리 록의 대표적인 그룹으로는 이글스와 포코가 있었다. 1968년 포크 록 그룹 버즈가 발표했던 앨범 "로데오의 연인들"이 컨트리 록의 시초이다. 그램 파슨스가 이끌던 플라잉 부리토 브라더스가 진정한 컨트리 록 그룹으로 여겨진다.

경제 10.

1. 발전 단계와 발전 요인

미국의 경제발전 과정은 대체로 다음의 다섯 단계로 이루어졌다.

첫째 단계는, 식민지 경제시대로서 신대륙이 발견된 후 수많은 시행착오와 희생 끝에 대서양 연안으로 발전하는 시기이다. 이 때에는 남부와 북부가 경제 구조적으로 서로 대립되어 있었다. 북부는 중소 제조업자들과 상인들이 주축을 이루고 농업도 자작농업이 중심이었던 반면에 남부는 대규모 장원경제가 중심을 이루고 있었다.

둘째 단계는, 독립전쟁에서 남북전쟁에 이르기까지 80여 년 동안이다. 이 때에는 농업 중심의 경제성장이 영토의 확장 및 국가체제의 확립과 더불어 진행되었다.

셋째 단계는, 남북전쟁에서 제1차 세계대전에 이르는 기간이다. 이 때에는 남북전쟁과 전쟁 후 철도망의 건설로 공업화가 급속히 이루어졌다. 제1차 세계대전을 계기로 미국이 새로운 강대국으로 부상하게 되었다.

넷째 단계는, 제1차 세계대전과 제2차 세계대전의 사이의 기간이다. 이 기간 동안 유럽 제국들이 수백 년 동안 축적한 부가 미국으로 이전되었고 짧은 기간 동안에 생산시설이 급속히 증가하였다. 그러나 전쟁 후 근시안적인 보호무역주의를 고집하다가 국내경제뿐만 아니라 세계경제 전체가 대공황을 맞게 되어 수요의 부족과 실업 증대의 악순환에 시달렸다.

다섯째 단계는, 제2차 세계대전 이후의 시기이다. 제2차 세계대전을 통하여 미국은 1929년부터 시작하여 10년 가까이 시달린 대공황을 극복하였다. 미국은 세계의 석탄과 전력의 절반, 석유의 3분의 2를 생산하고 조선, 항공, 자동차, 무기, 화학공업 등에서 선두를 달리며 초강대국으로 부상하였다. 미국은 소련과 냉전을 치르며 우주개발과 무기개발에서 경쟁하여 개발된 기술을 민간부문으로 이전하여 20세기 후반부에 이르러 IT산업의 폭발적인 발전을 가져왔다.

미국이 눈부신 경제발전을 이룩할 수 있었던 요인은 크게 나누어 다섯 가지이다. 첫째는 풍부한 노동력이다. 막대한 수의 이민이 유입되어 노동력이 증가하고 이에 따른 생산 증가와 소비 증가에 의해 경제가 발전되었다. 둘째는 무한한 토지와 자원이다. 풍부한 자연자원은 미국의 경제가 순조롭게 발전할 수 있도록 했다. 셋째는 자본이다. 미국은 투자의 기회가 많았기 때문에 프랑스, 독일, 영국과 같은 나라에서 안정성과 고이윤을 찾아 막대한 양의 자본이 계속 유입되었다. 넷째는 대규모 시장과 높은 소비성향이다. 미국은 국내시장이 클 뿐만 아니라 소득분배가 평준화되어 한계 소비성향이 높으므로 경제가 쉽게 성장할 수 있었다. 다섯째는 정부부문의 팽창과 경제영역에의 적극적 참여이다.

오늘날 수출의 대종을 이루고 있는 우주항공, 전자, 기계분야의 기술집약적 산업은 정부가 국방기술의 연구개발을 위해 아낌없이 투자한 발전의 결과가 민간부문으로 파급된 덕이다. 미국의 경이적인 경제발전은 이상의 다섯 가지 요인이 복합적으로 작용하여 상승효과를 낸 결과이다.

2. 각종 산업의 발전

미국의 경제 및 산업 발전을 가능케 한 요인은 활발한 기업가 활동의 결과이고, 기업가 활동에 영향을 준 요인은 경제적 자원, 인구와 노동력, 기술발전이다. 경제적 자원이 풍부하였고, 토지는 광대하며 비옥했다. 석탄, 철강, 구리 등 광물자원이 풍부하였을 뿐만 아니라, 20세기의 중요한 에너지원인 석유와 전력도 풍부하였다. 인구와 자본이 적었던 식민지시대에는 이 같은 경제자원의 개발이 완만하게 진행되었다. 동부 해안지역의 풍부한 산림과 항만 및 어장은 식민지시대로부터 1830년대까지 조선업, 포경업, 연해 및 해외 무역을 자극했다. 남부는 18세기 말까지는 담배를, 19세기 중엽까지는 면화를 생산하여 미국의 국제 무역수지 개선에 기여하였을 뿐만 아니라 동부 연안지역의 자본축적에 공헌했다. 또한 비옥하고 풍부한 미개발지는 19세기에 서부로의 인구 이동을 활발하게 하였고, 경제발전을 위한 중요한 토대가 되었다. 미국의 산업혁명은 1800년대에 시작되어, 남북전쟁 이후에 본격적으로 진행되었다. 미국의 산업혁명은 유럽의 그것과는 달리 그 기간을 분명히 설정할 수 없다.

❀ **농업** 남북전쟁 이전까지는 농업의 비중이 전 산업의 80%를 차지했고 수출도 농산물이 70% 이상을 차지하였다. 농업 인구는 서부와 서남부가 본격적으로 개척됨에 따라 증가하였고 인구의 80%는 농촌에 살고 있었다. 토지를 소유한 농민으로 인하여 농업이 번영하고, 농촌은 발전하는 공업을 위한 방대한 시장이 되었다. 1850년부터 1900년까지의 기간 동안 농산물이 미국의 총 수출액의 70~80%를 차지했다.

1865년부터 1914년에 이르는 산업 발전 시기에 미국 경제에서 농업이 차지하는 위치가 제조업에 비해 상대적으로 쇠퇴하였다. 1900년대에는 농업 노동력이 전체 노동력의 1/3로 줄었다. 농장의 규모가 커지고 노동력이 부족해지면서 농업의 기계화와 과학화가 시도되었다. 농기계가 비약적으로 증가하였고 농업의 생산성이 향상되었다.

❀ **상공업** 초기의 제조업 및 상업은 농업에 비해서 그 규모가 미약했다. 제조업은 자체 소비를 목적으로 하는 가내수공업의 형태로 출발하였으며 촌락수공업으로 발전했다. 이후 시장에서의 판매를 목적으로 대량생산하는 상업적 수공업으로 발전하였다. 제조업의 발달은 공업제품을 유통시키는 상업과 상인계층의 성장을 촉진시켰다. 이들이 남부의 대농장주들과 더불어 식민지의 상류계급을 형성하였고, 상업자본주의는 남부 대농장주들의 농업자본주의와 더불어 미국 자본주의의 토대를 형성하였다. 1980년대 초반에 밀려온 세계의 경제 침체는 산업경쟁력 상실, 산업공동화 등 심각한 위기를 가져왔고, 이에 미국은 신산업 창출과 대대적인 기업축소, 기업합병 등의 구조조정을 추진하였다. 그 결과 1990년대 들어 경쟁력을 회복하고 새로운 경제부흥의 시대를 맞았다.

자동차산업 1865년 미국 자동차계의 선구자인 실베스터 헤이워트 로버가 시속 약 37km의 가벼운 차량을 제작하였다. 이로써 미국에서의 자동차산업이 시작되었고 20세기 미국의 근대 산업발전의 초석이 마련되었다. 19세기 산업화 초기 단계에 각종 기계공업제품의 생산이 수공업 방식에서 기능공을 중심으로 한 방식으로 바뀜에 따라 기술이 축적되었으며 특히 19세기 말 재봉틀과 총기류의 대량생산에서 발전된 기계설비를 이용한 생산 시스템은 20세기 초 미국 자동차산업의 발전 기반이 되었다.

윌리엄 듀란

크라이슬러

이 발전 기반을 바탕으로 포드사는 1908년 10월 1일부터 18년 7개월 동안에 1500만 대 이상을 생산하면서 주문생산에서 대량생산으로 자동차 생산방식을 전환하였다. 포드사의 생산 시스템은 컨베이어에 의한 대량생산방식으로 자동차 생산의 혁명을 이루었으며, 저렴한 가격으로 대량 보급하게 되어 자동차 대중화 시대를 열었다.

1908년에 GM을 창업한 윌리엄 듀란은 2년 후 뷰익, 올즈모빌, 캐딜락 등을 합병하면서 비약적인 발전을 거듭하였고, 1923년부터 세계 최대의 기업으로 성장하는 기반을 다졌다. 미국의 빅 쓰리라고 하는 GM, 포드, 크라이슬러는 1920년대부터 유럽을 중심으로 세계에 진출하였다. 1950년대 초 유럽 경제가 회복되기 시작할 무렵 세계시장의 85.9%를 차지하고 있던 미국은 해외시장에서 벌어지는 치열한 경쟁에 제대로 적응하지 못했다. 유럽의 자동차 제조업체들의 제품 차별화와 일본의 소형 자동차가 약진하여 지금의 세계 자동차 산업은 미국, 유럽, 일본의 3극 체제를 형성하고 있다.

3. 산업발전의 원동력

기술상의 발명과 혁신이 경제발전에 끼친 역할이 대단히 크다. 뉴잉글랜드의 기능공, 기계공들이 발명의 주역이 되었지만, 자급자족인 촌락에서 사람들은 주변의 기술을 쉽게 모방하여 발전시켰다. 그 결과 기술은 급속하고 광범위하게 발전하였고 관련된 기업가 활동에 극히 우호적인 환경이 조성되었다. 기술적인 발명과 발전은 실용적인 목적에서 이루어졌고 발명은 중시되었다. 19세기 전형적인 미국의 발명가는 기계공이나 기능공들이며 그들의 발명은 천재적 재능에서 나온 것이었다. 이러한 경향에서 미국의 기술은 초기부터 실용적인 방향을 지향했다.

미국적 생산 방법을 특징짓는 대량생산방식은 작업 공정 분할의 원리에서 나온 호환 부품제와 작업 공정 연속화의 원리에서 나온 조립라인제에 의해 개발되었다. 이 생산방식은 기술혁신에 의한 것이 아니라 작업 공정 분할과 통합을 통한 인간 조직과 기술과의 대응관계의 혁신, 공학적으로는 작업 공정의 조직적인 혁신에 그 기초를 두고 있다. 기업가 활동의 혁신성도 이러한 생산 조직의 변혁을 중심으로 전개되었다. 기계 및 기술의 도입과 생산 조직의 합리화를 통한 대량생산에의 지향이 미국 기업가 활동의 기본적 성격의 하나가 되었다.

4. 수송수단의 발전

미국에서 교통혁명은 "교통망 개량"이라는 이름으로 진행되었다. 연방정부는 도로, 다리, 운하, 철도 건설에 자금과 토지를 제공하였다. 남북전쟁에서부터 제1차 세계대전에 이르는 기간 동안에는 철도가 교통의 주력 수단이었다. 남북전쟁 때 미국 철도의 총 연장은 약 4만 5000km 정도였는데, 전쟁이 끝나고 철도산업이 본격적으로 발전하게 되었을 때는 약 7만 5000 km 정도로 확장되었고, 그 다음에는 매 10년마다 거의 2배씩 늘어나, 제1차 세계대전이 끝날 즈음에는 약 40만 km가 되었다.

대륙 횡단철도의 건설이 미국의 발전에 획기적 역할을 했다. 철도 건설이 활발해짐에 따라 철도산업의 경쟁도 치열하게 되고, 기업집중이 이루어져 1910년대에는 7개의 대재벌을 중심으로 세력이 재편성되었다. 철도는 경제확장이라는 면과 건설산업 측면 및 값싼 수송수단이라는 측면에서 미국경제에 영향을 주었다. 또한 철도의 발달은 인구의 이동 속도를 빠르게 하고 국내시장 확대와 동시에 그 동질화의 원인이 되었다.

수로의 이용은 증기선이 도입되면서 변화가 일어나기 시작했다. 1806년

새뮤엘 모건

밴더빌트

앤드루 카네기

에 존 스티븐스의 '휘닉스' 호가 뉴욕에서 필라델피아까지 항해하는 데 성공함으로써 내륙 수로를 적극적으로 이용하는 계기가 되었다. 이후 운하가 건설되기 시작하였다. 초창기에 건설된 대표적인 운하가 매사추세츠 동쪽의 찰스 강과 메리맥 강을 연결하는 약 44km의 미들섹스 운하였다. 운하시대를 본격적으로 연 것은 이리 운하의 완성이었다.

1790년대에 미국에서의 도로 건설은 민간 회사가 주도하는 유료도로 운동으로 시작되었다. 유료도로는 보스턴, 콩코드, 뉴헤이븐, 뉴욕, 필라델피아, 볼티모어 같은 북부와 중부의 도시로부터 방사선 모양으로 퍼져나갔다. 본격적인 도로 건설 사업은 연방정부의 개입으로 이루어졌다. 연방정부는 동부와 서부를 연결하는 도로 건설에 착수하였고, 이 도로는 개척자들을 서부로 이끄는 주된 통로가 되었다. 도로의 건설과 더불어 자동차의 보급이 급격하게 증가했다. 자동차의 등록대수는 1900년 8000대에서 1930년 2305만 9000대로 빠르게 증가했다.

통신수단도 급속히 발전되었다. 모오스는 1844년에 정부의 원조를 받아 볼티모어와 오하이오 사이에 실험적인 통신망을 설치했다. 1847년에는 전신을 상업적으로 이용할 수 있는 기술이 개발되어 통신망이 급속히 확대되었다.

해리먼 모건 록펠러

통신망의 길이는 1860년에 약 7만 5000km에 달하였으며 남북전쟁 직전에는 대서양 연안에서부터 태평양 연안에까지 확대되었다.

미국의 공업화가 급속히 진행된 19세기에는 경제적 기회가 풍부했을 뿐 아니라 다양했다. 일찍부터 자립심과 독립성을 기른 기업가들은 성공과 실패가 개인의 책임이라는 사고방식을 갖고 있었다. 자립적인 인간이 존경받았고 개척정신이 창업의 중요한 정신이었다. 1890년대에 대기업을 이룩하여 막대한 재산을 축적한 산업계의 성공자들, 예를 들면, 밴더빌트, 해리맨, 모건, 카네기 및 록펠러 등은 기업을 창업하여 관리하였으며 기업에 가족 전통을 도입하려 했었다. 헨리 포드가 이러한 19세기형 기업가의 최후 세대였다. 20세기에 미국의 대기업은 직업적 경영자의 관리에 놓였으며, 가족에 의한 기업지배는 과거의 역사가 되고 말았다.

5. 우주개발

우주개발의 역사 1903년 12월 17일 미국 동부의 키티호크에서 플라이어라는 가솔린 엔진을 단 비행기로 라이트 형제가 처음으로 하늘을 날았다. 이후 비행기는 급속도로 발전하였다. 제1차 세계대전을 수행하면서 국가적 규모로 연구, 발전시키는 정책을 실시했다. 전쟁이 끝나고 1920년 전반까지는 항공기술이 침체상태에 있었으나 후반부터 미국의 록히드사와 노스롭사가 고성능 비행기를 제작하면서 항공기술이 급진적으로 발전하였다. 제2차 세계대전 기간 중에 비행 속도가 음속 가까이 향상되었으며 독일이 개발한 대

록히드사 로고
노스롭사 로고
나사 로고

륙간 탄도 미사일인 V-2 로켓이 나타났다. 제2차 세계대전 후 독일의 선진 항공기술이 소련을 비롯하여 미국에 전파되었다. 미국과 소련은 대륙간 탄도탄과 인공위성을 개발하였다.

소련은 1957년 10월 4일에 최초로 지구궤도를 선회하며 전파를 발사하는 인공위성인 스푸트니크 1호를 성공적으로 발사했다. 이에 자극받은 미국은 국립항공우주국(NASA)을 설립하여 우주개발에 박차를 가하였다.

소련이 1961년 4월 12일에 유리 가가린을 태운 보스토크 1호로 최초의 유인 우주비행을 실현하자, 미국의 케네디 대통령은 제미니 계획과 아폴로 계획을 수립, 추진하여 1969년 7월 20일에 암스트롱과 올드린이 인류 최초로 달에 발을 딛었다. 달과 태양계 행성에 대한 탐사 활동이 활발하게 이루어져 1965년에 매리너 4호가 화성의 근접 촬영에 성공하였고, 1971년에는 매리너 9호가 화성 표면의 약 70%를 사진 촬영하여 전송하였다. 또한 바이킹 1, 2호의 착륙선이 화성에 착륙하여 생물 존재 실험 등의 여러 가지 조사를 수행하였다. 1980년에는 보이저 1호가 목성에 접근하여 관측 사진을 보냈으며, 1981년에는 보이저 2호가 토성에 접근하고 계속 비행하여 1986년에는 천왕성에 접근했고 1989년에 해왕성에 접근하고 태양계를 벗어났다. 2001년 2월 13일에는 슈메이커 호가 소행성 에로스에 착륙하였다.

우주개발과정에서 발전된 컴퓨터 및 항공우주 관련 기술이 다른 산업에 파급되어 경제적, 기술적 효과가 막대해졌다. 1965년에 최초의 상업통신위성인 인텔셋 1호의 발사 이후 전세계가 하나의 통신망으로 연결되면서 21세기의 주축 산업이라는 정보통신산업의 발전을 가져왔으며, 위성이 실생활에 이용되고 항공산업이 자동차 산업에 응용되는 등 기술적인 파급효과는 이루 측정하기가 어렵다.

※ **경제성** 미국이 1993년 4월 26일 처음 발사한 우주왕복선 콜럼비아 호의 개발에 5억 8천만 달러(당시 환율로 약 7천 5백억 원)가 투입되었으며, 1992년 9월 27일 발사되어 실패로 끝난 화성탐사선 마스 업저버의 발사에는 무려 10억 달러(당시 환율로 약 1조 3천억 원)이 들었다. 이것은 우주개발에는 얼마나 많은 비용이 드는 지를 보여주는 한 예에 지나지 않는다.

1970년대까지만 하더라도 '우주개발'이라는 용어는 있었어도 '우주산업'이라는 용어는 생기지 않았다. 그러나 그후 프랑스를 중심으로 한 유럽 우주기구와 일본 등에서 우주의 상업적 이용을 목표로 하면서, 21세기 유망 산업으로 발전할 가능성이 생겼다. 1980년대에 접어들어서 정보사회의 핵심으로 인공위성의 용도가 급속도로 확대되면서 우주산업의 중요성이 부각되었다.

상업용 인공위성과 과학용 인공위성이 개발되어 사용됨에 따라 우리의 실생활에 우주개발의 파급효과가 나타나고 있다. 예를 들어 지구 반대편에서 진행되고 있는 운동 경기를 시청한다든지, 날씨를 예보한다든지 하는 것은 친숙해진 위성의 사용이라고 할 수 있다. 또한 통신위성을 이용한 위치추적시스템이나 무선전화의 사용과 같은 것들도 위성을 이용한 예라고 할 수 있다. 앞으로 정보가 더욱 중요해지고 양이 많아짐에 따라 사회에서는 이들 상업위성의 가치가 더욱 높아질 것이다.

과학위성은 지구와 관련된 여러 가지 자연현상을 관찰하고 측정하며 탐사하는 용도로 이용된다. 기상의 변화를 감지하고 해류를 파악하며, 각종 환경 오염과 관련한 지구 감시자로서 과학위성의 역할은 매우 크다. 오존층의 파괴, 지구온난화, 해상오염, 및 열대림 벌채와 사막화 등 지구 곳곳에서 일어나고 있는 각종 환경 위협으로부터 지구를 보호하기 위한 임무를 수행한다. 이외에도 군사용 내지 첩보위성과 자원탐사위성, 및 외계 탐사용 우주선 등은 다른 의미에서의 중요성을 가지고 있다.

미국의 통신회사인 AT&T사와 모토롤라사는 지구 상공 저궤도에 66개의 위성을 띄워 전세계를 단일 무선통신으로 연결하는 '이리듐'계획을 수립하기도 하였다. '이리듐' 계획은 실패로 귀결되었지만 1998년부터 전세계 이동통신서비스가 시작되었으며 이러한 이동 위성통신 사업은 미국의 대형 통신회사들을 주축으로 국제간 다국적 콘소시엄을 형성하여 경쟁적으로 추진 중에 있다. 우리나라에서도 보편화된 내비게이션이나 이동전화를 해외에서 로밍해서 사용하는 것도 인공위성 덕택이다.

(오른쪽) 우주왕복선 콜롬비아 호 발사 장면
(왼쪽) 디스커버리 호

컴퓨터산업 11.

1. 인터넷

인터넷은 기술적인 특성과 탄생과 발전과정이 다른 매체와는 다른 독특함을 지니고 있으며, 기존의 어떠한 매체와도 차별화되는 특성을 가지고 있다. 인터넷은 물리적인 거리에 관계없이 전세계의 누구와도 정보를 교환할 수 있고, 실시간으로 의사소통을 하며 상거래를 할 수 있는 지구촌 환경을 제공해준다. 이는 네트워크 및 컴퓨터의 개방성으로 인한 것이다.

인터넷은 단순히 문자만을 주고받는 도구가 아니라 소리, 그림, 동영상 등을 주고받을 수 있는 멀티미디어이다. 상호작용성은 인터넷이 다른 매체와 차별화되는 가장 큰 특성이자 최대 장점이기도 하다. 인터넷은 1990년대에 들어와 상업적으로 이용되면서 놀라운 발전을 보이고 있다. 양적인 폭발의 계기가 된 웹(World-Wide Web)이 출현하면서 인터넷은 따라가기 어려울 정도로 놀라운 발전을 지속하고 있다.

인터넷은 인간 삶의 구석구석을 변화시킨다. 기업의 업무방식이 바뀌고 우리가 상상하는 여가생활이 현실로 나타나게 되고 자녀들의 학습방식도 크게 바뀌게 된다. 인터넷은 마치 산업혁명처럼 빠른 변화를 일으키고 있다. 사람과 정보가 하나가 되어 전세계에 가상경제를 만들어내면서 문자 그대로 네트워크 혁명을 가져오고 있다. 이 혁명의 효과는 산업혁명이 이룬 것과 같거나 훨씬 더 클 수 있다. 이제부터 도래할 변화는 지금까지의 기술을 합한 것보다 훨씬 더 클 것으로 생각된다.

2. 실리콘밸리

실리콘밸리는 스탠퍼드 대학이 있는 팔로알토에서부터 산호세까지를 지역적 범위로 하고 있다. 실리콘밸리는 스탠퍼드 대학의 남쪽에 있는 스탠퍼드 공업단지를 중심으로 형성되어 팔로알토와 산호세 지역으로 확장되었다. 실리콘밸리라는 명칭은 1970년대 초 이후 이 지역이 컴퓨터와 반도체 산업의 중심지로 자리잡으면서 붙여진 이름이다. 1939년 휴렛과 팩커드라는 두 젊은이가 사업을 시작한 허름한 차고는 캘리포니아의 역사유물 976호로 지정되어 실리콘밸리의 탄생지로 기려지고 있다.

실리콘밸리는 여명기(1891~1929)와 태동기(1930~49)를 거쳐 성장기(1950~80)를 맞는다. 제2차 세계대전 이후 무기개발에 참여했던 과학자들이 이 지역으로 다시 돌아와 전쟁기술을 민간산업에 적용하기 위해 기업들을 설립했다. 또한 미국 정부도 국방 프로젝트에 많은 투자를 함으로써 대학에서의 연구개발이 활발히 진행되었다. 1946년에 설립된 스탠퍼드 연구소에서는 전쟁 중 개발된 기술들을 상업화하기 위한 체계적인 연구가 진행되었다. 이 연구소가 이룩한 업적은 잉크젯 프린팅, 광디스크, 마우스, 모뎀 등과 같은 매우 괄목한 것이었다.

빌 휴렛: 윌리엄 레딩턴 휴렛

데이비드 패커드

실리콘밸리의 성장기의 주된 산업을 시대적으로 살펴보면 형성기인 제2차 세계대전부터 1960년대까지는 스탠퍼드 대학과 기후 등의 물리적 기반시설에 힘입은 군수산업이 주된 산업이었다. 1960년부터 1980년대까지는 반도체 및 주변산업 주도기라고 할 수 있다. 이 때에는 기업협회와 지역신문 등 기업 서비스 조직 기반이 다져졌고, 반도체와 컴퓨터가 기업간 네트워크를 동인으로 하여 발전했다. 1980년대 이후는 소프트웨어 성장기라고 할 수 있는데 정보고속도로, 인터넷, 기업간 네트워크가 성장의 동인이었고 소프트웨어와 멀티미디어 산업이 발달했다.

1953년에는 80만 평의 대학 부지 위에 스탠퍼드 연구단지가 건립되었다. 당시 촉발된 미소간 군비 및 우주 경쟁은 하이테크 산업을 폭발적으로 성장시켰으며, 그 결과 1960년경에는 40개가 넘는 업체들이 이 연구단지에 입주하는 등 벤처 창업이 붐을 이루었다. 1956년 트랜지스터의 발명자인 윌리엄 쇼클리가 자신의 고향인 이곳에 연구소를 차렸고 여기에서 페어차일드사가 파생되어 나옴으로써 반도체산업이 태동했다. 이후 페어차일드사로부터 다시 인텔, 내셔날 세미 콘닥터 등 수많은 벤처기업들이 파생되어 나옴으로써 반도체

아도비 시스템즈

애플컴퓨터

AMD

구글

산업이 성장하고 이곳이 실리콘밸리라는 이름을 얻게 된다.

실리콘밸리는 첨단산업, 지식산업, 미래산업 그리고 이들 산업의 기술혁신을 상징하는 것으로 전세계의 주목을 받아왔다. 이곳의 산업은 반도체, 컴퓨터, 통신, 소프트웨어, 바이오 그리고 멀티미이어 등 첨단산업이 주종을 이루고 있다. 최근에는 정보고속도로의 추진과 인터넷 열풍에 힘입어 소프트웨어와 멀티미디어가 성장산업으로 각광받고 있다.

실리콘밸리의 간판 기업이라고 할 수 있는 선마이크로시스템즈, 넷스케이프, 야후 등은 모두 젊은이들의 참신한 아이디어를 기반으로 출발했다. 이곳이 전세계의 주목을 받게 된 시기도 이들의 신화가 일반에 알려지게 된 90년대 중반부터라고 할 수 있다.

실리콘밸리의 벤처기업들은 나이, 인종, 학력, 성별보다 업무능력과 적합성을 채용기준으로 삼고 있으며 모든 직급에서 채용과 해고가 신축적으로 이루어진다. 이 지역의 기업들은 고급 인력을 유치하고, 기술개발 의욕을 고취시키기 위하여 다양한 유인책을 사용하고 있다. 일반적인 유인책은 자사주를 매입할 수 있는 권리 즉 주식배당 권리를 종업원들에게 부여하는 것이다.

실리콘밸리를 성공으로 이끈 요인은 여러 가지가 있으나 가장 중요한 것은 아메리칸 드림을 추구하는 왕성한 기업가 정신이라고 할 수 있다. 우수한 고급 인력이 개인의 독자적인 아이디어와 기술을 사업화하려는 경향이 강하여 대기업보다 중소기업을 선호하며 스스로 사업을 경영하고자 한다. 또한 기업경영, 설비, 자금 등 다양한 방면에서 기업활동을 지원하는 산업단지와 창업보육센터, 경영과 금융에 관한 교육 및 직업훈련을 지원하는 교육지원센터를 통하여 기업가가 양성되고 있다.

고수익을 기대하며 위험을 감수하는 모험자본이 많이 있어 전문분야의 아이디어와 기술만 가지고 있는 벤처기업의 사업성을 평가하여 자본을 공급한다. 모험자본은 신기술과 벤처기업의 잠재력에 투자하여 상업적 성공과 주식상장을 통하여 고수익을 추구한다. 모험자본은 자금을 지원해줄 뿐만 아니라 초창기의 벤처기업에 필요한 경영노하우를

휴렛패커드

인텔

오라클

야후

제공하고 필요한 경우에는 인적 네트워크를 동원하여 창업에 필요한 팀을 구성해주기도 한다. 실리콘밸리에서 모험자본의 활동이 왕성한 것은 성공했을 때 이득이 크기 때문이다.

또한 기업활동 전반을 지원하는 기업서비스 조직과 지원조직이 발달되어 있어서 벤처기업은 전문분야의 연구개발활동에 전념할 수 있도록 되어 있다. 시제품 제작에서부터 포장, 시장조사, 광고, 전시회, 기업의 로고제작, 법률업무 대행 등 기업활동 전반을 지원하는 기업서비스 산업이 발달되어 있다. 또한 각종 기업협회와 지역 내의 서점과 신문 등도 정보교환과 인적 네트워크의 장을 제공하고 있으며, 실무경험이 풍부한 많은 경영컨설턴트들이 있어 경영의 노하우가 없는 벤처기업을 지원하고 있다.

실리콘밸리에는 또한 전문 벤처기업의 효율적인 개발과 생산을 뒷받침하는 기업 간의 네트워크가 풍부하게 형성되어 있다. 하이테크 산업을 지탱하는 다양한 기업들이 집적되어 있어서 벤처기업들은 자기들이 강점을 가지고 있는 핵심 부분만 담당하고, 나머지는 기업간 네트워크를 통해서 공급받을 수 있다.

실리콘밸리의 기업들은 긴밀한 협력관계를 유지하고 있으면서도 독자적인 자율성을 유지하고 있다. 수요업체는 배타적인 거래관계를 요구하지 않고, 공급업체도 특정 업체에의 의존도가 20% 이상이 되지 않도록 하고 있다. 이러한 네트워크 체제가 단시일에 순조롭게 이루어진 것은 아니다. 기업간 관계는 항상 협력과 조정이라는 긴장이 존재하며, 기업간 신뢰가 형성되기까지 많은 시간이 소요되었고, 시행착오가 있었다. 실리콘밸리에 형성된 네트워크는 지금도 계속하여 순환, 발전하고 있다.

교육 12.

1. 교육 목적

미국의 교육을 한마디로 규정한다면 실용주의 교육이라고 할 수 있다. 19세기 중반에 자본주의 국가 교육의 기본을 제시한 '공립학교운동'이 시작된 이래 미국의 교육은 크게 세 차례의 개혁을 겪었다. 이러한 세 차례의 개혁은 모두 교육의 이념 실현을 위해서라기보다는 지극히 실용적인 목적에 의해 이루어졌다. 첫 번째 개혁은 산업화 측면에서 독일의 위협을 느끼면서 시작되었고, 두 번째 개혁은 국가안보 측면에서 러시아의 위협을 느끼면서 시작되었으며, 세 번째 개혁은 경제적 위기를 극복하기 위해 시작되었다.

다민족으로 구성된 미국이 비교적 짧은 역사에도 불구하고 세계의 중심 국가로 된 배경에는 교육이 있다. 서로 다른 인종적, 민족적 배경을 지닌 수많은 미국인들이 미국인이라는 하나의 정체성을 가질 수 있도록 만들어주는 미

1센트 동전 앞면　1센트 동전 뒷면　25센트 동전 앞면　25센트 동전 뒷면

국 교육의 지도 이념은 오늘날 세계인의 화폐로 통하는 미국의 동전에 잘 드러나 있다. 미국에서 사용되는 모든 동전과 1달러짜리 지폐에 미국의 문화와 역사를 함축적으로 표현해주는 국가 및 교육 이념이 세 가지 문구로 표현되어 있다. 즉 '우리는 하나님을 믿는다', '자유', '많은 것으로부터 하나를 만들어낸다'가 그것이다. 미국의 동전에 새겨진 이 문구는 미국교육의 이념을 함축적으로 나타낸다.

2. 교육제도의 변천

미국의 교육은 민주주의의 이념인 자유와 평등을 핵심으로 정비, 확장되어 왔다. 자유의 이념은 능력주의 원리에 기초하고, 평등의 이념은 기회균등의 원리에 기초한다. 이 두 가지 원리는 상호관계를 적절히 유지, 보완하면서 미국의 민주주의 교육을 발전시켜 왔다. 미국의 교육은 17세기 초 뉴잉글랜드에 이주해온 청교도에 의해서 건설된 성서공화국에서 시작되었다. 이 때에는 학교가 설립되지 않아서 가정에서 교육이 이루어졌다.

1642년에 매사추세츠 교육령이 선포되어 모든 아동에 대한 무상교육을 실시하고 교육행정기관이 이를 감독하도록 했다. 이 법령은 부모에게 자녀 교육의 의무를 부과하고, 교육세 및 일반 세금으로 모든 아동에게 무상교육을 실시하도록 규정하고 있다. 1647년에도 교육령이 제정되었는데 이 법에 의해서 일정 세대수의 지역에 교사를 임명하고 초중등학교인 문법학교와 대학을 설치하였다. 미국에는 1700년까지 27개 교의 문법학교가 설립되었고 식민지 시대에 9개의 대학이 있었다.

1872년에 중등교육의 확대를 가져오는 사건이 발생했는데, 그것이 칼라마주 사건이다. 이 사건을 계기로 공립고등학교를 중심으로 전기 중등교육의 의무제도가 정착되었다. 이후 20세기에는 모든 공립 중등학교에서 무상 의무교육이 실시되었다. 1918년에 중등교육개혁심의회 보고서인 '중등교육의 기본원리'를 근간으로 하여 6-3-3학제가 확립되었다.

소련의 인공위성 스푸트니크 호 발사에 자극받은 미국은 1958년에 '국가방위교육법'을 제정하여 능력주의를 강조하는 교육을 실시하였다. 1960년대 미국의 교육은 과학기술의 급격한 발전과 관련하여 사고력 개발에 중점을 두었으며, 70년대는 인간교육에 목적을 두었다. 1983년에 레이건 대통령이 구성한 '교육 수월성에 대한 국가 위원회'의 보고서에서 교육의 심각한 상태를 고발하면서, 교육개혁이 80년대 정치 이슈로 등장하였다. 부시 대통령은 취임 직후 '2000년 미국 교육전략'을 발표하는 등 교육을 중요한 국가정책으로 삼고 있다.

3. 교육행정제도

미국의 교육행정은 비전문가에 의한 교육행정의 지배와 지방분권의 행정원칙이라는 두 가지의 원칙을 존중하고 있다. 비전문가 지배 원칙은 교육위원회제도로 정착되었고, 지방분권의 원칙은 교육행정에 관한 권력을 지방행정이 행사하는 제도로 발전하였다.

미국에서는 연방정부, 주정부, 지방 당국 등 세 단계의 조직이 교육행정에 관여하고 있다. 이 가운데 연방정부와 주정부의 교육에의 개입을 중앙 단위의 교육행정제도라고 할 수 있다. 미국 연방정부는 건국 이래 연방헌법 제1조 제8절의 일반 복지 조항을 근거로 하여 여러 가지 교육원조정책을 수립하여 주와 지방에 보조금을 교부하고 있다. 이를 담당하는 연방정부의 부서는 교육부이다.

연방정부는 주의 교육권한을 저해하지 않는 범위 내에서 국가적 견지에서 각 주의 교육계획을 조정하고 각 주의 교육계획이 국가의 요구에 순응하도록 지도하는 역할을 한다. 근래 연방정부의 교육에 대한 역할 증대는 교육의 생산성 향상과 교육기회의 균등화라는 차원에서 주로 이루어져 왔다. 교육부의 주된 기능은 교육정보자료의 출판, 교육에 관심이 있는 집단과 기구와의 협동적 작업관계 수립, 연방 교육을 관장하는 차원에서 교육연구 추진, 교육문제에 관한 지도, 상담 및 의견 교환 등이다.

미국에서 교육은 주정부의 책임이고 각 주는 교육에 관한 자주권을 가지고 있다. 모든 주는 성문헌법에서 교육 조항을 규정하고 있는데, 그 세부 내용은 주마다 다르다. 주 의회는 주 헌법에 의거하여 교육법을 제정하고 교육예산을 의결하며 주 교육제도를 결정하고 주 전체의 교육계획을 조정한다. 주정부는 일반적으로 교육 관련 사안에 대한 정책결정기관인 주 교육위원회와 집행기관인 주 교육부를 두고 있다. 이들 기관이 교육행정에 관한 업무를 역할 분장하고 있다.

미국에서 교육은 주의 책임에 속하지만 보통교육에 관한 학제는 지방교육자치제에 의하여 운영된다. 미국의 각 주에는 많은 학구가 있다. 교육자치제는 이러한 학구를 하나의 단위로 운영한다. 학구의 모든 교육 운영은 지역주민의 참여와 지원을 근간으로 한다. 학구에는 지방학교위원회가 구성되어 있어서 학구 내에서의 학교운영에 관한 중요한 정책을 결정한다.

미국의 지방교육행정구역(학구)은 다양한 유형이 있으나 이를 크게 구분하면 기초 학구와 중간 학구로 나눌 수 있다. 기초 학구는 교육행정구역으로서는 가장 작은 단위의 학구로서 지방교육위원회에서 학구 내의 학교운영에 관한 중요한 정책을 결정한다. 중간 학구는 주 교육행정과 기초 학구 사이의 중간 단위의 교육행정조직으로 주의 감독을 받으며 구역 내의 기초 학구를 지도, 감독하는 권한을 갖는다.

4. 학교교육제도

미국의 교육은 17세기 초부터 근대적인 학교체제로 발전하여 초, 중, 고 교육을 연결하는 단선형 교육제도를 확립하였고 교육의 대중화를 선도하고 있다. 미국의 학제는 '단선형'을 특징으로 한다. 단선형이란 학생 각자의 능력에 따른 평등교육을 실현하기 위한 제도의 모형이며, 모든 단계별 학교교육의 기회를 완전히 개방하는 구조이다.

미국의 학교제도는 크게 4단계, 즉 유아교육, 초등교육, 중등교육, 고등교육으로 구분된다. 유아교육은 6세 미만의 어린이를, 초등교육은 6세부터 12~14세까지의 어린이를, 중등교육은 13세부터 18세까지의 학생을, 고등교육은 19세 이상의 학생을 대상으로 한다. 초중등 교육은 의무교육이고 학급당 인원은 15명에서 25명이 보통이다. 초중등 공립학교는 학비가 무료이고, 교과서도 무상으로 지급하며, 학기가 끝나면 반환하도록 되어 있다. 또한 점심은 지참하거나 사먹을 수 있으며 일부에게는 무상 급식이 이루어지고 있다.

취학 전 교육은 3~4세를 대상으로 한 유아원과 4~5세를 대상으로 한 유치원이 담당하고 있다. 유아원과 유치원은 거의 대부분이 사립이며 저소득 계층에 대해서는 정부가 보상교육 프로그램을 운영하고 있다. 1964년 '경제기회법'의 일환으로 착수된 '헤드 스타트 프로그램'은 대도시 빈민가의 저소득 계층으로 경제적, 문화적 혜택을 받고 있지 못한 유아들에게 보충교육을 조기에 실시하여 박탈된 교육부분을 보상하려는 정책이다. 70년대 후반에 이 프로그램은 효율성이 높다는 많은 연구 결과가 나왔다. 이에 따라 재정지원이 확대, 실시되어야 한다는 여론이 일어났고 혜택받는 아동의 수가 늘고 있다.

초등학교에 입학하는 모든 아동들은 능력과 취학 전 교육의 유무에 상관없이 제1학년에 편성된다. 6년제 학제를 채택한 학구에서는 초등학교 6년을 마치고 3년제 중등학교나 6년제 중등학교에 진학한다. 이에 반해 8년제를 채택하는 학구에서는 초등학교에서 8년을 교육받은 후 4년제 중등학교에 진학한다. 초등학교에서는 아동들 각자의 능력과 적성, 관심에 따라 교육의 개별화, 다양화, 유연화가 교육의 대중화와 함께 진행되었다. 그 결과 교육은 학습자의 능력개발에 중점을 두고, 학습자의 능력, 흥미, 희망과 개인차를 존중한다.

교육방법과 학습조직을 다양화하려는 노력은 1970년대 이후 새로운 변화를 맞았다. 공립학교에서 대안학교화가 대도시를 중심으로 추진되었다. 이 운동은 종래의 표준적인 공교육제도의 획일적인 진급기준, 수업시간, 채점제도 및 학점 인정 등을 개정하여 공립학교 가운데 약간의 선택의 폭을 부여하기 위해 추진되었다. 대규모 학교 안에 설치하는 미니스쿨, 탈락할 가능성이 높은 학생들에 대한 보충교육, 근로 경험을 중시하는 커리어 교육, 영재아를 위한 특별진급, 다민족 문화를 반영한 민족학교 등이 고안되었다.

이러한 학교들은 바우처 시스템의 변형이다. 바우처 시스템이란 소비자 중심의 경제 원칙을 교육에 도입한 것이다. 이 시스템 하에서는 모든 학령 아동의 부모들이 교육예산 중 자기 아이 몫의 교육 경비를 '교육 바우처'로 받아서 원하는 교육 프로그램을 제공하는 학교를 선택하여 입학할 수 있다. 이 제도는 기존의 폐쇄적이고 획일적인 공교육제도에 대하여 학습자의 학습선택권을 보장하기 위한 방법으로 고안되었다.

교육은 영어, 수학, 역사 과목을 위주로 이루어지며 학급당 인원은 적게는 12명에서 많게는 20여 명 정도여서 개별적인 지도가 손쉽게 이루어진다. 학점제로 운영되기 때문에 일정한 학점을 채우고 졸업시험에 합격하면 졸업장이 수여된다. 사립학교의 교육도 대체로 공립학교에 준하여 실시되지만 상당한 자율권이 부여되므로 학교에 따라 다양한 교육이 시행되고 있다. 미국의 고등학생들은 대학 입학을 위해 SAT, PSAT, AT, ACT 등의 각종 시험을 치른다. 좋은 대학에 가려면 고등학교 재학시절에 좋은 성적을 올리는 것도 중요하지만 선택과목을 힘든 과목으로 택하는 것도 중요하고, 다양한 과외활동을 하는 것이 필요하다.

미국의 대학은 대체로 두 개 이상의 직업 전문교육을 행하는 단과대학과 대학원을 가지고 있는 종합대학교, 학부 수준의 일반 교양교육을 주로 하는 단과대학인 문리대학, 통상 종합대학 또는 문리대학에서 일반 교육을 받은 후에 입학이 가능한 의학, 공학, 법학, 예술 등의 전문 직업교육을 행하는 전문대학 및 단기대학 등 네 종류로 구분된다. 단기대학에는 주니어 칼리지와 커뮤니티 칼리지가 있다.

미국의 2년제 대학의 핵심적인 특징은 다음과 같다. 첫째, 2년제 대학은 특정 지역을 기반으로 한다. 둘째, 학비가 매우 저렴하다. 셋째, 2년제 대학은 최상의 학업 환경과 취업 기회를 제공한다. 많은 2년제 대학들은 포괄적이고 종합적인 교육과정을 제공한다. 4년제 대학으로의 편입을 위한 교양과정부터, 취업 준비를 하는 학생이나 이미 취업 중인 학생들을 위한 전문적인 기술과정까지 다양하게 개설되어 있다.

미국 최초의 대학은 1636년에 설립된 하버드 대학교이다. 이후 많은 대학이 설립되었는데, 이 당시의 대학들은 영국의 대학을 모델로 하였고 매우 귀족적이었으며 신학을 위주로 강의하였다. 미국의 역사가 축적되고 신대륙 고유의 자유, 평등, 민주 사상이 발전함에 따라 미국의 대학은 독자적인 색깔을 지니며 성장하게 되었다. 미국 대학의 입시제도 및 교육제도는 학생들에게 다양한 선택 기회를 준다는 점이 특징이다.

미국의 대학 입학에도 경쟁이 심하다. 고교 성적과 대학입학 자격시험 성적에 따라 대학의 선택이 달라지지만, 성적 이외의 요소들이 당락에 큰 영향을 끼치고, 편입이 매우 자유롭다. 미국의 대학과정 중에서 1, 2학년은 고교과정의 연장이라고 할 만큼 교양과목에 치중하고 있다. 충분한 학문적 토대를 쌓은 후에 3학년부터 전공과목을 이수하는데 사실상 진정한 전공은 대학원 과정에서 시작된다고 할 수 있다.

미국의 대학원들은 광범위한 프로그램들을 운영하고 있다. 개설 전공수와 학위수여기관의 숫자나 연구 개발분야의 예산의 크기가 대단하다. 미국의 대학원 교육은 주어진 대상의 연구부터 응용에 이르기까지 산업체뿐만 아니라 지역 자치단체, 공공기관과 긴밀하게 연결되어 있다. 학위 취득은 보통 석사는 학과수업을 마치는 것으로 수여되며, 박사는 대개 주어진 학과수업을 마치고, 박사 자격시험과 외국어 시험을 통과한 후 논문 제출 및 공개 세미나 등을 마침으로써 학위를 받게 된다.

5. 사회교육제도

미국의 성인교육은 대중을 대상으로 한 교육활동에서 시작되었다. 미국인들은 독자적인 문화를 창조하기 위하여 노력하였으며, 이러한 문화를 창조하는 과정에서 대중을 중심으로 한 자발적인 성인교육의 기반이 구축되었다. 미국 공립학교에서 성인교육은 1834년 루이빌 시와 보스턴 시에 있는 공립학교에서 야간 학급을 설치하여 근로 청소년과 성인들을 대상으로 초등교육을 실시함으로써 비롯되었다. 공립학교에서 실시하고 있는 성인교육은 기초적이면서도 초보자를 위한 교육을 중심으로 한다.

커뮤니티 칼리지는 학생의 대다수가 직업을 가지고 있기 때문에 그들의 편의를 위해서 교과시간을 융통성 있게 편성하고, 등록금이 저렴하고 무시험 전형을 채용하고 있어서 근로 성인들에게 인기가 높다. 교육과정을 편성하는

데 있어서도 지역사회대학은 이론적이거나 체계적인 것보다는 학생들의 학습 욕구를 충분히 받아들여서 실제 생활 내용에 더 큰 비중을 두고 있다.

방송대학은 영국 개방대학의 영향을 받아서 설립된 일종의 원격교육체제 대학으로서 1974년에 처음 설립되었다. 여기에 참가하고 있는 대학들은 독립된 조직과 완성된 대학교육과정을 제공하고 있으나 영국의 개방대학과는 달리 단위의 인정권이나 학위수여권은 가지고 있지 않다. 방송대학은 7개 주의 11개 주립대학이 컨소시엄을 형성하여 개설한 것으로 TV를 주된 매체로 하는 개방학습 내지는 광역교육을 위한 프로그램의 개발, 제작, 제공하는 것을 중요한 업무로 하고 있다.

종교

13.

1. 종교별 분포

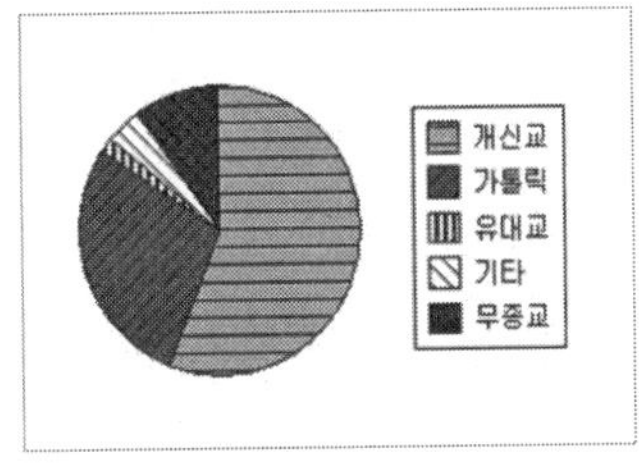

미국의 종교 분포

유럽에서 이민 온 보수적인 기독교 신교도들은 처음에는 종교의 자유를 인정하지 않았으나 건국 후 미국은 헌법에서 종교의 자유를 보장하고 있다. 다수의 인종과 민족으로 구성된 나라인 만큼 거의 모든 종류의 종교가 존재한다. 기독교도가 압도적으로 많은데 개신교(프로테스탄트)가 약 56%, 가톨릭이 약 28%이다. 유럽이나 남아메리카에서는 가톨릭 신자가 가장 많은 분포를 차지하는 데 반해 미국에는 개신교 신자가 많다는 것이 특징이다. 또한 이스라엘의 인구보다도 더 많은 유대교도(2%)가 미국에 살고 있다. 그 외에 그리스정교, 솔트레이크 지방을 중심으로 한 몰몬교 등 기타 종교가 4%, 무종교가 10%이다.

2. 청교도

보스턴에 있는 올드 사우스 교회

미국인들이 오늘날 그들의 선조로 자랑스럽게 내세우는 사람들은 소위 '순례 시조'라고 하는 1620년 메이플라워 호를 타고 뉴잉글랜드 플리머스로 건너온 일단의 청교도이다. 이들은 분리주의자라고 하는 청교도의 한 급진적 분파이다. 이들은 버지니아 주식회사와 몇몇 상인들로부터 식민지 경영의 허가장과 자금을 받아 메이플라워 호를 타고 두 달간의 힘든 항해 끝에 원래 예정했던 지점보다 훨씬 북쪽인 케이프코드에 도착했다.

이들이 도착한 곳은 너무 북쪽이어서 아직까지 어느 누구도 본격적으로 탐험하거나 특허장을 받은 일이 없었다. 이들은 배에서 내리기 전에 시민적 정치공동체를 자체적으로 구성하기로 협약을 맺었다. 배에 탔던 성인 남자 41명이 서명한 이 협약이 '메이플라워 서약'이다.

이들은 동료 중 존 카버를 지도자로 선출하고, 정착지에 종교적 자유와 인민평등을 근간으로 하는 공동체를 건설하기로 약속했다. 이것은 시민들이 모두 참여한 계약에 의해 국가가 만들어진 역사상 유일무이한 예이다. 후일 매사추세츠에 합병될 때까지 플리머스는 북미 대륙에서 완벽한 자치권을 가지고 있었던 유일한 식민지였다.

추위와 굶주림으로 그 해 겨울에 반 이상이 목숨을 잃었으나 불굴의 신앙적 열정으로 뭉친 그들은 포기하지 않았고, 이듬해 메이플라워 호가 본국으로 돌아갈 때 아무도 그 배를 타지 않았다. 다행스럽게도 그들 주위에 버려진 농토가 많았고 원주민들의 도움을 받을 수 있었다. 원주민들은 그들에게 옥수수 씨앗을 주고 농사짓는 법도 가르쳐주었다. 가을에 추수가 끝난 후 그들은 원주민을 초대하여 옥수수와 야생 칠면조로 사흘 동안 감사의 잔치를 벌였다. 이것이 미국 추수감사절의 기원이다.

워싱턴에 있는 장로교회

3. 개신교(프로테스탄트)

미국의 종교 인구 중 56%가 프로테스탄트이다. 처음 영국의 종교적인 탄압을 피해 온 것을 시초로 현재 155개 교파가 다른 교리를 지키지만 성경을 기본으로 교세를 확장하고 있다. 청교도들이 내세운 4가지 명분이 그대로 프로테스탄트의 명분으로 되었다. 그 명분은 "미혹에 대해 깨어 있는 사람들", "세상이 주는 낙인을 지니고", "믿음을 지키는 소수", "진리와 우상숭배에 항거"이다.

그들은 기도의 능력을 믿고, 그리스도가 흘리신 보혈로 구속받았고 성경으로 거듭난 사실을 믿는다. 그들은 죄를 미워하고 그리스도를 사랑한다. 그들은 종교적인 의식을 거부한다. 그들이 인정하는 두 개의 의식은 침례와 주의 만찬뿐이다. 그들은 분파주의자처럼 보이기도 하고 부정적이라는 평을 받을 정도로 보수적일 뿐만 아니라 편협하고 때로는 사랑이 없는 것처럼 보이기도 한다.

오늘날 프로테스탄트들의 생활은 초기 이주 시의 종교와는 많이 다르다. 종교의 박해를 피해온 이들은 자신들이 피해온 종교의 박해를 신대륙에서 다른 형태로 다른 종교에 적용시키고 있다.

4. 가톨릭

콜럼버스의 아메리카 발견 이듬해인 1493년 당시 교황 알렉산더 6세는 포르투갈과 스페인의 신대륙에 대한 주권을 인정하고 이들 국가의 정복 활동을 적극 옹호했다. 이 과정에서 도미니크와 프란체스코파 수사들은 원주민들을 강제로 개종시키는 선봉 역할을 했다. 그러므로 미국에 개신교보다 가톨릭이 더 일찍 전파되었다. 미국교회협의회가 펴낸 2000년 미국, 캐나다 교회 연감은 미국의 기독교 현황을 일목요연하게 보여준다. 이 연감에 따르면 현재 로마 가톨릭 교회가 가장 큰 세력을 형성하고 있으며 남침례교회와 연합 감리교회가 그 뒤를 잇고 있다.

LA에 있는 성모마리아 대성당

사상 처음으로 보수적인 교회인 남침례교단의 교인수가 줄어들었는데 이는 진보적인 성향을 띠고 있는 미국 장로교회의 증가율과 거의 일치하고 있다. 다른 한편으로 보수적인 교단으로 꼽히고 있는 하나님의 성회는 지속적인 성장을 보이고 있다.

이 연감에 기록된 미국의 10대 교단은 ① 로마 가톨릭 ② 남침례교 총회 ③ 연합 감리교 ④ USA 내셔널 뱁티스트 총회 ⑤ 그리스도 하나님의 성회 ⑥ 미국 복음주의 루터교회 ⑦ 말일 성도교회(몰몬교) ⑧ 미 장로교회 ⑨ 아메리카 내셔널 뱁티스트 총회 ⑩ 루터교회이다. 이 중 미국 내 가장 큰 세 개 교단의 교세는 로마가톨릭 6천 2백만 명, 남침례교 총회 1072만 9000명, 연합 감리교 840만 명이다.

5. 몰몬교

요셉 스미스

브리감 영

공식적으로 '말일성도 예수그리스도 교회'라고 알려져 있는 몰몬교는 1830년 4월 6일에 뉴욕 팔마라 근방에서 요셉 스미스 2세에 의하여 시작된 교단이다. 요셉 스미스 사후 브리감 영이 새로운 교회장으로 선출되었으며 그는 박해를 피해 1846년에 몰몬교도들을 일리노이 주에서부터 '약속의 땅'인 유타 주 솔트레이크 시로 인도했다. 브리감 영은 몰몬교를 가난한 농부의 소수 집단에서 수많은 사람들의 강력한 연합체로 변화시키고, 1877년에 사망했다.

몰몬교는 유타 주를 중심으로 전국에 널리 퍼져 있으며 영어를 하는 나라와 미국의 우방국과 유대관계가 있는 나라에서 많은 선교활동을 한다. 그 성장 속도 또한 놀랍다. 1976년 몰몬교도는 약 300만 정도였는데 3년 후인 1979년 말에는 약 400만으로 늘어났으며 2000년까지 1천만 명의 교도를 목표로 했다. 몰몬교는 예수 그리스도에 의해 설립된 '참 교회의 회복'을 주장하며 참 교회는 자신들이라고 한다. 『몰몬경』을 성경의 계시로 부각시키면서 성경보다 높이 친다. 그들은 자력구원설을 주장하며, 영혼의 영원한 삶을 긍정하고, 예수 그리스도의 대속적 구원을 부인한다.

다 알 히즈라 이슬람 센터: 워싱턴

6. 이슬람교

세계 교회의 통계에 따르면 지난 50년 동안 기독교는 47%, 불교는 63%, 힌두교는 117% 성장한 것에 비해 이슬람은 500% 성장했다. 미국의 이슬람교도 숫자는 1990년에 500만을 넘어 미국과 영국의 감리교도를 모두 합한 숫자보다 많다. 영국에서는 많은 교회가 문을 닫고 있는데 그 중 상당수를 모슬렘들이 매입하여 그들의 모스크로 사용하고 있다. 전세계 이슬람교도는 1940년에 2억, 74년에 5억 3800만, 80년대 8억 4천만, 90년대에는 약 10억으로 50년 만에 500% 이상 팽창했다.

7. 유대교

유대교는 기원전 538년 바빌론의 포로로부터 해방된 뒤 예루살렘 신전을 중심으로 성립된 엄격한 율법적 일신교이다. 그들은 여호와가 유일, 절대의 신이며 창조주로서 전 인류를 지배한다고 생각한다. 유대인은 신과 특수한 계약을 맺은 선민이라는 선민의식을 갖고 있다.

유대교의 성전은 헤브라이어 성서이며 그 내용은 개신교의 『구약성서』와 같다. 특히 서두의 「창세기」, 「출애굽기」, 「레위기」, 「민수기」, 「신명기」 등 이른바 「모세 5서」를 토라(율법)라고 하며 신성시한다. 성문율법 외에 구전된 율법도 인정하는 입장이 위기적 상황에 대처할 수 있는 탄력성을 부여했다. 이 구전 율법이 후에 탈무드로 집대성되어 유대교도의 생활과 행동의 규범이 되었으며, 유대교의 성격을 규정하고 있다. 탈무드 이후 유대교는 규범적 종교로서의 특질을 강조한다.

뉴욕 센트랄 시나고그 내부

전세계에 시나고그(회당)을 갖고 있으며 국적과 언어 그리고 피부색은 달라도 시나고그의 예배에 참석하는 자는 모두 유대인이다. 유대인은 안식일을 엄수하여 일체의 노동을 쉬고 하루를 기도로 보낸다. 할례는 유대인의 중요한 의식의 하나이며 기타 신년, 이집트 탈출을 기념하는 유월절 등의 축제일이 있다.

독일에서 생겨난 개혁파는 시나고그 예배의 근대화를 추진했으며, 기도서에서 시온의 재건과 예루살렘 신전 제사의 부활을 삭제하는 등 민족성 배제의 경향을 보여준다. 그들은 보편성이 강한 예언자의 윤리사상을 특히 강조한다. 이 개혁파가 가장 자유스럽게 활동한 곳은 전통에 대한 속박이 없는 미국이었다. 미국인의 약 2% 정도가 유대교도이다.

8. 퀘이커

퀘이커는 다른 말로 프렌드 협회라고도 한다. 1647년 영국인 폭스가 창시하였고 1650년대 이후 미국에 전파되었다. 특히 1681년 펜에 의한 펜실바니아 식

드 루이터 집회소: 뉴욕 메디슨 카운티 1816년 건립

엘바 집회소: 뉴욕 1836년 건립

민지 건설은 영국과 독일의 라인란트 지방에서 박해를 받고 있던 퀘이커교도에게 신앙의 자유를 누리는 터전을 마련한 점에서 중요한 의의를 가진다. 그들은 '내면으로부터의 빛'을 믿기 때문에 그 신앙의 내용과 형식에서 정통 기독교와 달랐다. 그들은 인디언과 우호관계를 유지하고 흑인 노예무역과 노예제도를 반대하며 전쟁을 반대하여 양심적 징병거부 운동을 하고 십일조에 반대하는 등 일반 사람들과 다른 태도를 갖고 있다. 미국과 캐나다에 약 13만 명 이상의 교도가 있다.

청교도와 달리 퀘이커교도는 구원예정설과 원죄개념을 부인한다. 모든 사람은 자신의 내면에 신성을 지니고 있으므로 이를 배양하는 법을 배워야 하고, 모두가 구원받을 수 있다고 믿는다. 퀘이커교는 교회에서 여성들에게 남성과 동등한 지위를 인정한다는 점에서도 청교도와 다르다. 퀘이커교에는 전통적인 교회 건물이나 교회 행정기구가 없고 집회소만 있다. 또한 월급을 받는 목사도 없고, 예배를 볼 때에는 성령에 의해 감동받은 사람들이 차례대로 돌아가며 이야기한다. 그들은 성과 계급을 구분하지 않고, 철저한 평화주의자로 전쟁에 참여하지 않는다.

가정 14.

1. 미국인의 특성

미국의 가정에 대해 알기 위해선 우선 미국인의 특성을 아는 것이 도움이 된다. 개개인의 특성이 미국사회를 살아가는 미국인들의 가정생활에 모두 투영되는 것은 아니지만, 가정을 이루고 이끌어 나가는데 있어서 중요한 요소가 되기 때문이다. 미국인의 일반적인 특성은 다음과 같다.

개인적이다. 미국인들은 거의 모든 일에서 무엇보다도 자기 자신을 먼저 생각한다. 강한 가족관계와 단체의 일원으로서의 충성심이 있긴 하지만 개인성이나 개인적 권리가 더 중요시된다.

독립적이며, 자신을 믿는다. 개인에 대한 존중은 미국인의 특성인 독립심과 자기 신뢰와 관련되어 있다. 어릴 때부터 아이들은 독립심을 기르도록 교육받으며 대부분의 학생들이 부모에게 의지하지 않고 스스로 자신의 과목을 정하고 전공을 선택하며 직업을 정한다. 고등학교를 졸업한 후에는 대부분 부모의 가정에서 벗어나 독립하여 생활한다.

직선적이다. 미국인에게 정직과 솔직은 체면을 지키는 것보다 훨씬 중요하다. 그들은 때때로 무뚝뚝해 보일 때도 있고, 너무 논쟁적이거나 공격적이기도 하다. 미국인은 형식적인 예의범절에 많은 시간을 소비하지 않는다. 이러한 직선적인 성향은 논쟁을 수습하기 위해 제삼자에게 의존하기보다는 자신이 직접 말하거나 오해를 가라앉히려고 노력하는 성향을 길렀다.

비형식적이다. 간편한 옷차림을 좋아하며 격식에 얽매이지 않고 손님을 접대하며, 비록 연령이나 사회적인 위치의 차이가 있더라도 매우 편하게 서로를 대한다. 세대와 계층을 초월한 비형식적인 면이 미국문화의 한 부분이다. 전통을 존중하기는 하지만 대부분의 사회적인 관습에 대해서는 그다지 관심을 갖지 않는다.

일반적으로 경쟁적이다. 무엇인가 성취한다는 것에 가장 높은 가치를 두고 있으며 이러한 성향이 상호간의 경쟁심을 유발시킨다. "결론이 뭐야?"와 같은 미국식의 친근한 농담이나 비아냥거림, 그리고 기지에 넘친 답변은 은근한 경쟁심의 발로이다.

협동적이다. 서로에 대한 경쟁의식을 지니고 있으면서도 어떤 목적을 성취하기 위해서는 타인과 협력하는 협동정신을 가지고 있다.

성취욕구가 강하다. 운동 경기의 기록에 집착하고 사무실 벽에 사업실적을 붙여놓기도 한다. 책이나 영화의 경우 그 내용이 아니라, 판매부수나 수익금의 다과로 성취 여부를 평가하기도 한다. 대학에서도 역시 성적이나 평점에 관심이 많으며 이를 중시하고 있다.

자신의 방식에서만 우호적이다. 일반적으로 미국인들 사이의 우정은 다른 문화권 사람들의 우정보다 단기적이고 보다 단순하다. 이것은 미국인들의 유동성을 비롯하여 다른 사람들에게 의존하지 않으려는 성향과 관련이 있다. 미국인들은 예를 들면 '직장 친구', '가족 누군가의 친구', '운동 경기 친구' 등과 같이 우정을 구분하는 경향이 있다.

질문이 많다. 미국인들은 질문을 많이 하는데, 질문 중에는 요점이 없는 것처럼 보이는 것도 있고 지적이지 못하거나 매우 초보적인 것도 있다. 방금 만난 사람들에게서도 아주 개인적인 질문을 받을 수가 있는데, 이는 건방진 의도가 있어서가 아니다. 보통은 진정한 관심을 갖고 질문을 한다.

물질적이다. 미국인들은 돈의 액수와 사업에서 얼마나 이득을 볼 것인가, 개인이 축적한 물질적 부가 얼마나 되는가에 따라 성공 여부를 판단한다. 그러나 이러한 성공에 매달리지 않고, 소박한 즐거움을 누리는 미국인도 많다.

시간 관념이 강하다. 미국인들은 시간 엄수를 중요하게 생각한다. 약속을 기록하고 계획표에 따라 생활한다. 약속시간을 잘 지킨다.

정열적이다. 미국은 매우 활동적인 사회이며, 유동과 변화가 심하다. 일반적으로 바쁘게 생활하는 것은 더 많은 것을 얻을 수 있는 기회를 만드는 데에 효과적이다.

국제적인 것에 무관심하다. 많은 미국 학생들이 세계의 지리나 세계적인 사건에 대한 지식이 희박하다. 최근에 일어난 커다란 사건에 대해서도 전혀 알지 못하거나 관심이 없다.

침묵은 미국인들을 신경질적으로 만든다. 미국인들은 침묵을 불안해 한다. 대화 중에 침묵을 지키는 것보다 날씨에 관해서라도 이야기하는 편을 좋아한다.

개방적이며 설명하기를 좋아한다. 미국인들은 일반적으로 개방적이며,

남에게 설명해주는 것을 즐긴다. 자신이 남보다 잘 알고 있다는 것에 자부심을 느끼며, 자기가 아는 것을 남에게 알려준다는 것에 기쁨을 느낀다.

2. 결혼과 이혼

❀ **결혼** 미국의 모든 주는 결혼증명서 취득을 의무화하고 있지만 결혼에 관한 법규정은 주마다 다르다. 또 50개 주 가운데 메릴랜드, 미네소타, 네바다, 남캐롤라이나, 그리고 워싱턴을 제외한 나머지 45개 주에서는 혈액검사도 의무화하고 있다. 이 혈액검사는 결혼일 전 30일 이내에 받아야 하고, 그 결과를 증명하는 의사의 서명을 받아 시청이나, 동사무소에 제출해야 한다.

결혼할 수 있는 최저 연령도 정해져 있다. 대부분의 주는 부모의 허락이 있는 경우에 결혼 최저 연령은 남자 16세, 여자 14세로 정하고 있으며, 남자 21세, 여자 18세 이상이면 부모의 허락 없이 결혼할 수 있도록 법으로 정하고 있다. 결혼식 방법은 종교적으로 교회에서 행하는 방법과 법원의 등기소에서 치안판사와 등기소 직원의 입회 하에 거행하는 방법이 있다. 후자의 방법은 매우 간단하고 비용도 적게 든다. 요직에 있는 사람의 입회 하에 호텔, 컨트리 클럽 또는 신부의 자택 등에서 개인적인 의식을 거행하는 사람도 있다. 결혼식은 대부분 낮에 하는데, 저녁부터 밤 사이에 하는 경우도 있다. 유대교도의 결혼식은 저녁에 시작하여, 푸짐한 피로연으로 옮겨지는 경우가 많다. 그러나 대부분의 사람은 교회에서 결혼식을 올린다. 식을 올리는 방법은 종파에 따라 조금씩 다르다.

결혼식에 하객으로 참석할 때의 복장은 그 결혼식의 격식과 시간에 따라 다르지만, 한 가지 일반적인 매너가 있다. 흰 옷 또는 아이보리색 옷을 입고 참석해서는 안 된다는 것이 그것이다. 손님이 하얀 드레스를 입고 있으면 신부의 웨딩드레스 차림이 돋보이지 않기 때문이다. 검은 양복과 드레스는 상복으로 생각되기 쉽기 때문에 피하는 것이 좋다. 그러나 저녁과 밤에 올리는 결혼식에는 검은 옷을 입어도 무방하다. 일반적으로 남자 하객은 정장에 넥타이를 매고, 여자 하객은 수수한 투피스나 원피스를 입는다.

결혼 선물은 은식기류, 커피세트, 샐러드 보울 세트 등 가정용품이 많다. 현금으로 축의금을 내는 습관은 거의 없다. 친한 친구의 결혼식일 경우는 무엇을 원하는지 물어보고 원하는 것을 사주는 것도 좋다.

❀ **이혼** 미국인의 이혼율이 1980년대에 두 쌍 중 한 쌍이었고 지금은 세 쌍 중 두 쌍에 가깝다. 이혼 남녀가 자신의 아이들을 데리고 생활의 편의상 동거하거나 다시 혼인함으로써 의붓가족이 탄생한다. 1990년의 센서스 자료에 의하면, 이러한 의붓가족이 전체 가족 중에서 21%를 차지하고 있다. 5천만 명의 미국인이 직접적으로, 그리고 또 다른 2천만 명의 미국인이 간접적으로 의붓가족의 구성원인 셈이다.

미국에서 '황혼이혼'이 늘고 있다. 수명 연장과 경제적 변화의 영향으로 65세 이상 부부의 7%가 이혼하고 있다. 많은 노년 여성들은 이혼보다 사망으로 배우자를 잃는다. 65세 이상 미국인 가운데 이혼한 사람은 약 7%에 불과하지만, 결혼생활을 유지하는 사람은 남성의 75%, 여성의 43%이다. 경제적 변화도 이혼을 부추긴다. 노인들은 부유한 경우가 많으며 이혼할 때 대개 재산을 반씩 나누어 가짐으로써 여성들이 전에 비해 더 잘 살 수 있게 됐다.

노년 여성들은 종종 적절한 인정이나 존경을 받지 못하고 마냥 주기만 하는 역할에 염증을 느껴 이혼 합의금으로 혼자 살고 싶어하며, 남성들은 이혼을 제2의 바람 또는 새로운 여성과 새로운 삶을 살 두 번째 기회로 여기는 경우가 많다. 은퇴로 인한 혼란감이 결혼생활을 깰 때도 있다. 은퇴는 생활에 활력을 주는 활동의 끝을 의미하는 동시에 부부가 서로에게서 탈출할 수 있는 기회의 상실을 의미한다.

최근 미국에 새로운 가족유형이 나타나고 있다. 아버지 쪽과 어머니 쪽이 제각기 자기 소생의 아이들을 데려와 함께 사는 '복합가족'이 그것이다. 가족 구성원들이 한 지붕 아래에서 함께 지내지만 그들 사이의 상호관계가 분명치 않기 때문에 여러 가지 문제가 발생한다. 가장 큰 문제는 계부 또는 계모와 그 자식들 사이에 성관계가 발생하는 데 있다. 특히 계부와 의붓딸 사이에 그러한 불륜관계가 많이 이루어진다. 이러한 가족해체현상은 사회 전체에 문제를 야기시킨다. 즉 범죄, 마약, 빈곤, 문맹 등 사회문제의 배후에는 전통적인 가족의 붕괴가 자리잡고 있다.

3. 자녀양육

미국의 가정은 부부 중심으로 생활하고 아이들에게 자주성과 독립심을 심어주려는 교육을 하고 있지만, 아이들에 대한 관심은 지대하다. 그렇지만 맞벌이 부부가 증가하고, 이혼 가정이 늘어나면서 미국의 기성세대들은 아동들에게 예전에 비해 상당히 무관심해졌다. 아동이 가정에서 적절하게 보호받지 못하

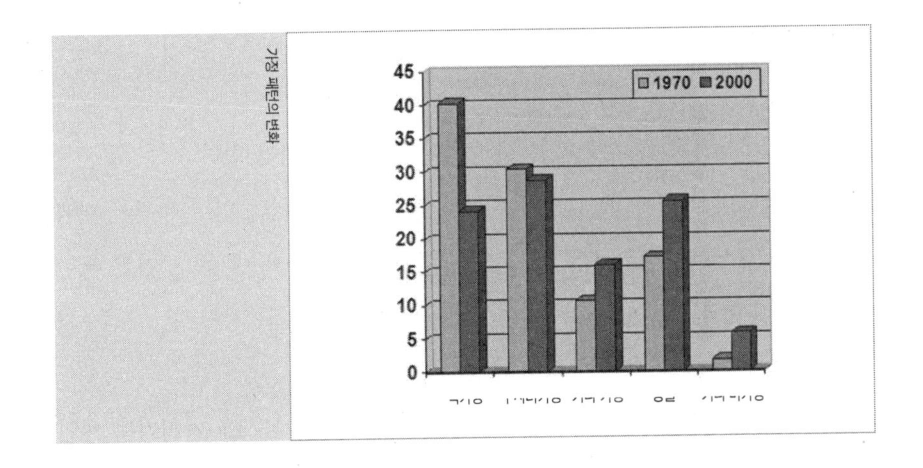

는 것을 예방하기 위하여 미국은 아동복지에 많은 힘을 기울이고 있다. 아동의 복지를 보장하기 위한 법적 장치는 연방정부 차원의 아동보호법이 있고, 그 법에 준하여 주 단위의 학대나 방임 아동을 위한 여러 규정이 있다. 미국 정부는 아동보호를 위해 막대한 예산을 집행하고 학대받은 아동을 위탁받아 키우는 가정에 양육비를 지원하여 위탁가정사업을 활성화하고 있다.

아동의 사회화는 가정에서 아동과 가장 가까운 존재인 부모들의 행동을 통해서 형성된다. 그런데 미국에서는 부모들이 자신들이 받았던 것보다 더 적은 시간을 자신의 아이들에게 쏟고 있으며 어른과 아이들의 접촉 시간이 줄어들면서 아이들은 그 빈 공간을 또래 집단이나 텔레비전에서 찾는다. 성인 지향적인 아동집단에 비해, 또래 지향적인 아동집단은 규칙 어기기, 거짓말하기, 다른 아이들 괴롭히기 등과 같이 사회성에 반하는 일을 더 많이 한다. 아동들의 동료문화는 자연히 성인들에 대한 반발을 포함하게 되어 탈규범적 성격을 갖는다. 이러한 현상들은 부모들의 무관심에서부터 오기 때문에 아동을 올바른 성인으로 키우기 위해서는 성인들의 관심이 필요하다.

4. 자유에 대한 강조

1960년대 이후 등장한 미국의 전후세대를 자기중심세대라 한다. 이는 공동체에 대한 책임과 배려가 없고 경쟁에 몰두하는 삭막한 개인주의 가치관이 지배한 시대임을 보여준다. 점차 지구촌시대로 변화함에 따라 제 몫 찾기식 극단적인 개인주의를 대신한 공동체와 사회적 책임을 중시하는 새로운 개인주의 경향으로 미국인들의 의식이 바뀌어가고 있다.

국가나 사회에 비하여 개인을 우선하고 중시하는 입장을 가리키는 개인주의는 국가주의나 사회주의에 대칭되는 말로 사용되고 있으며, 자유주의가 발전한 토대를 이루고 있다. 미국에서는 사회 구성원 각자의 개인적 특성을 인정하며 이에 따른 책임도 인정한다. 어린 아이에게도 개인의 특성을 인정하며 자신의 일을 자기가 충분히 선택하고 그 선택에 따른 책임을 지도록 한다. 이처럼 미국은 개인의 자유를 인정하며 이 자유에 대한 책임 또한 철저하다.

미국은 개인의 자유를 소중하게 여기는 나라인 만큼 이에 따른 사회적인 부작용도 많이 나타나고 있다. 그 예로 가끔 신문이나 뉴스를 떠들썩하게 하며 큰 충격을 주는 총기 난사 사건들이 미국사회에 끊이지 않고 있다는 것을 들 수 있다. 현재 미국의 일부 학교에서는 등교길에 총기 검사를 하는 것이 일상사가 되어 있다. 2000년의 집계에 따르면 미국에서 개인이 소유한 총기는 약 2억 정 정도이다. 총기 사고 등의 부작용 때문에 미국에서는 총기 소유권과 규제권을 놓고 공방이 계속되고 있는데, 이는 개인의 자유를 어느 정도까지 인정하는가 하는 문제와 연관되어 있다.

스포츠와 레크리에이션 15.

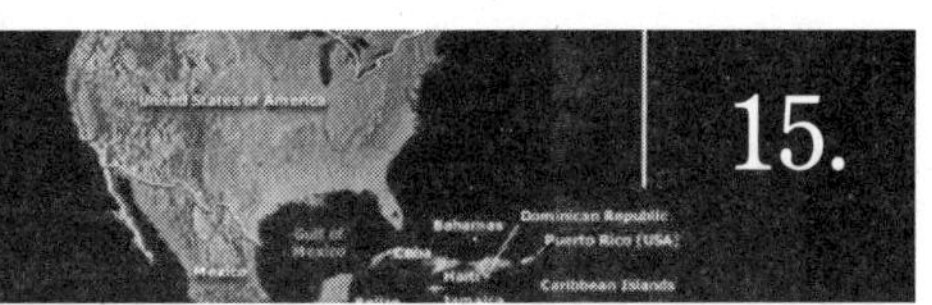

1. 스포츠

미국인들은 창조정신이 강하다. 신대륙에서도 영국의 것을 그대로 보존하려는 보수성이 있는 반면 영국의 것을 일부 개조하여 새로운 환경에 적응시키고자 했다. 스포츠의 경우를 보면 라운더스와 크리켓에서 야구를, 축구와 럭비를 결합시켜 미식축구를 창조했다고 볼 수 있다.

미국인들은 개인 경기보다는 단체 경기를 통하여 자신들의 가치관을 형성한다. 미국의 단체 경기 종목에는 미식축구, 야구 및 농구가 대표적이다. 이런 단체 경기를 통하여 종족 및 경제적 다양성을 극복하고 평등주의를 익히며 역경을 딛고 살아남을 수 있는 인내심과 경쟁심을 길러 민주시민이 된다.

미국의 스포츠 활동에는 세 가지 특색이 있다. 첫째는 시즌제도이다. 시즌별로 경기 종목을 정하여 집중적으로 경기를 개최한다. 봄에는 야구, 가을에는 미식축구, 겨울에는 농구 등과 같이 시즌을 구분하여 경기를 운영한다. 프로 스포츠나 고등학교와 대학의 스포츠를 막론하고 모든 스포츠가 이런 시즌 제도를 택하고 있다.

두 번째 특색은 인기 스포츠와 비인기 스포츠가 확연히 구분된다는 점이다. 인기 스포츠는 미식축구, 야구, 농구, 육상 경기 등이고, 나머지는 대부분 비인기 스포츠이다. 인기 종목에서 얻은 수입의 일부가 비인기 종목의 운영에 보조된다.

세 번째는 미국 스포츠의 팀에 별명이 있다는 점이다. 한국의 프로 야구팀에 이글즈, 베어즈, 라이언즈 등과 같은 별명이 있는 것과 흡사하다. 대개 그 지방이나 학교의 특색을 살려 별명을 짓는다. 유니폼은 대체로 특정한 색깔을 고수한다. 미국의 각 학교의 운동선수는 직업적이 아니고 정상적인 학생이다. 학교를 대표하는 운동선수라도 학업에 있어서는 아무런 특혜가 없다. 운동선수라도 다른 학생과 같이 학업에서 일정 수준을 유지해야 한다.

2. 미식축구

1896년 11월23일 럿저스 대학과 프린스턴 대학이 캐나다의 뉴브런스윅에서 축구 경기를 한 것이 미국에서 최초로 거행된 축구경기이다. 1973년에 프린스턴, 예일, 콜럼비아, 럿저스 대학에서 런던대학풋볼협회의 규정을 바탕으로 최초의 대학 풋볼 경기규칙을 제정했다. 그러나 그때까지도 경기는 축구에 가까웠다.

1976년 11월에 콜럼비아, 하버드, 프린스턴, 예일 등의 대학이 전미국 축구연맹을 창설하였다. 이 협회는 계란형의 가죽공을 사용하고 골 득실이 아닌 터치다운 수로 승부를 가리는 등 영국럭비풋볼협회의 규정을 채택했고, 그 결과 럭비가 미국대학풋볼경기로 되었다. 1980년에 현재의 11명이 팀을 이루는 모습으로 변천되고, 4회 연속 공격을 채택하는 등 현재의 미식축구 경기의 기초가 다져졌다. 미식축구는 헬멧, 체스트 패드 등 많은 장비를 갖추고 시합을 한다.

2006 로즈볼 로고
AT&T 코튼볼 로고
올스테이트 슈거볼 로고
페덱스 오렌지볼 로고

미국은 지역이 광대하여 하나의 대학 리그를 형성할 수 없어 각 지역에서 8~12개 대학이 하나의 컨퍼런스를 결성하여 리그전을 벌인다. 수많은 리그가 있지만 유명한 리그는 빅이스트컨퍼런스, 빅에이트컨퍼런스, 남서컨퍼런스, 빅텐컨퍼런스, 빅웨스트, 퍼씨픽텐, 아이비리그 등이 있다. 각 리그의 우승자끼리 매년 12월 말과 1월 초에 각 지방의 축제 때 승부를 가린다. 이 경기의 명칭을 볼 게임이라 부르며 볼 게임의 명칭은 대부분 축제의 명칭으로 붙여진다. 볼이라는 명칭이 붙은 이유는 미식축구 경기장 모양이 우리나라의 사발 모양과 흡사하기 때문이다. 많은 볼 게임이 있으며 유명한 것으로는 로즈볼, 코튼볼, 슈거볼, 오렌지볼 등이 있다.

미국 최고의 전통을 자랑하는 로즈볼 게임은 1902년 제1회 대회 이후 77회의 전통을 가진 볼 게임이다. 로스앤젤레스에서 개최되는 이 경기에 대전하는 팀은 퍼시픽텐리그의 우승팀과 빅에이트리그의 우승팀이다. 매년 1월 초

로즈볼 스타디움

코튼볼 스타디움

루이지애나 슈퍼돔

오렌지볼 스타디움

로스앤젤레스 교외의 파사테나의 로즈볼 스타디움에서 경기를 개최하며 매년 10만 명 이상의 관중이 운집하고, TV시청률도 1위를 기록한다. 로즈볼의 최다 출전 대학은 남캘리포니아 대학과 캘리포니아 대학 로스앤젤레스 분교이며, 경기 전에 벌어지는 장미 축제는 수백 만의 인파가 몰리는 퍼레이드로 유명하다.

코튼볼은 1937년 제1회 대회가 열린 이후 매년 달라스에서 개최된다. 코튼볼 게임은 미국 남부지역의 최대 축제이고, 이 경기에 출전하는 두 팀은 남서 리그의 우승팀과 다른 컨퍼런스 소속의 상위 팀이다. 코튼볼은 텍사스 주의 달라스 시에 있는 코튼볼 스타디움에서 벌어지며 이 지역의 강팀은 텍사스 대학과 노틀담 대학이다.

슈거볼은 1935년 제1회 대회를 개최한 이후 매년 루이지애나 주의 항구 도시 뉴올리언스에 있는 세계 최대의 실내 경기장인 슈퍼돔 경기장에서 벌어진다. 이 경기에서 대전하는 두 팀은 남서 리그의 우승팀과 다른 지역의 리그 우승팀이다.

1953년에 시작된 오렌지볼의 강팀은

오클라호마 대학과 알칸사스 대학이다. 미국 남동부 지방 플로리다 주의 마이애미 시에서 벌어지는 오렌지볼 게임은 4대 볼 게임 중 마지막으로 벌어지는 게임이며, 이 게임에서 대전하는 두 팀은 빅에이트의 우승팀과 다른 지역의 유명한 팀이다. 이 경기의 승자가 미국에서 최고의 팀이라고 할 정도로 권위가 있다.

이 4대 볼 게임 이외에도 유명한 볼 게임으로 선볼(엘파소), 개토볼(잭슨 빌), 애플볼(시애틀), 리버티볼(멤피스), 블루보넷볼(휴스턴), 피치볼(애틀랜타), 골드볼(리치먼드), 라이스볼(애니스톤), 파이오니아볼(캔자스), 인디펜던스볼(슈레브포트) 등이 있다.

프로 미식축구 리그는 1966년 기존의 아메리칸풋볼리그가 통합하여, 한 개의 리그로 발족하였다. NFL은 전국축구컨퍼런스 소속 팀과 미국축구컨퍼런스 소속 팀으로 구성되어 있으며, 각 컨퍼런스는 동부, 중부, 서부의 3개 지구로 나뉘어져 있다. 모든 프로팀은 큰 도시에 근거지를 두고 있으며 각 팀은 홈앤어웨이 방식의 경기를 치른다. 매년 9월부터 12월까지 정규 리그 게임을 하여 각 컨퍼런스의 우승자를 가리며, 각 컨퍼런스의 우승자끼리 최종 결승전인 수퍼볼 게임을 다음 해 1월 중순경에 개최한다.

3. 농구

미국에서 탄생한 농구경기는 한 국가의 경기에서 세계적인 구기 경기로 발전하였고 1932년 제10회 로스엔젤레스 올림픽 때 국제농구연맹이 창설되었다.

제임스 네이스미스

국제농구연맹은 농구경기를 통할하면서 통일된 규칙을 제정하였다. 1936년 제11회 베를린 올림픽 대회 때 처음으로 남자 종목이 팀 게임 종목으로 채택되었으며 1976년 제21회 몬트리올 올림픽 대회 때 여자 종목도 올림픽 종목으로 채택되었다.

1948년 런던 대회, 1952년 헬싱키 대회, 1956년 멜버른 대회, 1960년 로마 대회, 1964년 동경 대회, 1968년 멕시코 대회 때까지는 미국의 독무대였으나 1952년 헬싱키 대회 때부터 출전하여 2위를 차지했던 소련이 1972년 뮌헨 대회에서 미국을 누르고 1위를 차지했다. 미국은 1976년 캐나다의 몬트리올 대회에서 다시 세계 정상을 차지하면서 명실상부한 농구의 최강국임을 과시하고 있다.

농구는 1891년, 미국 매사추세츠 주에 있는 '스프링필드 국제 YMCA 트레이닝 스쿨'에서 캐나다 출신의 체육교관인 제임스 네이스미스 박사에 의해 창안되었다. 농구는 YMCA를 통해 중남미, 유럽, 아시아, 아프리카, 호주 등 전세계로 전파되었다. 1932년에 세계연맹이 만들어졌고 1936년 올림픽 정식 종목으로 채택되었다.

NBA는 전미농구협회의 약칭으로, 전체 29개 팀으로 이루어진 미국 프로 농구 리그를 말한다. NBA의 일정은 11월 초 정규시즌이 시작하여 다음해 4월 하순까지 각 팀별로 정규시즌을 갖고, 5~6월에 걸쳐 플레이오프와 챔피언시리즈를 갖는다. 6개월간의 정규시즌 이후 1달여에 걸쳐 플레이오프를 치른다. 정규시즌은 각 팀별로 같은 컨퍼런스 내의 다른 디비젼팀과 홈 2, 어웨이 2, 모두 4게임을 치르며, 다른 컨퍼런스팀과도 홈과 어웨이 1게임씩 2게임을 치른다. 팀별 정규시즌 총 게임수는 홈경기 41게임, 원정경기 41게임으로 총 82게임이다. NBA 소속 29개 팀 전부가 고루 실력을 겨룰 수 있게 된다. 이 방법이 NBA의 더블-원 방식으로 디비전과 컨퍼런스를 경계로 리그 구분이 멀어질수록 상대팀과의 경기수가 1/2, 1/4로 적어지는 경기 방식이다.

NBA 챔피언을 놓고 격돌하는 플레이오프와 챔피언 결정전은 정규시즌이 끝나는 5월부터 벌어진다. 플레이오프에서는 각 컨퍼런스별로 상위 8개 팀이 토너먼트 방식으로 컨퍼런스 우승을 결정하며 각 컨퍼런스 우승팀이 NBA 챔피언을 놓고 격돌한다. 플레이오프는 1라운드가 5전 3선승제, 2라운드부터 NBA 챔피언전까지는 7전 4선승제로 경기를 갖는다. 플레이오프는 단기전이라 정규시즌의 팀별 전력이 그대로 나타나지는 않는다. 그렇지만 정규시즌의 승률에 따라 대진표가 결정되므로, 승률이 좋은 팀은 승률이 떨어지는 팀과 플레이오프를 치르게 되고, 승률 상위 팀에 홈코트 어드밴티지가 적용되므로 승률 상위 팀이 플레이오프에 유리한 일정으로 경기가 진행된다.

4. 야구

알렉산더 카트라이트

영국에서 라운더스라는 경기가 1700년대 중반의 기록에 나온다. 라운더스는 베이스가 있는 다이아몬드형 내야, 안타, 파울 등 근대 야구와 많은 유사점을 갖고 있었으며, 주자를 공으로 맞춰 아웃시킬 수 있다는 점에서는 야구와 달랐다.

1845년 카트라이트는 야구의 경기규칙을 공식화하는 단체를 설립했다.

신시내티 레즈 로고
보스턴 레드삭스 로고
뉴욕 양키즈 로고
시카고 화이트삭스 로고

그 규칙의 상당 부분은 지금도 적용되고 있는데, 수비가 주자를 공으로 맞춰 아웃시킬 수 없고 태그 아웃시켜야만 하게 되면서 하드볼을 야구에 사용했다. 뉴욕 시의 야구 클럽들은 이 규칙을 채택했지만, 소프트볼을 사용한 라운더스식의 경기도 보스턴 지역을 중심으로 여전히 인기있는 경기로 행해졌다. 이 두 형태의 야구는 각각 뉴욕 야구, 보스턴 야구로 불리다가 남북전쟁 중 뉴욕 야구가 일반화되었다.

프로 야구는 1865년경 몇몇 팀들이 우수 선수들을 고용하면서 탄생했다. 1869년 최초의 프로팀인 신시네티 레드 스타킹스가 창단되었고, 이후 많은 아마추어팀들이 프로팀으로 전향했다. 1871년에 내셔널프로야구선수협회가 설립되었으나 5년 후 해산되었고, 뉴욕 시와 보스턴 등 8개 도시를 대표하는 팀으로 구성된 내셔널프로야구클럽협회가 새로운 경기연맹으로 창립되었다.

1881년 내셔널 리그에서 방출된 팀들과 내셔널리그에 소속되지 않은 팀들로 구성된 아메리칸협회가 설립되었고, 이후 여러 팀들이 합병하여 1899년경 아메리칸협회는 최대의 경기연맹으로 성장했다. 내셔널리그는 상대적으로 축소되었다. 1893년에는 미국 중서부 팀들을 중심으로 웨스턴리그가 설립되었다. 웨스턴리그는 연고지를 동부로 옮기면서 아메리칸리그로 명칭을 바꾸었고, 내셔널리그로부터 많은 스타플레이어를 스카웃했다.

1903년 여러 경기연맹들은 선수의 이적, 마이너리그와 메이저리그 간의 팀의 이동 등에 관한 규정을 만들었다. 또한 한 경기연맹이 같은 도시에서 2개의 팀을 보유할 수 없고, 다른 연맹들의 동의없이 두 연맹 간에 한 팀의 운영권을 이전할 수 없도록 했다. 이 1903년의 합의에서 월드시리즈가 만들어졌고, 3명으로 구성된 미국야구위원회가 창립되었다. 월드시리즈는 1905년부터 매년 개최되고 있는데, 메이저리그의 양대 경기연맹인 아메리칸리그와 내셔널리그의 우승 팀 간에 7전 4선승제로 펼쳐진다. 아메리칸 리그는 14개 팀으로 이루어져 있고, 내셔널리그는 16개 팀으로 이루어져 있다.

1920년대 미국 스포츠의 황금기가 도래하면서 야구에는 뉴욕 양키스 출신의 베이브 루쓰라는 스포츠 영웅이 나타났고, 대공황기였던 1930년대에도 메이저리그 야구는 계속 성공을 거두었다. 1935년에는 신시네티에서 최초로 야간 경기가 펼쳐졌고 1960년대에는 야간 경기가 대중화되었다. 최초의 야간 월드시리즈는 1971년에 행해졌다.

제2차 세계대전 동안에는 많은 선수들의 참전으로 경기의 질이 다소 낮았으나 전후 우수한 선수들이 팀에 복귀함에 따라 야구경기는 다시 활기를 띠게 되었다. 선수들은 자신들의 고용조건을 개선하려 했고, 이러한 노력으로

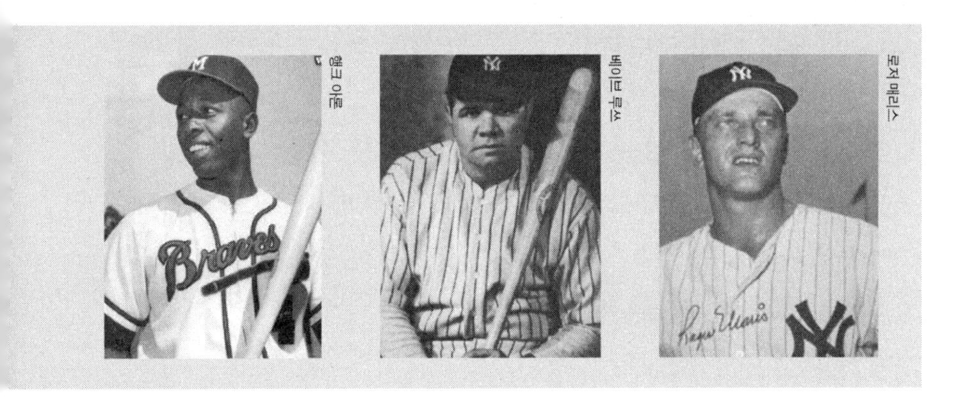

행크 아론

베이브 루쓰

로저 매리스

1946년 미국야구조합이 설립되었다. 조합은 메이저 리그 최소 연봉 5천 달러, 선수연금기금 설립 등의 개선안을 만들어냈고, 선수연금기금은 주로 월드시리즈, 올스타전 등의 TV 방송권 판매로 충당되었다.

야구경기의 성공적인 흥행은 여러 팀의 태동과 리그의 성장을 가져왔다. 내셔널리그와 아메리칸리그는 1960년대 말 10여 개 이상의 소속 팀을 갖게 되었다. 154경기였던 시즌 경기는 1961년에는 162 경기로 확대되었고, 1960년대 말에는 양대 리그가 각각 동부와 서부 지역 리그 체제를 갖추게 되었다. 양대 리그 우승 팀 간에 펼쳐지는 월드 시리즈는 정규시즌의 연장으로 10월 말로 늦추어졌고, 각 리그 우승 팀은 지역 리그 우승 팀 간의 플레이오프전에 의해 결정되었다.

메이저리그가 1903년 노사합의를 이루었을 때 형성된 마이너리그는 메이저리그 유망주의 발굴 장소가 되었다. 1919년 세인트루이스 카디널스의 감독인 리키가 2군 합동 운영제인 '팜시스템'을 고안해 선수를 자체 양성했고, 여러 메이저리그 팀들이 이를 뒤따랐다. 6개 등급으로 구분되었던 마이너리그는 1949년 절정에 달해 메이저리그보다 2배의 관중을 끌기도 했다. 그러나 메이저리그가 TV로 방송되면서 마이너리그의 인기는 떨어졌다.

1885년 자이언츠의 창단을 시작으로 많은 흑인 프로팀이 생겨났고, 1920년 이후 니그로 내셔널 리그의 설립 등 흑인 야구도 활기를 띠었다. 그러나 제2차 세계대전이 끝난 후, 과거 백인으로만 구성되었던 팀으로 흑인 선수들이 점차 이적함에 따라 니그로리그의 인기는 낮아졌다. 인종 간의 벽을 깨고 최초로 메이저리그 선수가 된 흑인은 1947년 재키 로빈슨이었다. 이후 행크 아론, 조지 깁슨 등 걸출한 스타가 배출되었고, 여러 선수가 야구 명예의 전당 회원으로 선정되었다.

1953년 선수들의 권익을 보호하기 위해 메이저리그 야구선수협회가 설립되었다. 1966년 협회 이사가 된 M. 밀러는 선수들의 계약상 권리와 이익을 규정했고, 불공정 중재에 대한 불만처리위원회를 설립했다. 당시 메이저리그 선수의 최소 연봉은 1만 달러였고, 1969년경에는 평균 2만 달러가 되었다.

1953년 미국 연방대법원은 야구가 독점규제법의 대상이 아니라는 1922년 판결을 재확인했다. 이후 계약기간 중인 선수는 다른 팀으로 이적할 수 없다는 유보조항이 야구의 확고한 법적 기반이 되었으나, 1970년 이에 대한 소송사건이 연방법원에 제소되었다.

이후 유보조항에 수정이 가해져 1977년부터 자유계약제가 시행되었다. 이로 인해 선수들의 몸값이 상승하게 되었다. 선수들의 보수가 증가함에 따라 각 구단의 방송권 판매가도 상승했다. 팬들의 관심도 계속 증가해서 1980년대 말에는 기록적인 관중이 동원되었다.

야구가 시작된 이래 야구 관련 기록들은 팬들의 주요 관심사가 되어왔으며, 몇몇 기록들은 신성한 것으로 받아들여지기도 한다. 홈런 부문에서 베이브 루쓰, 로저 매리스, 행크 아론, 맥과이어, 최다 안타에서 티 콥, 도루에서 루 브록 등이 대기록을 수립했다. 시즌의 연장과 인조 잔디의 사용은 새로운 기록 수립에 일조하고 있다.

5. 레크리에이션

미국은 유럽 및 세계의 여러 곳에서 이주하여 온 사람들로 이루어진 다민족

국가이다. 개척시대에 언어의 불통으로 인한 불편함을 해소하기 위하여 성인 교육 프로그램을 만들었다. 낮에는 인디언들과 싸우며 땅을 개간하고 저녁에는 마을회관 같은 장소에 모여 글을 배우고 생활정보도 교환했다. 자기 조상들이 지켜온 문화의 일면을 서로 보여주고 함께 노래하고 춤추었으며, 한편 어린이들을 보호하기 위해 마을 단위로 어린이 놀이터를 만들었다. 이러한 것들이 발전되어 체계화되고 조직화되어 레크리에이션이 되었다.

처음에는 레크리에이션이 민속놀이나 스포츠, 혹은 민간에서 유행하는 잡다한 행사, 그리고 일반적인 상업 레크리에이션이었다. 레크리에이션의 사회적, 교육적인 가치를 인정하면서 그 운동이 본격화된 것은 1900년 이후의 일이다. 미국 레크리에이션의 전환점이 된 것은 1885년 보스턴에서 시작된 모래판의 설치였다.

샌드가든이란 어린이들의 놀이를 위해 설치해 놓은 일종의 모래판이라고 할 수 있다. 당시 일주일에 3일을 개장한 이곳에는 어린이들이 몰려와 여성 지도자 밑에서 모래놀이, 노래, 혹은 행진을 하며 흥겹게 놀았다고 한다. 이 프로그램은 그후 각 주에 보급됐고 정부의 보조를 받아 본격적인 운동장 프로그램으로 발전하면서 미국 레크리에이션 역사의 한 페이지를 장식하게 되었다.

샌드가든과 운동장 프로그램이라는 일련의 운동 이후 미국의 레크리에이션 운동은 정부와 민간단체들의 협동작업으로 그 열기를 더하였다. 교육자들은 학교교육에서 레크리에이션의 중요성을 역설하고 민간단체들은 솔선하여 레크리에이션 시설을 위한 협조를 아끼지 않았으며 정부는 국민의 레크리에이션을 위한 토지의 구입과 공원의 조직화 그리고 자연 자원의 보호에 큰 관심을 가지게 되었다.

미국 레크리에이션 운동의 가장 두드러진 특징은 공공 레크리에이션의 발달과 그 전문성이다. 정부가 관리하는 공공 레크리에이션이 주로 산과 들을 중심으로 하는 야외 레크리에이션이기 때문에 이를 위한 행정 부서의 명칭도 일정하지 않다. 연방정부 조직에는 내무성 산하에 야외 레크리에이션국, 국립공원봉사단, 국유림봉사단 등이 조직되어 있고, 각 주정부와 시에는 공원과 레크리에이션의 명칭으로 된 기구가 조직되어 있어 공공 레크리에이션에 관한 업무를 관장하고 있다.

대부분의 국립공원과 주립공원 안에는 캠핑, 하이킹, 스키, 낚시, 등산 등을 위한 레크리에이션 시설과 프로그램이 마련되어 있고, 각 공원은 인근 주민이나 전국민을 대상으로 홍보활동을 한다. 시단위로 운영되는 운동장들은 대부분 평지에 건설된 공원 안에 있으며 축구장, 야구장, 농구장, 정구장 등의 운동시설과 피크닉, 하이킹, 혹은 어린이 놀이를 위한 공간이 구비되어 있는 것이 보통이다. 각종 문화적 혹은 사회적인 레크리에이션 활동은 레크리에이션 센터를 중심으로 실시되고 있다.

공공 레크리에이션 시설인 공원, 운동장, 레크리에이션 센터, 골프장 및 각종 운동 경기 시설의 설치기준은 레크리에이션 전문 단체인 국립레크리에이션과 공원협회나 국립레크리에이션협회 같은 단체가 제정한다. 레크리에이션 전문 교육도 공공 레크리에이션의 발달과 그 방향을 같이 해오고 있다. 미국의 공공 레크리에이션이 주로 야외 레크리에이션으로 구성되어 있기 때문에 대학에서의 전문교육도 산과 들을 위주로 하는 교과과정으로 구성되어 있다.

1873년에 예일 대학교, 그리고 1874년에 코넬 대학교에 각각 산림대학이 설치된 것이 레크리에이션 교육의 시초라고 할 수 있다. 미국 대학들이 레크리에이션과 공원 관계를 하나의 독립된 전문분야로 취급하게 된 것은 1930

년 이후부터이다. 제2차 세계대전 이후에 대학에 레크리에이션 전공을 위한 석사과정이 설치되었으며 1950년대까지는 약 50개의 대학들이, 1966년에는 70개의 대학들이 각각 레크리에이션 전공의 전문 교육을 실시하였다. 현재는 200여 개의 대학에서 레크리에이션 분야의 학사과정, 100여 개의 대학에서 석사과정을 운영하고 있다.

대학에서 운영되는 레크리에이션과 여가 연구를 위한 전공 분야는 매우 다양하다. 공원 관계를 비롯하여 레크리에이션 지도자, 교정 레크리에이션, 여가 연구, 상업 레크리에이션, 학교 레크리에이션, 레크리에이션 행정, 직장 레크리에이션, 자연 자원에 관한 것 등 광범위하다. 이와 같은 대학교육의 강화와 전문화는 레크리에이션 분야 전문 단체의 형성을 촉진시켰다. 그 중에서도 1965년에 창설된 국립 레크리에이션과 공원협회는 레크리에이션 전문 단체의 대표적인 예이다.

교정 레크리에이션의 발달은 미국의 레크리에이션에서 특기할 만한 현상이다. 교정 레크리에이션은 주로 병원의 환자들을 위한 레크리에이션 프로그램을 말하는데 현대적인 의미로는 병원의 환자들뿐 아니라 정신박약자, 죄수, 불구자, 그리고 노인들에 이르기까지 정상적인 상태에 있지 않고 교정이나 특별한 배려를 요하는 계층, 즉 특수 계층의 사람들을 위해 마련한 레크리에이션이다. 이러한 특수계층을 위한 관심은 모든 인간이 레크리에이션을 즐길 수 있는 권리를 가지고 있다는 민주적인 원칙에 기인한다. "만인을 위한 레크리에이션"이나 "모두를 위한 스포츠"라는 슬로건이 여기에서 나온다. 레크리에이션 분야를 교과로 채택하고 있는 미국의 대학들 대부분이 교정 레크리에이션을 중요한 과목으로 다루고 있다.

6. 건강관리

케니스 쿠퍼

재키 소렌슨

미국인들은 몸무게에 관심이 많다. 몸무게 저울은 목욕탕과 심지어 거리 구석에도 흔하게 설치되어 있다. 몸무게에 대한 이러한 관심은 몸무게 조절에 관한 사업이 번창하도록 했다. 서점 책꽂이와 잡지 선반에는 다이어트에 관한 서적들이 범람하고 있으며, TV와 라디오 그리고 신문도 수많은 체중 조절 상품들을 광고하고 있다. 많은 건강 전문가들은 비만이 오늘날 미국에서 가장 일반적이고 심각한 건강문제라고 지적한다.

지난 30년 간 미국인들은 심장질환 예방과 체중 관리를 위해 지방을 적게 섭취하라는 권고를 많이 들었다. 이로 인해 60년대에는 미국인의 섭취 열량 중 지방 비율이 44%였지만 현재는 34% 정도이다. 많은 영양 및 건강, 체중 조절 전문가들은 지방 섭취만을 줄이는 방식이 잘못된 방식이라고 주장한다. 미국인들이 포화지방과 콜레스테롤 섭취를 줄이면서 심장질환 환자의 발생률은 눈에 띄게 낮아졌다. 반면에 지방 섭취를 제한하도록 강조한 70년대 이후 미국인의 허리둘레는 놀라울 정도로 늘어났고, 비만 인구는 50%나 증가했다.

비만을 방지하기 위한 운동으로 유산소 운동의 한 종류인 에어로빅이 개발되었다. 에어로빅스 운동이란 일정 시간 동안 심장과 폐의 활동을 자극하여 신체의 건강을 증진시키는 여러 가지 운동을 통칭하는 말이다. 전형적인 에어로빅스 운동으로는 달리기, 수영, 자전거 타기, 가볍게 달리기 등이 있다.

공통점은 운동을 함으로써 신체에 많은 산소를 공급하게 되는 효과가 있다는 것이다. 따라서 에어로빅은 일반적인 인식과 달리 여성 전용의 미용체조가 아니고, 남녀노소 모두가 할 수 있는 심장과 폐 기능을 강화하기 위한 운동이다.

오늘날 에어로빅은 누구나 쉽게 배울 수 있는 스포츠로 청소년은 물론 일반 사회에서도 많은 각광을 받고 있다. 1960년대에 미국인들은 체력 부족과 비만으로 인해 발생하는 심장병으로 인한 사망률이 세계 제1위였다. 이 사실에 자극받은 미국인들은 유산소 운동을 시작했다. 에어로빅의 창시자는 쿠퍼 박사로, 그는 임상 실험 연구 기반으로 미국 공군의 신체 구성 프로그램의 유산소 운동을 이용하였다. 이 운동이 에어로빅스라고 이름지어져 당시의 유산소 운동의 붐을 타고 전파되었다.

1969년 댄스 안무 전문가인 소렌슨 여사는 포크댄스 스텝과 재즈 동작들을 응용하여 보다 많은 사람들의 흥미를 끌 수 있는 에어로빅 댄스를 창안하여 널리 확산시켰다..

에어로빅 경기가 미국에서 해마다 발전해나가는 것과 동시에 세계 여러 곳에서도 발전하였다. 미국 에어로빅 협회는 세계 에어로빅 경기연맹을 설립, 1987년에 제1회 세계 에어로빅 선수권 대회를 개최하였다. 현재 세계 에어로빅 경기에 참가하는 국가는 40개 국에 이르며, 가입 국가는 60개 국에 이른다. 에어로빅 운동이 대중에게 소개되고, 그 중요성이 인식되면서 보다 활발한 활동이 이루어지고 있다.

1. 일반적 관습

미국에서는 규율이 가장 중시되는 군대에서도 명령계통을 유지하고 업무를 수행하기 위한 과정에서만 권위가 중요시 될 뿐이고, 사람들 사이에 권위나 계급 같은 것은 존재하지 않는다. 계급의식이 없으며 모든 인간이 평등하다는 민주주의적인 신조가 모든 생활에 배어 있다. 개인은 주어진 직책과 집단의 규칙에 충실하지만 인간관계에 얽매어 상사나 주위 사람들의 눈치를 살피고 잘 보이려고 애쓰지 않는다. 이러한 미국인들의 생활을 개괄적으로 살펴본다.

일반적으로 미국인들의 무례해 보이고 거만해 보이는 태도는 생활의 빠른 속도에 기인한다. 그들이 행동하는 생활의 속도가 도시화에 따른 바쁜 생활 속에서 점점 삭막해지는 현대인들의 소외감을 증가시킨다. 그러한 가운데에서 그들은 자신의 생활을 적절히 조절하면서 일의 속도를 조절한다.

미국인들은 행동의 구속을 매우 싫어한다. 인사를 간단히 하며, 만날 때나 헤어질 때에도 격식적인 행위를 좋아하지 않는다. 복장도 격식을 차리는 것을 그다지 좋아하지 않으며, 직장에서 상사와 이야기할 때에도 많은 경우에 형식을 따지지 않는다. 상대방에게 존칭어를 별로 사용하지 않고, 성보다는 이름을 부르는 것을 좋아한다.

미국인들은 개인적인 질문을 많이 한다. "당신은 어디서 근무하느냐?" "아이들은 몇 명이냐?" "어떤 운동을 하느냐?" "휴가를 어디로 갔었느냐?" 등과 같은 질문이 흔히 하는 개인적인 질문이다. 이러한 질문은 무례하고 건방진 것처럼 보이지만 미국인들의 기준에서는 이 질문들이 사생활에 대한 질문이 아니라 개인적인 친분을 쌓는 친밀감의 표현이다.

미국인들이 피하는 사적인 질문은 개인의 나이, 월급과 같은 재정에 관한 사항, 옷이나 개인의 소지품에 대한 가격, 종교, 결혼 및 성생활에 관한 것들이다. 이러한 질문은 매우 공손치 못한 것이 되며, 불쾌한 느낌을 준다. 이러한 질문을 받았을 때, 미국인들은 대답 대신 미소를 짓거나 혹은 화제를 다른 데로 돌린다.

미국인들은 사회적인 계급에 크게 관심을 갖지 않기 때문에 처음 소개할 때 호칭을 붙이는 것은 너무 격식적이라고 생각한다. 미국인들의 이름 앞에 종종 직함이 붙는다. 이러한 직함은 그들의 신분을 표시하고 비공식적인 계급적 구별을 가져온다. 직함은 그들의 직업적 신분과 밀접하게 관련되어 있으며 신분적 차별성을 보여준다. 주로 외교관, 상원의원, 정부 요직, 판사, 교수, 장교, 의사, 목사 등의 직업을 가진 사람들을 직함으로 부른다.

서로 모르는 남성이 인사를 할 경우 자기 이름을 대면서 악수한다. 소개자가 두 사람 사이에서 서로를 소개할 경우, 소개자가 먼저 소개한 사람이 "만

나서 반갑습니다"(How do you do? 또는 Nice to meet you. 등)라고 말하며 악수를 청한다. 남성과 여성을 소개할 때에는 남성을 먼저 소개하고 여성을 소개하는 것이 일반적이며 여성이 먼저 악수를 청하지 않으면 악수를 하지 않는다. 앉아서 소개받을 때 남성은 대체로 의자에서 일어나고 여성은 의자에 앉은 채 인사한다.

미국은 계급이 없는 사회이기 때문에 존경을 나타내기 위해서 머리를 숙이거나 하지 않는다. 또한 거실이나 차에도 상석이라는 것이 따로 없다. 기껏해야 식탁에서 파티를 주최한 사람 옆에 앉는다든지, 다른 사람보다 먼저 문을 나선다든지 혹은 엘리베이터에 먼저 오르는 것이 고작이다. 그러나 이러한 행동이 통로를 막게 되거나 번거로울 때는 그러한 예절을 차리지 않는 것이 일반적이다.

많은 미국인들은 조용한 상태에 있으면 불안해 한다. 학생들은 공부할 때도 라디오를 크게 틀어놓은 채 공부하고 가정주부는 다른 방에서 일을 하고 있을 때조차도 TV를 켜놓는 것이 일반적이다. 대화 상대방이 오랫동안 침묵하고 있으면 질문하여 말을 하게 하도록 하여 침묵상태에서 벗어나려 한다. 미국인들은 상대방이 말하는 것에 동의하지 않을 때는, 대개 침묵하거나 어깨를 움찔하는 동작을 취한다. 이 때 이 문제를 가지고 계속 이야기하는 것은 예의에 벗어난다. 즉, 침묵은 반대의 표현인 것이다.

누구하고 이야기를 하든 미국인은 상대방의 눈을 똑바로 보며 이야기한다. 자기보다 사회적 지위가 높거나 경제적인 지위가 높더라도 시선을 바꾸지 않는다. 미국인은 내려다보며 이야기하거나 먼 곳을 보며 이야기하는 사람을 수상하거나 음험한 성격을 갖고 있는 것으로 본다. 미국인들은 대화할 때 말과 말 사이의 침묵이 매우 짧다. 한 조사 자료에는 20분 동안 미국인이 대화했을 경우 불과 10초 정도밖에 침묵이 없는 반면에 우리나라 사람은 2분 정도의 침묵이 있는 것으로 나타나 있다.

다른 문화권에서 살아온 사람들은 미국인들의 사생활에 대한 개방성 때문에 종종 당황한다. 미국은 울타리나 벽, 대문과 같은 것으로 둘러싸고 가리는 폐쇄적인 나라가 아니다. 잔디밭은 이웃과 담이 없이 이어지고 사람들은 일을 할 때 사무실을 열어놓고 있으며 이웃집을 방문할 때에 연락 없이 불쑥 찾아가기도 한다. 미국인들은 성으로 둘러싸인 도시에서 살아본 적이 없다. 사람들이 미국으로 처음 이주해 왔을 때, 이곳은 내 영토라는 표시의 말뚝을 박지도 않았었고 서부 개척시기에는 팀을 이루어 서로 보호해주며 협력해서 일을 했다. 초기 정착생활에서 그들은 서로에게 힘이 되고 위안이 되어주었다. 이러한 초기의 생활양식에서 사생활보다는 개방성을 중시하는 전통이 생겼다.

사람들은 대화할 때 상대방과 일정한 거리를 유지한다. 이 거리는 각 문화권마다 다르다. 그리스 인, 지중해 지역인들, 그리고 남아메리카인들은 일반적으로 대화할 때 상대방과 비교적 가까운 거리에서 이야기하고 대화가 고조될수록 점점 더 밀착하게 된다. 아시아와 아프리카에서는 대화할 때 서로 넓은 공간을 확보한다.

미국인이 가장 편안하다고 느끼는 거리는 약 20~30cm 정도이다. 미국인들은 항상 마음이 편안 공간을 유지하려고 노력한다. 붐비는 장소에서도 서로 몸이 닿지 않게 하려고 애쓴다. 미국인들은 대화할 때 제스처를 많이 사용한다. 그들이 가진 감정의 따뜻함을 전달하기 위해 다른 사람의 어깨에 호의적으로 손을 올려놓거나 동정심으로 다른 사람의 어깨를 팔로 감싸며, 안심시키기 위해서 상대방의 팔을 문지르거나 아이들의 머리를 쓰다듬는다. 이러한 신체적 접촉은 미국문화에서 일반적으로 이해되는 공통적인 행동양식이다.

2. 휴일과 축제

미국인들의 조상이 다양한 나라에서 이민온 다양한 인종이기 때문에 자신의 조상의 나라에서 지키던 휴일과 축제가 많이 남아 있다. 각 인종들이 지키는 휴일과 축제를 나름대로 즐기기도 하지만, 전국적으로 거행되는 휴일과 축제도 많이 있다. 전국적으로 거행되는 휴일과 축제로는 다음과 같은 것들이 대표적이다.

❀ **새해(New Year's Day, 1월 1일)** 학교, 사무실, 상점들이 모두 쉬는 공휴일이다. 미국인들은 12월 31일을 더욱 중요하게 생각하고, 이 날에는 송구영신을 위해 가족들이 모이는데 이것은 교회에서 새해를 맞이할 때 함께 모여 예배보던 관습에서 유래한 것으로 생각된다. 새해는 선달 그믐날의 연장이다. 12월 31일 밤에는 가정에서 친구들을 초대하거나 호텔이나 레스토랑에서 성대한 파티를 연다. 밤 12시가 되면 종을 울리거나 나팔을 불며, 샴페인을 터뜨려 건배를 하고 "Happy New Year!"라고 외치면서 서로 축하한다. 또 뉴욕의 타임즈 스퀘어로 군중이 모이는 것을 TV로 보며 즐기기도 한다.

장미 퍼레이드

야식을 한 뒤에 잠자리에 든다. 잠자는 신년이 되는 셈이지만 적당한 시간에 일어나 대개는 TV를 켠다. 필라델피아의 유명한 퍼레이드 '머머스 퍼레이드'나 캘리포니아 주의 패사디나에서 벌이는 유명한 퍼레이드 '장미 퍼레이드'를 보기 위해서이다. 그 퍼레이드 후에는 '로즈볼'(대학 풋볼 결승전)이 있고 다른 풋볼 경기도 진행되므로 1월 1일은 집에서 휴식을 취하며 TV를 보는 가정이 많다.

아기 예수를 경배하는 동방박사

마틴 루터 킹

에피파니(Epiphany, 1월 6일) 통상 1월 6일, 때로는 신년 최초의 일요일에 행한다. 이 축제일은 동방박사 세 사람이 어린 예수를 방문한 것을 기념하는 날이며 가톨릭 교회에서는 '삼왕의 축제일'이라고 한다. 그리스 정교회에서 그리스도의 세례를 축하하는 날로 정하고 있으며 '광명의 축제일'이라고 한다. 크리스마스로부터 열이틀째 날이므로 '열두째 날'이라고도 하고 '작은 크리스마스'라고도 한다.

킹 목사의 날(Martin Luther King Jr.'s Birthday, 1월 셋째 월요일) 부유한 집안에서 태어나 목사로 안정된 삶을 살다가 비인간적인 인종차별과 싸움을 시작했고, 계몽과 탄원을 통해 인종차별을 극복하고자 노력한 60년대의 흑인 민권운동 지도자 마틴 루터 킹을 기리는 날이다. 많은 흑인들과 양심세력들의 정신적 지도자로 추앙받는 킹 목사를 기리기 위해 1986년부터 공식 휴일로 정해졌다.

대통령의 날(President's Day, 2월 셋째 월요일) 이 날은 미국의 위대한 대통령이었던 조지 워싱턴과 에이브러햄 링컨의 생일을 축하하는 날로 2월에 지켜지고 있다. 워싱턴은 미국의 초대 대통령으로 미국의 기초를 닦았고 링컨은 남북전쟁을 통하여 남부의 노예제도를 폐지했다.

성 패트릭

⁂ **성 패트릭 축제일(St. Patrick's Day, 3월 17일)** 공식 휴일은 아니지만 아일랜드계 미국인들이 축하하는 날이다. 패트릭은 아일랜드의 성직자로 성인으로 추대되었다. 사람들은 녹색 옷을 입고 노래와 함께 파티를 즐긴다.

⁂ **만우절(April Fool's Day, 4월 1일)** 공식적인 휴일은 아니며 다른 여러 나라에서처럼 친구나 동료들에게 농담이나 가벼운 거짓말을 하며 웃음을 즐긴다.

⁂ **어머니의 날(Mother's Day, 5월 둘째 일요일)** 공식적인 휴일은 아니며 이 날에는 많은 미국인들이 어머니에게 꽃이나 작은 선물 또는 외식 등으로 보답한다.

⁂ **아버지의 날(Father's Day, 6월 셋째 일요일)** 공식적인 휴일은 아니며 아버지에게 보답하는 날이다.

⁂ **현충일(Memorial Day, 5월 마지막 월요일)** 나라를 위해 전쟁터에서 숨진 이들을 기리는 공식 휴일이다. 많은 가족들은 성묘를 가며 퍼레이드가 있다. 이날을 기준으로 여름철이 시작된다.

독립기념일날 펼쳐지는 불꽃놀이

독립기념일(Independence Day, 7월 4일) 1776년 7월 4일 필라델피아에서 독립선언서가 공식 서명된 것을 기리는 공식 휴일이다. 미국 전역에서 대대적으로 기념 행사가 개최된다. 낮에는 퍼레이드가 벌어지고 저녁에는 불꽃놀이가 행해진다. 각 가정과 건물에는 국기가 게양되며 붉은색, 흰색, 푸른색으로 장식한다.

근로자의 날(Labor Day, 9월 첫째 월요일) 국가 생산력에 지대한 영향을 주는 노동자를 기리는 공식 휴일이다. 피크닉과 다른 야외 활동으로 이 날을 즐긴다. 이 날은 여름 시즌의 마지막 휴일이다.

콜럼버스 기념일(Columbus Day, 10월 둘째 월요일) 크리스토퍼 콜럼버스가 1492년 미국 대륙을 발견한 것을 기념하는 공식 휴일이다. 미국과 캐나다의 일부, 라틴아메리카 여러 나라에서 퍼레이드를 하거나 교회에서 예배를 보거나 학교에서 특별한 행사를 하며 축하한다. 이 날이 정식으로 축제일이 된 것은 콜럼버스가 미국을 발견한 지 300년 후인 1792년이다. 콜럼버스가 이탈리아 인이고 스페인 국왕의 후원으로 항해가 이루어졌기 때문에 특히 이탈리아계 미국인들과 스페인계의 미국인들이 이 날을 즐긴다. 최근 들어 이 날의 의미가 퇴색되어 많은 주에서 공휴일로 하지 않는다.

대통령 선거일(Election Day, 11월 첫째 월요일 다음 화요일) 대통령 선거가 있는 해만 실시되는 공식 휴일이다.

재향군인의 날 퍼레이드

추수감사절 퍼레이드

재향군인의 날 (Veterans Day, 11월 둘째 월요일) 제1차와 제2차 세계대전의 종전을 기념하는 날이며 '휴전의 날'이라고 했었는데 아이젠하워 대통령이 명칭을 바꾸었다. 세계 평화를 기원하는 뜻도 포함되어 있다. 각지에서 재향군인들의 퍼레이드, 국기 게양이 있고 알링턴에 있는 무명 용사의 묘지에서 의식이 거행된다.

할로윈 (Halloween, 10월 31일) 이 날은 어린이들이 크리스마스 못지않게 자유로이 즐겁게 놀 수 있는 날이다. 어린이들은 1주일 전부터 요괴의 탈과 옷으로 변장하고 해가 진 후에 "Trick or Treat"(먹을 것을 주지 않으면 혼낼거예요)라고 말하면서 각 가정을 돌아다니며 캔디를 얻는다. 기원은 매우 오래되었으며 아일랜드와 스코틀랜드에 살고 있던 켈트족의 만성절, 즉 신년(11월 1일)의 전야로 거슬러 올라간다. 이 날은 전년도에 죽은 사람을 기리는 날인 동시에 요정이나 마녀가 고양이로 둔갑하여 출몰하는 날로 알려져 있었다. 이 전통이 미국 대륙에 전해진 후 악마의 얼굴을 호박으로 바꾸어 아이들이 즐겁게 노는 날이 되었다.

추수감사절(Thanksgiving Day, 11월 넷째 목요일) 추수감사절은 1621년 매

크리스마스 트리

사추세츠에 이주해온 청교도들이 풍성한 수확과 자신들의 생존을 감사하는 뜻에서 시작된 공식 휴일이다. 지금도 자신들의 생활을 감사하기 위해 계속되고 있다. 이 날은 전통 음식, 이를테면 칠면조, 고구마, 그리고 호박파이 등을 마련하여 가족끼리 잔치를 벌인다.

❀ **크리스마스 (Christmas Day, 12월 25일)** 많은 사람들이 휴일 중 가장 중요한 날이라고 생각하는 공식 휴일이다. 이 휴일에 맞추어 휴가가 크리스마스 며칠 전부터 새해까지 계속되고, 카드와 선물을 교환하기 때문에 가게의 매출액이 급증한다. 이 날의 근원은 종교적이지만, 지금은 대부분의 사람들이 먼거리에 있는 가족들을 찾아 방문하고 서로 선물을 교환하는 축제로 정착되었다. 종교적인 믿음이 없는 사람들도 이 날에는 크리스마스 트리로 집안과 거리를 장식하고 축제를 즐긴다.

3. 에티켓

미국인은 일등 국민이라는 자부심을 갖고 있으며 개척정신과 개인주의 성향이 강하다. 시간은 돈이라는 개념이 철저하며 실용적이고 미래 지향적인 특성이 있다. 개방적이고 직선적인 성격이 강하다. 어려서부터 자신의 일생과 자신에게 주어지는 상황들에 대해서 스스로 책임을 져야 한다고 교육받는다. 따라서 어떤 것에 얽매이는 것을 매우 싫어한다. 또한 다른 사람의 일에 관심을 갖고 관여하기를 피하고 다른 사람이 자신의 일에 불필요하게 관여하는 것도 싫어한다. 미국인은 자신이 이기적이라 생각하지 않고 솔직하다고 생각하며 서로를 존중하기 때문에 다른 사람들에게 친절하고 사교적이다. 서로 피해를 주지 않고 공동생활을 하기 위해 다양한 예법이 발달했다. 미국에는 많은 인종이 있고 각 인종마다 갖고 있는 특징이 있지만 미국을 전체적으로 보았을 경우 미국인이 갖고 있는 일반적인 행동 기준은 다음과 같다.

❀ **파티에 초대받았을 경우** 초청자가 특정한 시간에 오라고 약속하면 지정된 시간을 엄수하는 것이 바람직하다. 지정된 시간보다 십 분 이상 일찍 가거나 이삼십 분 이상 늦게 가는 일은 피하는 것이 좋다. 그 시간까지 호스트와 호스테스는 준비에 바쁘고 준비 중에는 평상복을 입고 있으며 파티가 열리기 직전에 파티복으로 갈아입거나 사람에 따라서는 파티 직전에 샤워를 하기 때문이다. 파티에서는 식사를 하기 전에 칵테일 등의 음료를 마시면서 담소한다. 잠시 담소하면서 초대받은 사람들이 모두 모이면 자리에 앉는다.

또한 식사 중이나 식후에 초청자에게 식사가 맛있다고 칭찬하는 것이 일반적이다. 미국인은 칭찬에 익숙하여 칭찬받고 칭찬하는 것을 어색해하지 않는다. 일반적으로 초대받은 다음에는 답례장을 보내는데 백화점이나 카드 전문점에서 “Thank you”라고 씌어진 카드를 사서 요리가 맛있었다든가 매우 즐거운 시간을 보냈다고 감사의 말을 쓴 다음에 자기 이름을 써서 보낸다.

외국인이 미국인의 파티에 초대받았을 때 가장 당혹감을 느끼는 것 중의 하나가 옷차림이다. 모두가 정장을 하고 오는 자리에 편안한 복장을 하고 간다든지, 모두 편안한 복장으로 모인 자리에 정장을 하고 참석하는 경우에 서로 불편함을 느끼게 된다. 파티의 성격을 잘 모를 경우에 복장에 대하여 미리 물어보는 것은 실례가 아니다. 옷차림에 대하여 자신이 없을 경우에 초청자에게 어떤 옷차림을 하고 참석하는 것이 좋은가 하고 미리 물어보는 것이 어색한 옷을 입고 참석하는 것보다 낫다.

❀ **파티를 개최할 경우** 초대하는 경우 그것을 초청인들에게 알려야 하는데 며칠 전에 알려야 할 것인가를 결정하는 것은 쉬운 일이 아니다. 그 준비기간을 'lead time'이라고 하는데, lead time은 일반적으로 1주일이다. 미국 생활은 주 단위로 되어 있으므로 2, 3일 전에 연락하면 스케줄을 짜기가 어렵다. 반대로 2주일이나 3주일 전에 연락하면 잊어버릴 가능성이 있으므로 며칠 전에 다시 전화해서 약속을 환기시켜야 한다.

❀ **말과 관련된 예절** 미국인은 타인은 물론 가족에게도 몸이 닿을 경우 "미안합니다"(excuse me)라고 말하면서 사과한다. 버스나 전차에 타고 팔이나 몸의 일부가 타인에게 닿았을 때 아무 말도 하지 않으면 미국인의 행동기준으로 좋지 않게 평가된다. 길에서 모르는 사람과 눈이 마주쳤을 때 "Hi!" 라고 말하며 전부터 아는 사이처럼 방긋 웃는 경우가 흔히 있다. 이것은 눈이 마주쳤기 때문에 행하는 인사일 뿐 그 이상도 그 이하도 아니다. 이 경우는 "Hi!" 하고 답례하는 것이 좋다. 아무 말도 하지 않고 지나치는 것도 예의에 벗어나지만 뭐라고 말을 거는 것은 더욱 예의에 벗어난다.

미국에는 밖에서 안으로 문을 통과해 들어갈 때 여성을 먼저 들어가도록 하는 습관이 정착되어 있다. 남자가 먼저 들어갈 경우 야만인으로 간주된다. 그러나 대도시의 젊은이들 사이에서는 새로운 행동 패턴이 정착되어 간다. 새로운 행동 패턴은 남성이든 여성이든 어울린다고 판단되면 어느 누가 먼저 들어가고 나와도 괜찮다는 것이다. 이것은 여성해방운동으로 인해 여성도 평등하게 대해져야 한다는 사고방식에서 비롯된다. 남녀가 평등해야 한다는 것은 사람을 부를 때의 호칭에도 나타나 있다. 남성을 칭할 때는 미스터 하나이지만 여성을 부를 경우 미스와 미세스가 있어서 미혼 여성과 기혼 여성의 호칭이 달랐다. 그러나 요즈음에는 미혼 여성과 기혼 여성을 구분하지 않고 미즈라는 호칭을 많이 사용한다.

֎ **자동차 예절** 미국인들은 끼어들지 않고 양보 운전하는 습관을 갖고 있다. 운전할 때에는 무조건 보행자를 우선으로 한다. 불필요한 접근을 막기 위해 대도시를 운전할 때는 자동차 문을 잠그는 습관이 있으며, 안전벨트에 특별히 신경을 써서 만일의 사태에 대비한다. 감시자가 있거나 없거나 교통법규를 준수하는 것은 당연한 일로 여긴다. 자기 차에 손님을 태울 때에는 앞자리를 상석으로 생각한다.

֎ **승강기 예절** 미국인은 모든 생활에서 여성과 노약자 우선 원칙을 지키고 있다. 그렇기 때문에 엘리베이터를 타고 내릴 때도 여자에게 우선권을 주며, 엘리베이터 안에 있던 손님이 모두 내린 후에 타는 질서와 예절이 습관화되어 있다.

֎ **출입문 예절** 상대방이 문을 열어주면 "감사합니다"라고 말하고 앞장서서 가는 것이 자연스럽다. 여자와 남자가 함께 있을 때 남자가 문을 열

어주면 여자가 먼저 들어간다. 회전문인 경우에는 남자가 먼저 들어가는 것이 일반적이다.

⊛ **식당 및 식사예절** 고급 레스토랑에서 식사할 때는 반드시 정장을 해야 한다. 예약을 하지 않았을 때는 이용을 할 수 없는 경우가 많기 때문에 미리 예약을 하는 것이 일반화되어 있다. 식당에 들어서면 예약자 이름을 말하고 안내하는 대로 따라 들어가 지정하는 좌석에 앉는다. 예약을 하지 않았을 경우에는 웨이터나 웨이트리스에게 식사할 사람의 수를 알려주고 그들이 자리를 안내할 때까지 기다린다. 이 때 금연석과 흡연석 중 원하는 자리를 알려준다. 그들이 안내하지 않는데 자기 마음대로 식당 안으로 들어가는 것은 커다란 실례로 생각된다. 자리에 앉을 때나 음식을 주문할 때도 여성, 손님, 초청자 순으로 하는 것이 보통이다.

자리에 앉으면 종업원이 메뉴를 갖다 주며 그 날의 특별 요리를 소개해 주고 음료수와 전채, 주식을 함께 주문받는다. 음식을 주문할 때 잘 모르는 메뉴들을 자세히 물어서 자기가 먹는 것이 무엇인지를 아는 것도 무방하다. 종업원에게 음식의 내용물과 조리방법을 물어보는 것은 결코 실례가 아니다. 식당 종업원들은 자기가 지정 받은 구역의 손님들로부터 팁을 받는 것이 일반적이다. 다른 종업원에게 담당 종업원을 불러달라고 부탁하는 것이 일반적이며 담당 구역이 아닌 종업원에게 여러 가지 일을 부탁하는 것은 바람직하지 않다.

식사를 할 때 물 컵은 오른쪽의 것을 사용하고 빵 접시는 왼쪽 것을 사용한다. 빵은 왼손으로 잡고 오른손으로 뜯어서 먹고 스푼과 나이프는 제공되는 음식의 순서에 따라 제일 가장자리의 것부터 사용하면 된다. 식사 중에는 음식을 입에 넣고 이야기 하지 않고, 음식을 씹으면서 소리를 내지 않도록 한다. 특히 식사 후에 트림을 하는 것은 아주 큰 실례라고 생각된다. 그러나 식사를 하다가 코를 푸는 것은 자연스럽다. 식사 중에는 대화를 하는 것이 자연스럽고 일반적이며 화제에 동참하지 못하고 묵묵히 음식만 먹는 것은 바람직하지 않다.

식사 소요 시간은 대체로 1시간 30분에서 2시간 정도이다. 식사를 하고 나면 후식을 주문한다. 후식을 먹은 후 계산서와 함께 음식값을 주고 최종 계산이 완료되면 식사 과정이 모두 끝난다. 식사 후 돈을 낼 때는 종업원의 서비스 정도에 따라 팁을 준다. 보통 점심은 음식값의 15%, 저녁은 음식값의 20% 정도를 주면 적당하다. 상당히 고급 식당일 경우에는 담당 웨이터와 캡틴인 지배인이 함께 서비스를 제공하므로 이 때는 팁을 별도로 준다. 각자가 자신의 식사비를 내는 경우가 많지만, 그 자리를 주선한 초청자가 식비를 내더라도 팁은 각자가 주는 것이 일반적이다.

흡연은 지정된 장소에서만 해야 하며 옆 사람의 양해 없이 담배를 피우지 않는다. 최근 금연운동이 활발하고 간접 흡연 피해에 대한 논의가 치열하므로 식당에서도 같이 앉은 사람들에게 양해를 구하고 담배를 피우는 것이 당연한 예의이다.

❀ **팁** 팁은 상대방이 나에게 베푼 서비스에 대한 감사의 표시이므로 개인적으로 무엇을 부탁했을 경우나 신세를 지면 반드시 지불하도록 한다. 식당이나 호텔 같은 곳에서 종업원의 서비스를 한국 사람들은 당연하게 생각하지만, 미국 사람들은 그 서비스의 질을 생각하여 서비스에는 따로 팁이 있어야 한다고 생각한다. 특히 미국에서는 팁만으로 생계를 꾸려 나가는 사람이 있으므로 팁을 주어야 할 때 주지 않으면 무례하다고 생각된다.

레스토랑의 대부분의 종업원(웨이트리스와 웨이터)은 팁이 전 수입이며 가게 주인으로부터는 급료를 받지 않는다. 팁에는 고정된 금액이 없지만 일반적으로 식사 요금의 10~20%이다. 자신이 받은 서비스가 어느 정도 만족스러웠는가에 따라 스스로 결정한다. 신용카드로 대금을 결제할 때에도 청구된 요금계산서에 팁의 액수를 자필로 적어주고 결제하면 된다.

서비스가 좋지 않아서 인상이 아주 나쁜 경우에 팁을 주지 않는 사람도 있으며 서비스가 매우 좋은 때는 30%를 주는 사람도 있다. 와인 웨이터가 따로 있을 경우에는 와인 값의 15~20%를 팁으로 직접 건넨다. 또 테이블까지 안내한 웨이터에게는 원칙적으로 팁을 주지 않지만 사람의 수가 많아 특별히 테이블을 마련해 주거나 메뉴에 없는 요리를 특별히 만들도록 배려해준 경우는 2~3달러를 팁으로 준다. 나이트클럽이나 바에서는 보통 15%의 팁을 준다.

커피숍이나 스낵바에서 커피를 한 잔 마셨을 때는 팁을 지불하지 않는 사람이 늘고 있지만, 지불할 때는 20~25센트이고 주차장에 주차요원이 있어 차를 들여놓고 내오고 할 경우에는 25~50센트를 준다. 햄버거나 아이스크림을 팔고 있는 카페테리아나 잡화점에 있는 음식 코너, 맥도날드나 켄터키 프라이드 치킨 등의 가게에서는 팁을 주지 않는다.

변두리 이발소나 중심가에 있는 일반적인 이발소에서는 같은 사람이 커트, 면도, 샴푸를 하기 때문에 그 사람에게 15~20%의 팁을 준다. 그러나 일류 호텔 내의 고급 이발소, 미용원에서는 담당이 각기 나누어져 있으므로 헤어커트, 면도, 샴푸, 구두닦이, 매니큐어 등의 담당에게 따로 따로 10~15%씩 건넨다.

택시의 팁은 요금의 10~15%이며 잔돈을 그대로 팁으로 줄 경우는 "keep the change"라고 말한다. 공항이나 역에서 포터에게 짐을 부탁할 경우는 짐 한 개당 50센트인데 최저 1달러 요금이 정해져 있는 곳도 있으므로 게시된 요금표가 있는지 찾아보도록 한다.

입구에 서있는 도어맨에게는 짐이 있든 없든 50센트 정도를 주는 것이 좋다. 도어맨에게 팁을 주느냐 안 주느냐에 따라 이후의 서비스에 영향이 있을 정도이다. 짐을 나르는 벨보이(또는 포터)에게는 짐 한 개당 보통 호텔에서는 25센트에서 50센트, 고급 호텔에서는 50센트 이상을 준다. 도어맨, 프론트, 포터에게 팁을 주면 극장이나 레스토랑 또는 관광버스의 예약이나 우편물을 보내는 일, 택시를 부르는 일 등 자질구레한 여러 가지 서비스를 받을 때 매우 친절하게 응대한다. 방 청소를 하는 룸메이드를 위해서 50센트에서 1달러 정도를 매일 아침 베개 밑이나 나이트 램프 밑에 놓아둔다. 음식을 자기 방에서 들고 싶을 때 전화를 하면 가져다 주는데, 웨이터에게 건네는 룸서비스를 위한 팁은 10~15%이다. 일류 호텔의 경우에는 종업원 각자가 프라이드를 갖고 일하고 있으므로 너무 소액을 내놓으면 화가 나서 받지 않는 경우가 있다. 한 번 화나게 하면 서로 거북하게 지내야 하므로 지나치게 많이 줄 필요도 없지만 너무 적게 주지 않도록 주의한다.

미술관, 영화관, 극장, 레스토랑, 나이트클럽 등의 클로드 계원(코트를 맡아서 보관해주는 직원)에게는 코트 한 벌 당 25~50센트, 세면대가 있는 화장실에는 타월 한 장 당 25센트 정도를 팁으로 준다. 관광버스를 타면 운전기사와 안내원에게 50센트에서 1달러 정도를 팁으로 준다.

항공회사의 직원이나 역무원에게 팁을 주는 것은 실례가 된다. 비행기 안에서도 역시 팁이 필요 없다. 선박으로 여행할 때에는 호텔에 준한 팁을 준다. 장거리 급행의 특등차로 여행할 때는 자신의 차량을 담당한 포터에게 하루 저녁에 1달러 정도, 식당차에서 식사를 하면 웨이터에게 15~20%의 팁을 주는 것이 일반적이다.

가구나 카페트와 같은 부피가 많이 나가는 물건을 사면 배달을 시키는 경우가 많은데, 이 물건을 집에 가져와 지정한 장소에 설치해 주면 배달원 1인당 1~2달러를 팁으로 준다.

골프장에서는 캐디에게 2달러 정도 또는 입장료의 15% 정도를 팁으로 준다.

이상과 같이 팁을 지불하는 곳이 각처에 있는데 적정한 팁을 주면 그에 상응하는 서비스를 받을 수 있고 팁에 인색하거나 지불해야 할 때 지불하지 않으면 최소한의 서비스밖에 받지 못한다. 팁을 줄 잔돈이 없을 때는 상대방에게 잔돈을 바꿔달라고 부탁하고 바꾼 돈 중에서 주는 것이 일반적이다.

정치

17.

1. 미국 정치의 특징

미국은 인간의 기본권리를 헌법으로 보장하고 있다. 가장 중요한 권리는 언론, 종교, 집회, 표현의 자유이다. 다른 사람의 자유가 침해되지 않는 한도 내에서 권리를 보장하지만 이것이 말처럼 쉽지는 않다. 그렇기 때문에 분쟁을 해결하기 위해 변호사들이 매우 많이 활동한다. 모든 사람이 각자 자기의 자유와 권리를 보장받기 위해서 변호사를 필요로 하고, 그래서 전 세계 변호사의 4/5가 미국에 몰려있을 정도이다. 입법부와 사법부 및 법무부를 구성하는 사람들 대부분이 변호사 출신이다. 변호사가 많다는 점은 미국 정치문화의 한 가지 특징이다.

미국 정치문화의 특징은 누가 대통령이 되더라도 국가에 치명적인 영향력을 미치지 않는 것이라 할 수 있다. 미국의 국민들은 국민이 나라의 주인이

백악관

고 대통령은 단지 국민의 세금으로 월급을 받는 일꾼이라고 생각한다. 미국에서 납세자라는 말은 가장 무게 있고 설득력 강한 국민의 이름이다. 정부의 운영경비는 납세자의 세금으로 충당되기 때문에 납세자, 곧 국민은 그 사용내역을 알 권리가 있다. 정부의 운영경비는 국민 누구라도 그 사용내역을 확인할 수 있도록 투명하게 공개된다. 공청회나 언론을 통하여 정치가 투명하게 드러난다. 이 투명성이 미국 정치문화의 중요한 특징이다.

법을 만들어 놓고 그 법을 엄정하게 지키는 생활문화 역시 미국 정치문화의 특징 중 하나이다. 단일 민족이 아니고 배경이 전혀 다른 여러 나라, 여러 인종으로 구성된 미국사회에서는 법이 가장 효과적인 규제수단이다. 대통령에서부터 생활보호자까지 동일한 법의 테두리 안에서 보호받고 있다. '법을 만드는 곳이 바로 국회이기 때문에 국회의원 스스로 본보기가 되어야 한다'는 원칙을 굳게 믿기 때문에 국회 안에서 지켜야 할 법도 엄밀하게 규정되어 있다. 국회의원들이 신사숙녀답지 못한 말을 했을 경우에는 일주일 또는 한 달 동안 국회본회의에서 발언을 못하도록 제재를 받는 등 법에 따라 처벌을 받는다. 이러한 처벌은 창피한 일이며 출신 지역에서도 지탄을 받고 다음 선거에 치명적 오점이 될 수 있다. 몸싸움 같은 상상 밖의 행동일 경우는 본회의에서 징계를 받아 2/3 찬성으로 의원직을 상실할 수도 있다.

미국 국민들은 의원이나 대통령 같은 지도자에게는 매우 엄격한 도덕성을 요구한다. 법사위원장 헨리 하이드는 80에 가까운 노장인데 언론에서 40년

전의 여자관계를 들추어내고, 지금은 할머니가 된 상대방 여자를 찾아내 인터뷰를 하는 등 사생활에 속하는 것까지 들추어냈다. 리빙스턴은 공화당 원내 의원들의 만장일치에 가까운 동의로 의장에 내정되었는데 과거 10년 동안 3명의 여자와 관계가 있었다는 사실이 알려지면서 결국 국회의원직을 사퇴했다. 화이트워터 사건으로 시작된 특검수사가 모니카 르윈스키와 클린턴 대통령의 섹스 스캔들을 들추어냈다.

국회의사당

미국에서는 대통령의 정치적 영향력이 여타의 민주주의 국가 대통령의 영향력보다 작다. 대통령이 국회의원의 추천이나 임명권을 갖고 있지 않으며 대통령이 비자금을 주거나 하는 경우도 없기 때문이다. 대통령이 마음대로 장관, 차관 또는 연방판사와 대사들을 임명하고 파면시키지 못한다. 대통령은 오직 후보자를 추천만 하고 마지막 인준은 국회에서 공청회를 통해 이루어진다.

미국의 국회의원들은 당에서 공천을 받는 것이 아니라 지역구 예비선거를 통해 공천을 받기 때문에 당에 대한 충성심은 별로 없다. 같은 이념으로 모인 것이지 어떤 인간관계나 배후에 의해 당에 가입한 것은 아니다. 또 전국구라는 제도가 없고 의원 각자가 관할해야 하는 지역구를 갖고 있다.

미국정치의 특징 중 하나는 예비선거를 통해 각종 선거의 후보자를 결정한다는 것이다. 등록된 모든 정당원들에게 후보자들의 정견을 청취할 기회를 주고 그런 다음 예비선거에서 투표를 통해 후보를 선출한다. 예비선거의 결과는 정당 지도자들이 바라지 않는 쪽으로 나오는 경우가 자주 생기고, 어

조지 갤럽

느 누구든지 자신의 의사에 따라 예비선거에 나서 경쟁을 펼칠 수 있는 자유가 있다.

양당의 대통령 후보 지명을 위한 방식은 크게 예비선거(40개 주)와 코커스로 대별되는데, 예비선거는 당원들이 예비후보에 대해 직접 투표하지만 전당대회에 나갈 대의원들을 후보들의 득표율에 따라 나누는 방법이고, 코커스는 지방 단위에서부터 특정 후보를 지지하는 대의원들을 뽑아 주 단위까지 계속 올려가는 방법이다.

정치인들은 여론에 상당히 민감하게 반응한다. 여론은 특정 시점에서 특정 사안에 대해 일반 대중이 생각하는 것을 말한다. 현대 과학적 여론조사 방법의 창시자인 갤럽은 "민주주의 하에서 정치 지도자는 최종 정책결정을 내리기 전에 반드시 여론의 향배를 고려하여야 한다"고 여론의 중요성을 역설하였다. 갤럽은 50여년 간의 여론 조사를 통해 첫째, 미국인들의 집단적 판단은 건전하고 둘째, 대중은 위기시에 국가를 위해 기꺼이 희생할 각오가 되어있으며 셋째, 국민의 뜻은 조만간 법제화된다는 세 가지 교훈을 얻었다고 한다.

2. 표현의 자유

언론은 국민과 정부 관리를 연결하고, 정보와 정치이슈를 분석하는 외에 정부 관리가 여론에 반응하도록 함으로써 민주주의에 있어 불가결의 존재이다. 또한 정책결정자가 국민들의 필요와 여망에 잘 부응하도록 촉매역할을 하며, 정부의 결정을 보도하고 평가한다. 이러한 역할을 제대로 수행하기 위해서는 당연히 보도자료의 수집과 공표에 있어 자유가 보장되어야 한다. 민주주의 국가가 독재국가와 다른 점은 언론이 '감시자'의 역할을 충실히 수행하고 일반 대중의 편에 서서 서로 다른 정보와 의견을 동시에 보도한다는 데 있다. 민주주의와 언론의 관계는 서로 독립적이지만 상호보완적 및 대립적 관계를 동시에 갖고 있다. 언론매체라도 개인의 사생활을 침범할 수 없고 국가 안보에 해가 될 자료의 유출을 금지하는 법률을 위반할 수 없다.

연방대법원

법원에서 심리 중인 사건은 상당한 뉴스가 될 수 있다. 그러나 그 뉴스가 어떻게 보도되느냐는 배심원의 공정성에 영향을 미칠 수 있다. 배심원들은 공정하게 제공되는 증거나 증언에만 근거하여 결정하여야 한다. 워터게이트 사건 또는 이란 콘트라 스캔들이나 1995년의 오클라호마 연방정부 건물 폭파 사건의 경우와 같이 재판 중이거나 재판 이전에 억측 보도나 사실에 앞서가는 보도 등으로 인하여 공정한 재판이 어려워 질 수 있다. 이러한 이유로 피고측 변호사는 범죄 발생 장소와 떨어진 별도의 재판 장소를 요구하기도 한다. 연방대법원은 재판 중인 사건에 대한 언론의 접근 제한을 피고측이 공정한 재판을 받을 수 있도록 보장하기 위해서 용인할 수 있는 최소한의 선으로 정하고 있다. 물론 판사는 재판을 비공개로 진행할 수 있고, 배심원들이 재판정 외부에서 발언하는 것을 금지할 수도 있다.

연방대법원은 기자들의 특권을 인정하지 않고, 법원이 정보의 제공을 요구할 경우 이에 따라야 한다는 입장이다. 이에 반하여 많은 주에서는 기자들의 정보원 보호를 인정하는 보호법을 제정하고 있다.

정부는 전시는 물론 평화시에도 국가안보에 손해를 끼칠 수 있는 정보의 유출을 금지하고자 하고, 매스컴이나 학자들은 국민의 알 권리를 내세우면서 가급적 많은 자료의 공개를 요구하고 있다. 정부가 판단하여 특정 사안이 국가안보와 직결되어 보도나 출판을 금지하고자 할 경우에는 법원으로부터 제한 명령을 획득하기도 한다. 이를 사전제한조치라고 하며, 연방대법원은 이 개념을 인정하고는 있지만 실제 적용에 있어서는 그다지 적극적이지 않다.

라디오나 TV의 전파는 일단 송출하면 거두어들일 수도 없고, 대중의 연령이나 신분 · 계급 등에 전혀 관계없이 수신장치만 갖고 있으면 누구나 청취할 수 있다. 인쇄매체와는 달리 전파는 공익재산으로 간주되어 왔고, 그만큼 규제가 많다. 방송사의 잘못이 있을 경우, 방송인가 취소 등의 극단적 조치보다는 벌금이나 경고조치 등을 통해서 시정하도록 한다. 정치 보도와 관련하여 공평성의 원칙, 동시성의 원칙 및 반박권 인정 등 세 가지 규칙을 준수하도록 하고 있다.

첫째, 공평성의 원칙은 중요한 정치 이슈에 대한 토론을 보도할 때, 양측의 입장을 동등하게 보도해야 함을 말한다. 대통령이 라디오나 TV 연설을 할 경우 야당 대표에게도 같은 시간을 할애하여 보도해야 한다는 것이다. 둘째, 동시성의 원칙은 특정 후보에 대한 방송 출연이나 정치 광고를 할 경우 다른 후보에 대해서도 같은 기회를 제공해야 한다는 것이다. 셋째, 개인이나 단체가 그 정직성과 통합성, 개인적 특성 등을 방송에 의해 침해당했을 경우, 또는 방송사가 상대방 후보를 편파 보도했을 경우 침해를 당한 개인이나 후보는 각기 반박권을 주장할 수 있다.

3. 이익단체

미국의 정치현장에서 이익단체들은 자기들의 이익을 대변하고 관철하기 위해 끊임없이 경쟁하고 있다. 1970년대 이후 이익단체는 정당의 고유 기능이라 할 수 있는 후보자 선정, 정치자금 모금, 법률안 기초에까지 활동을 넓혀서 정당을 압도하고 있다. 이익단체는 또 정치현장에서 국민의 정치적 요구를 광범위하게 충족시키는 데 정당보다도 더 유연성을 발휘하기도 한다. 이익단체의 수도 늘어나고 있으며 미국의 지배적 정치 조직으로서 정당과도 경쟁하고 있다.

이익단체는 회원 확보를 위해 회원들에게 많은 정보를 제공하고 있다. 회원들에게 협의회 참석, 전문가와의 접촉, 훈련 프로그램, 간행물 제공 등의 혜택을 부여한다. 또한 특별 서비스나 상품의 제공 외에 할인구매, 공동광고, 건강보험 등을 통하여 회원들에게 물질적 이익을 제공한다. 회원들에게 개인적이거나 집단적인 권익 신장을 위해 자신감의 회복과 자아 발견의 기회를 제공하여 회원 상호간의 연대감을 증진시킨다.

경제적 이익단체는 회원들의 경제적 이익증진을 주된 목적으로 한다. 이 부류에 속하는 단체로는 동업자와 전문직업인 단체를 포함하는 기업단체, 노동조합, 농민단체 등이 있다. 노동조합이나 농민단체 회원은 1970년대 이후 급격히 줄어들고 있다. 그 이유는 화이트칼라와 서비스산업의 비중이 점점 커지고 있기 때문이다. 그에 따라 노동조합과 농민단체의 정치적 영향력은 감소하는 반면 기업단체나 의사협회 등 전문직업인 단체는 영향력이 커지고 있다.

공익적 이익단체는 공공의 이익을 위해서 활동하는 집단이다. 이 단체는 회원들만의 이익을 위해서 활동하지는 않는다. 시민권 옹호단체, 환경보호단체, 평화단체, 종교단체 등이 공익적 이익단체이다.

지난 수십 년 간 이익단체는 그 수가 늘어났고 정치에서 발휘하는 영향력도 크게 늘었다. 이러한 변화가 발생한 원인은 정부의 역할이 증대되고 새로운 정치 세력이 도래했기 때문이다. 자신들의 주장을 관철하기 위해 이익단체에 의존하는 집단 세력이 급격히 팽창했다. 정부의 기능이 날로 확대되고 다양화함에 따라 정부 정책의 정치적 효과는 더욱 커지고 사회 각 분야의 이익은 여러 가지 형태로 영향을 받게 되었다. 따라서 이익단체의 정치적 수요는 그만큼 커지게 되었다.

근래에 이익단체가 폭발적으로 증가하는 또 하나의 이유는 미국정치에 있어 소위 '신정치운동'이라고 하는 일단의 새로운 정치세력의 등장이다. 신정치운동은 1960년대의 시민권운동과 반전운동을 경험한 중류와 상류층의 전문직업인과 지식인들이 주축이 되었다. 신정치운동 세력은 언론이나 의회, 심지어 법원에까지 영향력을 미쳤으며, 1960년대 말과 1970년대 초 베트남 전쟁을 종식시키는 등 실제 정치 분야에서 큰 성공을 거두었다. 이들은 정치 분야 외에도 환경보전, 소비자보호, 직업안전 및 건강증진에도 주도적인 역할을 하였다.

4. 사회복지정책

미국이 세계 최고의 부국이지만 소득분배는 선진국 중에서 가장 불평등하다. 또한 의학 수준은 세계 최고를 구가하지만 주요 선진국 중 유일하게 전국적인 의료보험제도가 없는 나라이다. 연방정부가 빈곤 퇴치를 위하여 부단한 노력을 기울이고 있지만 빈곤층은 여전히 줄지 않고 있다.

푸드시스템 홍보물

현재 미국에서 시행되고 있는 기본적인 사회보험제도는 고령자·유족 및 장애인보험, 의료보호 그리고 실업보험이 있다. 사회보장제도는 가장 큰 규모의 사회보험제도로서 은퇴한 사람이나 장애 근로자 또는 이 혜택을 받던 근로자의 배우자에게 매월 일정액을 지급하는 제도이다. 현재 이 제도의 수혜폭을 구체적으로 살펴보면 10년을 일했을 경우 62세에 은퇴한 사람은 부분적인 사회보장 혜택을 받게 되며, 65세에 은퇴하면 전액을 지급받는다.

1935년 사회보장법의 일부로 도입된 실업보험제도는 직장을 잃은 근로자들에게 혜택을 주기 위한 것이다. 이 제도는 연방정부와 주정부가 공동으로 비용을 부담하는데 재원은 기업주와 근로자에게 부과하는 조세로 충당한다. 주정부가 이 제도의 수혜 범위와 기간 결정에 주도권을 행사하고 있다.

공적부조는 1935년의 사회보장법에 그 기원을 둔다. 당시 도입되었던 고령자부조, 맹인부조, 부양 아동이 있는 가족부조를 원형으로 많은 프로그램이 보완되고 추가되었다. 공적부조의 하나인 푸드 스탬프는 정부가 저소득층의 소득 보전을 위해 발행하는 식품 구매권이다. 1964년 도입된 이 푸드 스탬프는 저소득층이 표시 금액의 일부를 지불하고 구입한 후 표시 금액만큼 식품과 교환할 수 있는 제도였는데 1977년 의회는 본인 부담 제도를 폐지하였다. 푸드 스탬프는 가족의 크기와 소득 수준에 따라 그 액수가 정해진다.

미국에는 국민의료보험제도가 없다. 따라서 의료보험 혜택을 받기 위해서는 국민 각자가 민간 의료보험회사의 의료보험에 가입하여야 한다. 의료보험료는 천차만별이지만 1가구 당 적어도 월 300달러 정도는 되고 많은 경우 700달러 이상이다. 의료보험에 가입하지 못하는 저소득 계층을 위해 1965년에 메디케이드 제도를 도입했다. 이는 우리나라의 의료보호와 비슷한 제도로 저소득층의 의료비 보조를 위한 프로그램이다.

미국은 사회복지정책의 일환으로 저소득층을 위한 공공주택정책을 펴고 있는데, 이는 루즈벨트 대통령에 의해 도입되었다. 1937년 제정된 미국 최초의 주택지원법은 경제 대공황으로 실업자가 된 사람들의 주택 지원을 위한 것이었다. 이 법에 따라 연방정부가 주택건설비용을 부담하고 관리비용은 지방정부가 부담한다. 연방정부의 주택정책과 직접 이해 관계를 갖는 지방정부도 주택정책을 결정하는데 많은 영향력을 행사한다. 연방의회의 경우 상원에서는 세출위원회, 은행·주택 및 도시위원회, 환경 및 건설위원회, 하원에서는 세출위원회, 농업위원회, 은행 및 재무위원회, 보훈위원회 등이 주택정책과 관련한 활동하고 있다.

교육정책이나 사회복지정책 그리고 주택정책에 비해 환경정책은 비교적 근래에 그 중요성이 부각되고 있는 것으로 전형적인 규제정책의 하나이다. 예전에는 공기와 물 그리고 산과 들은 무한히 존재하고 언제까지나 향유할 수 있는 것으로 생각하였다. 그러나 산성비, 해상 기름유출사고, 유독성 화학물질 배출, 공기오염, 지구 온난화 현상 등 자주 보도되는 환경오염사고는 미국 국민의 환경에 대한 관심을 증대시켰고 정부가 환경문제를 공공정책의 하나로 다루도록 촉구하는 계기로 작용하였다. 1972년 의회는 맑은 물법을 제정하여 보다 획일적이고 강화된 수질기준을 정하는 한편 하수처리시설의 건설비 보조를 위해 주정부에 재정 지원을 할 수 있도록 하였다.

5. 신자유주의

신자유주의를 정의하기는 쉽지 않다. 우선 신자유주의는 시장의 자유로운 작동이 균형의 달성과 경제의 발전을 가져다 줄 것이라고 생각한다는 점에서 기본적으로 자유주의와 동일하다. 자유주의는 자본주의의 이상을 표현한다. 시장에서의 경쟁을 매개로 이루어지는 개인들의 자유로운 선택에 의해 경제가 조화롭게 발전한다. 자본주의는 태동 이후 시장에서의 자유로운 경쟁이라는 이상을 포기한 적이 없으며 자유주의라는 이데올로기가 사라진 적이 없었다. 그렇지만 자본주의의 변화와 마찬가지로 자유주의도 시대에 따라 변화했다. 자유주의의 변모는 역사적으로 고전적 자유주의, 케인즈의 개량적 자유주의, 그리고 현재의 신자유주의로 크게 나누어 볼 수 있다.

고전적 자유주의는 자본 축적에 대한 다양한 전근대적인 규제와 제한을 철폐하여 자본주의 시장의 일반적 원리를 사회 전체에 도입하고자 했다. 고전적 자유주의의 시대는 대공황으로 끝났다. 대공황의 충격은 시장의 조화로운 원리가 이상적인 결과를 가져다 줄 것이라는 자율적인 힘에 의문을 제기하도록 했으며, 이 때 발생한 사회주의 운동은 자본주의와 자유주의가 변모되도록 했다.

이어서 등장한 케인즈의 개량적 자유주의는 자본주의 자체의 제한성을 인식하고 그것을 보완하고자 하는 적극적 정책과 노동자 운동을 비롯한 사회운동의 고양에 따른 방어적 정책을 포함한다. 이 당시에 자본주의는 전성기에 달했다. 하지만 케인즈의 개량적 자유주의 역시 자본주의의 근본적 모순을 해결할 수 없었고, 70년대 이후 전세계적인 불황이 닥쳤을 때 이에 대한 문제가 제기되기 시작했다. 이 때 등장한 것이 신자유주의이다.

신자유주의는 장기적인 스태그플레이션이 케인즈주의적 경제정책이 실패한 결과라고 지적하고, 세계화되어 가는 경제에서 국가 간의 경계가 지닌 제한성을 비판하면서 대두했다. 미국에서 신자유주의적 구조조정이 본격적으로 추진되기 시작한 것은 80년대이다. 이후 신자유주의는 미국에 거점을 둔 초국가적 금융자본의 이해와 세계 자본주의에서 패권을 유지하려는 미국의 이해가 일치하면서 전세계로 확장되었다.

신자유주의는 세계화, 자유화, 유연화, 사유화 등을 모토로 한다. 개량적 자유주의 정책이 능동적인 통화정책과 재정정책을 통해 국가가 경제에 적극적으로 개입함으로써 공황을 방지하고 완전 고용을 달성하고자 했다면, 신자유주의 정책은 준칙에 의한 소극적 통화정책과 자유화, 특히 국제금융에서의 자유화를 통해 경제의 안정적인 성장을 이루고자 한다. 또한 완전 고용과 고임금이라는 개량적 자유주의의 타협적인 정책은 세계적 차원에서의 비용 삭감 경쟁에 따라 노동시장의 유연화로 대체되고 국가가 관장하거나 보조해왔던 많은 사업이 민간으로 이전되었다.

신자유주의의 구조조정 정책 중에서 가장 핵심적인 것은 화폐와 노동력의 관리형태의 변화이다. 금융산업 부문에서 국제금융에 대한 규제가 철폐되었다. 또한 정리해고, 파견노동제, 임시직과 성과급 제도의 확대 등을 통해 노동시장이 유연하게 되고 복지제도가 축소되었다.

■ 부록 1

미국 역대 대통령

재임기간	대통령
•1789～1797	워싱턴 (연방파)
•1797～1801	J. 이덤스 (연방파)
•1801～1809	제퍼슨
•1809～1817	매디슨
•1817～1825	먼로
•1825～1829	J.Q. 애덤스
•1829～1837	잭슨 (민주당)
•1837～1841	밴 뷰런 (민주당)
•1841	W. 해리슨 (휘그당)
•1841～1845	타일러 (휘그당)
•1845～1849	K. 포크 (민주당)
•1849～1850	테일러 (휘그당)
•1850～1853	필모어 (휘그당)
•1853～1857	피어스 (민주당)
•1857～1861	뷰캐넌 (민주당)
•1861～1865	링컨 (공화당)
•1865～1869	A. 존슨 (공화당)
•1869～1877	그랜트 (공화당)
•1877～1881	헤이스 (공화당)
•1881	가필드 (공화당)
•1881～1885	아서 (공화당)
•1885～1889	클리블랜드 (민주당)

재임기간	대통령
•1889～1893	B. 해리슨 (공화당)
•1893～1897	클리블랜드 (민주당)
•1897～1901	매킨리 (공화당)
•1901～1909	T. 루즈벨트 (공화당)
•1909～1913	태프트 (공화당)
•1913～1921	윌슨 (민주당)
•1921～1923	하딩 (공화당)
•1923～1929	쿨리지 (공화당)
•1929～1933	후버 (공화당)
•1933～1945	F. 루즈벨트 (민주당)
•1945～1953	트루먼 (민주당)
•1953～1961	아이젠하워 (공화당)
•1961～1963	케네디 (민주당)
•1963～1969	L. 존슨 (민주당)
•1969～1974	닉슨 (공화당)
•1974～1977	포드 (공화당)
•1977～1981	카터 (민주당)
•1981～1989	레이건 (공화당)
•1989～1993	G. H. W. 부시 (공화당)
•1993～2001	클린턴 (민주당)
•2001～현재	G. H. 부시 (공화당)

■ 부록 2

미국의 각 주가 연방정부로 편입된 해와 각 주의 주도

주이름	편입된 해	주의 주도
Alabama	1819	Montgomery
Alaska	1959	Juneau
Arizona	1912	Phoenix
Arkansas	1836	Little Rock
California	1850	Sacramento
Colorado	1876	Denver
Connecticut	1788	Hartford
Delaware	1787	Dover
Florida	1845	Tallahassee
Georgia	1788	Atlanta
Hawaii	1959	Honolulu
Idaho	1890	Boise
Illinois	1818	Springfield
Indiana	1816	Indianapolis
Iowa	1846	Des Moines
Kansas	1861	Topeka
Kentucky	1792	Frankfort
Louisiana	1812	Baton Rouge
Maine	1820	Augusta
Maryland	1788	Annapolis
Massachusetts	1788	Boston
Michigan	1837	Lansing
Minnesota	1858	St. Paul
Mississippi	1817	Jackson
Missouri	1821	Jefferson City

주이름	편입된 해	주의 주도
Montana	1889	Helena
Nebraska	1867	Lincoln
Nevada	1864	Carson City
New Hampshire	1788	Concord
New Jersey	1787	Trenton
New Mexico	1912	Santa Fe
New York	1788	Albany
North Carolina	1789	Raleigh
North Dakota	1889	Bismarck
Ohio	1803	Columbus
Oklahoma	1907	Oklahoma City
Oregon	1859	Salem
Pennsylvania	1787	Harrisburg
Rhode Island	1790	Providence
South Carolina	1788	Columbia
South Dakota	1889	Pierre
Tennessee	1796	Nashville
Texas	1845	Austin
Utah	1896	Salt Lake City
Vermont	1791	Montpelier
Virginia	1788	Richmond
Washington	1889	Olympia
West Virginia	1863	Charleston
Wisconsin	1848	Madison
Wyoming	1890	Cheyenne

인명 찾아보기

작품 찾아보기